Tod am Fließ – Zaplinski ermittelt

Ein Berlin-Wittenau-Krimi

Andreas Preiß

Für Silli

epubli

1. Auflage November 2020

Impressum

Verlag: Selbstverlag Andreas Preiß
Herbsteiner Str. 32 13435 Berlin
andreas@preiss-info.de

Druck: epubli – ein Service der neopubli GmbH, Berlin

Kamera läuft

Vor zehn Jahren

Der Junge wirkte wie vierzehn, schmächtig und mit zarten Gesichtszügen. Er saß nackt auf dem großen Polsterbett und sah mit leeren Augen über die Schulter zu dem überdimensionalen Wandspiegel. Dort hinzuschauen, das hatte man ihm eingebläut.

Der Mann, der neben ihm stand, entledigte sich gerade hastig seiner Unterhose. „Mach den Mund auf." Dann drehte er mit gierigem Blick den Kopf des Jungen zur Seite und schob seinen Unterleib vor.

Die hinter dem Spiegel versteckte Kamera lief da bereits und das Gesicht des Mannes ließ sich gut erkennen. Chang war sehr zufrieden. So einer hatte in seiner Sammlung noch gefehlt.

Abkürzung

Enrico Pape verließ den Friedhof. Er blickte nach oben in den grauen Himmel. Scheißregen, nicht heftig, aber auf Dauer unangenehm nervend. Er zögerte, ob er heute nicht lieber den längeren Weg an der Mühle vorbei nach Hause nehmen sollte. Hinten herum durch den Wald war es zwar deutlich kürzer, aber er würde sich Hose und Schuhe im Dreck ruinieren.

Bei einem Blick zum Boden war ihm allerdings sofort klar, dass da nicht viel mehr Schaden anzurichten war. Der Anzug musste eh in die Reinigung. Die Schuhe würden schon wieder trocknen. Außerdem fror er. Und hell genug war es gerade noch. Er schlug fröstelnd den Mantelkragen zum Schutz gegen den feucht-kalten Wind hoch. Dann beschleunigte er seine Schritte und bog hinter der Autobahnunterführung rechts zum Tegeler Fließ auf den Wanderweg in den Wald ab.

Als er nach einigen Minuten das kleine Tor am Zaun erreichte, nestelte er noch im Gehen sein Schlüsselbund aus der Manteltasche. Mit den kalten Fingern hatte er Mühe, den richtigen Schlüssel auszuwählen, zumal in diesem Dämmerlicht.

Als er ihn endlich herausgefiltert hatte und im Begriff war, die Zauntür aufzuschließen, beschlich ihn das ungute Gefühl, nicht alleine zu sein. Er wollte sich gerade umdrehen, um sich zu vergewissern, da hörte er ein britzelndes Geräusch.

Eine Millisekunde später traf ihn schon ein mächtiger stechender Schlag seitlich in den Hals. Unerträglicher Schmerz erfasste explosionsartig seinen ganzen Körper. Sein Gehirn registrierte noch verwundert, dass er stürzte, er wollte die Hände bewegen, um sich abzufangen. Vergeblich. Er war komplett verkrampft, paralysiert. Sein Körper gehorchte ihm überhaupt nicht mehr. Ein weiterer heftiger Schmerz bohrte sich in seinen Bauch, als er hart auf einen Aststumpf prallte.

Hilflos und mit verständnislos aufgerissenen Augen musste er ertragen, wie er an den Füßen über die Erde geschleift wurde. Sein Hinterkopf stieß gegen Steine und Wurzeln, Zweige streiften ihn schmerzhaft im Gesicht.

Dann plötzlich ließ man ihn los. Seine Beine fielen wie tote Äste auf den Boden. Er lag auf dem Rücken, hilflos wie ein Käfer. Es roch modrig. Er spürte Wasser, Matsch. Und Kälte. Bis auf die heiße Stelle im Bauch.

Ein Gesicht tauchte dicht vor seinem auf, schrie ihn an. Jemand kniete auf ihm, auf seiner Brust, er konnte kaum noch atmen. Er verstand lediglich Wortfetzen.

„Drecksau … Schwein …mir angetan …?“

Wer zur Hölle ist das? Was soll das?, fragte er sich.

Im Dunkeln konnte er nichts erkennen. Schläge trafen hart sein Gesicht, links, rechts, links, rechts, klatsch, klatsch. Gebrüll. Spucke sprühte in seine Augen. Er blinzelte, hatte den Impuls sich das Gesicht zu schützen, aber seine Hände wollten nicht, konnten nicht.

Wegen dieser Hilflosigkeit überkam ihn unbändige Wut. Er wollte brüllen, um sich schlagen, konnte es aber nicht. Hustete nur. Krächzte nur. Kassierte – peng – wieder einen Schlag. Auf das rechte Ohr, das sofort mit einem schrillen Pfeifen reagierte. Und noch eine Backpfeife, und wieder, links, rechts, links. Er wollte sich wegdrehen. War aber ausgeliefert.

„Sieh … mich … an!! Los … sieh mich an“, befahl die wutverzerrte Fratze.

Er reagierte nicht. Weil er nicht reagieren konnte. Erneut spürte er diesen gewaltigen blitzähnlichen Schlag am Hals. Das Gesicht näherte sich und zischte ihm etwas ins Ohr. Ja, jetzt erinnerte Enrico sich. Wegen dieser Lappalie so ein Stress?? Das war doch überhaupt nichts Persönliches gewesen. Rein professionell.

„… feiges… Stück… Scheiße…!“, brüllte ihn die Stimme wieder an.

Enrico wollte den Kopf heben, etwas sagen. Doch es gelang ihm einfach nicht.

„Feiges… Arschloch … damit … weißt, wie … das anfühlt ...“, schrie die Stimme. Sie überschlug sich und er verstand nicht alles.

Dann explodierte der bekannte Schmerz wieder in ihm. In seinen Hoden. Einmal, und noch einmal und wieder. Sein

Körper zuckte unkontrolliert, er stand kurz vor einer Ohnmacht.

„Aber ich … sollte nur … ich …wollte nur“, krächzte er mühsam. „Chang …, Chang hat …“

Das Gesicht vor ihm war überrascht, blickte ihn verwirrt an. „Chang?“

Er versuchte zu sprechen. Aber in ihm war keine Energie mehr. Nur ein unverständliches Brabbeln drang aus seinem Mund. Als er das Bewusstsein verlor, fühlte sich das herrlich an. Den hektischen Versuch, ihn durch Schütteln und Ohrfeigen und Anbrüllen wieder in die Wirklichkeit zurückzuholen, registrierte er nicht mehr. Dann war da nur noch Ruhe und Enrico Papes Kopf rutschte langsam in das morastige Wasser.

Aufstehen

Der unangenehme Druck auf seine Blase hatte ihn langsam aber stetig aus dem Tiefschlaf geholt. Dieter Zaplinski drehte sich auf die Seite und versuchte, dadurch das schmerzhafte Gefühl zu lindern und das Aufstehen noch etwas hinauszuzögern. Aber es half nichts, diese Nacht war vorbei.

Er öffnete träge ein Auge und blinzelte. Durch die leicht verbogene Alujalousie fiel trübes Herbstlicht in das Schlafzimmer und ließ die interessant in der Luft tänzelnden Staubpartikel sichtbar werden. Er schloss die Augen wieder.

Schlafzimmer, die Bezeichnung traf es nicht ganz. Denn Zaplinskis 30-Quadratmeter-Appartment bestand nur aus einem Raum. Eine chaotische Melange von Wohnen, Schlafen und ausnahmsweise Kochen. Wobei: Kochen auch das falsche Wort war. Aufwärmen von Fertigprodukten mittels Mikrowelle träfe es besser.

Den Begriff Ordnung kannte der langjährige Single Dieter Zaplinski zwar, er spielte für ihn mangels weiblicher Sozialkontrolle aber nur im beruflichen Kontext wirklich eine Rolle: Sicherheit und Ordnung. Denn Zaplinski war Polizist. Kriminalpolizist, um es korrekt zu sagen.

Erster Kriminalhauptkommissar bei der Berliner Polizei. Abgekürzt EKHK, Besoldungsgruppe A 13, wie es amtlich hieß. Der „Epi“, der Erste Polizeihauptkommissar, wie der vergleichbare Rang der Uniformierten lautete, war der Enddienstgrad im gehobenen Dienst. Nur wenige erreichten den vor ihrem Ruhestand. Etliche von Zaplinskis Kollegen vertraten die Ansicht, es wäre überhaupt nur den alten Epis zu verdanken, dass die Polizei noch funktionierte.

Die Führungskräfte eine Hierarchieebene weiter oben – wegen ihrer güldenen Abzeichen gerne auch „Goldfasane" genannt – würden dagegen die Arbeit eher behindern. Der sogenannte höhere Dienst – oder wie Zaplinski abfällig immer gerne sagte: „Der abgehobene Dienst" – war mit seinen unsäglichen Controlling-Kennzahlen, Zielvereinbarungen und Statistik-Wettbewerben furchtbar weit weg vom wirklichen Leben, fand Zaplinski. Als wäre innere Sicherheit zu managen wie ein Wirtschaftsunternehmen.

Dieter Zaplinski ging langsam auf die Sechzig zu und war Polizist aus Überzeugung. Seit zehn Jahren leitete er die Mordkommission Nord bei der Wittenauer Kripo. Die stressige Arbeit schien ihm, der frei von jedem belastenden familiären Anhang und sonstigen privaten Verpflichtungen war, wie auf den fülligen Leib geschneidert. Ruf-Bereitschaften, Alarmierungen, haufenweise Überstunden, das juckte ihn nicht. Und beim Feierabendbier trudelte er oft als Letzter nach Hause. Na ja, dahin halt, wo das zuletzt in grauer Vorzeit frisch bezogene Schlafsofa ihm die Gelegenheit zum Ausschlafen bot. Genau dort lag er nun und kramte in seinem schummrigen Schädel nach Informationen.

„Freier Tag“, kombinierte Zaplinski, da der Wecker ihn nicht mit „We will rock you“ von Queen geweckt hatte.

„Hell … könnte morgens sein …“, schlussfolgerte Zaplinski weiter, nachdem er zögerlich wieder ein Auge geöffnet hatte.

Er nötigte das zweite Augenlid ebenfalls dazu, sich nach oben zu heben. Das Display des Radioweckers stanzte rote Ziffern in seine Netzhäute. Sein Gehirn fügte sie träge zu einer brauchbaren Information zusammen: 12:45 Uhr.

Zaplinski warf einen Blick auf die Smartwatch, die seine Kollegen ihm zum 40-jährigen Dienstjubiläum geschenkt hatten. Sie zeigte die gleiche Uhrzeit.

„SUN“, teilte ihm das Display mit, Sonntag. Er hatte die Uhr schätzen gelernt, fand es nützlich, Anrufe damit anzunehmen, Wetterbericht und Sportnachrichten am Handgelenk zu lesen. Leider zählte das Gimmick auch Schritte. Nach jeder bewegungsarm am Schreibtisch oder Tresen verbrachten Stunde nervte die Uhr ihn mit einem energischen Brummen. Ein hektisch im Display mit den Armen ruderndes Männlein forderte ihn dann zu körperlicher Aktivität auf.

„Sie sitzen zu lange!“, stand dann da.

Zaplinski, der seinen mangelnden Bewegungsdrang im Gegensatz zu seiner Uhr und den lieben Kollegen überhaupt nicht änderungsbedürftig fand, pflegte dem Strichmännchen mit der anderen Hand ein paar Mal zurück zu winken. Das gab dann wieder eine Stunde Ruhe.

Wie man den Quälgeist abstellen konnte, das hatte er noch nicht herausgefunden.

Zaplinskis massiger Körper verspürte immer noch den dringenden Wunsch weiter liegenzubleiben und er klappte beide Augenlider schützend wieder zu. Aber volle Blase und schmerzender Rücken ließen sich partout nicht mehr ignorieren. Es half alles nichts, er würde aufstehen müssen.

Er zwinkerte ein paar Mal den Schlaf weg und öffnete schließlich vorsichtig die Augen. Dann tastete er nach dem Apnoe-Gerät, das nachts Luft mit Überdruck in seinen Schlund presste und damit das Schnarchen verhinderte. Verdiente Strafe für übermäßigen Lebensmittel- und/oder Alkoholkonsum. Er fand den Aus-Knopf und das Brummen des Kompressors erstarb.

Das ganze Konstrukt mit der Nasenmaske und dem flexiblen Luftschlauch ließ ihn wie eine in die Jahre gekommene Billigversion von Darth Vader aussehen. Er gähnte ausgiebig und zog das elastische Kopfgeschirr von seinem Schädel. Zaplinski genoss kurz die Ruhe und setzte sich umständlich an der Kante seines Schlafsofas auf.

Nicht nur einmal hatte er das Absetzen der Maske unter dem Stress heftigen morgendlichen Harndrangs vergessen. Was dann dazu führte, dass er die komplette Gerätschaft, samt Netzteil wie einen widerspenstigen kleinen Köter polternd hinter sich her Richtung Klo schleifte.

Nur gezwungenermaßen hatte er sich vor ein paar Jahren im Schlaflabor der Charité durchchecken lassen. Klar, gelegentlich gab es da mal ein Nickerchen am Schreibtisch, na und? Die Kollegen hatten anfangs noch feixend Fotos geschossen, wenn er mit offenem Mund eingeschlafen war, die Füße auf dem Tisch. Einmal hatten sie es sogar gewagt, so einen Pappanhänger an seinem großen Zeh zu binden, wie er ansonsten nur an Leichen angebracht wurde. Sehr witzig.

Aber sein damaliger Chef hatte irgendwann genug von seinen Auszeiten gehabt. „Zaplinski, so geht das nicht weiter. Entweder du unternimmst was dagegen oder du bearbeitest demnächst in Rudow Ladendiebstähle."

Ladendiebstähle „verwalten" und das in Rudow? In einer Ecke von Berlin, die von seiner Wohnung und von Monis Kneipe gefühlt so weit entfernt war wie Wladiwostok?

Der Zyniker in ihm hatte sich gefragt: Wurden Ladendiebstähle in Berlin überhaupt noch strafrechtlich verfolgt? War die Höchststrafe dafür nicht inzwischen drei Tage Schokopuddingverbot zum Nachtisch?

Zaplinski hatte sich widerwillig für das kleinere Übel entschieden.

Minutenlange Atemaussetzer hatten die nächtlichen Aufzeichnungen dann ergeben. „Lebensverkürzend ist das. Nicht so harmlos, wie Sie glauben, Herr Zaplinski. Da werden Stresshormone ohne Ende ausgeschüttet. Das schädigt ihr Herz auf Dauer gewaltig und verkürzt ihre Lebenserwartung", hatte der Arzt ihm in ernstem Ton verkündet.

Das fand Zaplinski dann doch nicht so prickelnd und er war bereit gewesen, sich das Gerät fast im Wortsinne aufs Auge drücken zu lassen.

Beim ersten Gebrauch zu Hause hatte er die Klett-Strapse der Maske noch etwas zu stramm festgezurrt. Anfängerfehler. Die Abdrücke waren morgens im Büro sofort aufgefallen.

Statt „Guten Morgen" hatte er zu hören bekommen: „Na, war wohl ne harte Nacht, Dieter. Du stehst neuerdings auf Fesselspielchen? Interessant …"

Der Begriff Feinfühligkeit kam im Wortschatz seiner Kollegen nicht vor. Frei nach dem Motto: Lieber einen Freund verlieren, als auf einen guten Witz verzichten. Zaplinski musste grinsen, denn der Spruch passte durchaus auch auf ihn. Wer austeilt, muss auch einstecken können.

Mittlerweile hatte Zaplinski sich nicht nur mit dem Gerät arrangiert, sondern es tatsächlich zu schätzen gelernt. Keine Spur mehr von Tagesmüdigkeit. Mit dem Gerät schlief er jetzt regelmäßig um die acht Stunden und fühlte sich morgens ausgesprochen fit. Insofern konnte er jetzt relativ exakt sagen, dass er letzte Nacht etwa gegen kurz vor fünf Uhr früh ins Bett gefallen sein musste.

Zaplinski gratulierte sich triumphierend zu seiner heutigen Umsicht, die Maske vor dem Aufstehen abzunehmen. Er stemmte sich von der Sofakante hoch, ließ sich zu einem Ausfallschritt hinreißen und stieß mit einem lauten Yessss die geballte Faust vor. Wie ein Eishockeyspieler im Madison

Square Garden, der gerade den Puck ins Netz geschmettert hat.

Allerdings meldete sich Zaplinskis rechtes Knie sofort schmerzhaft zu Wort. Der „Wayne-Gretzky-Move" war aufgrund des Knorpelschadens vierten Grades keine so gute Idee gewesen.

Zaplinski, einst ein leidenschaftlicher Fußballer, hatte bereits mit Mitte zwanzig wegen des kaputten Knies die Schuhe an den Nagel hängen müssen. Da er bisher standhaft das Ersatzgelenk verweigert hatte, begleitete ihn ein ständiger Knieschmerz. Aber ab und an zwei Voltaren-Kapseln und zweimal im Jahr eine Behandlung mit Blutegeln hielten die Beschwerden einigermaßen in Schach. Wenn das so bliebe, dann würde kein noch so toller Chirurg Zaplinskis Gelenk von innen zu sehen bekommen.

Er reckte und dehnte den schmerzenden Rücken. Dann schlurfte er ins Bad und ließ sich auf dem Toilettensitz nieder. Dieser antrainierte Verhaltensreflex war ein Relikt aus seiner letzten verflossenen Beziehung. Allerdings hatte die langwierige und am Ende erfolgreiche Umerziehung vom Steh- zum Sitzpinkler die Trennung auch nicht verhindern können. Seitdem war da niemand mehr gewesen, der sich über ein ungeputztes Klo oder Kalk in der Duschkabine beschwerte.

Leider. Er seufzte. Manchmal beneidete er diese schöne heile Welt der anderen schon sehr, diese kompletten Familien, die so vertraut miteinander umgehenden Paare.

Arbeit

Er fuhr sich kratzend mit den Fingern über den altersbehaarten Bauch. Dann trottete Zaplinski zur Kochnische und schaltete die Kaffeemaschine ein.

Der mit Abstand luxuriöseste Einrichtungsgegenstand in der Behausung erwachte lärmend zum Leben. Zaplinski nahm eine schon geöffnete Packung Milch aus dem Kühlschrank und schnüffelte skeptisch daran. Mit dem Ergebnis zufrieden, füllte er den Milchbehälter, stellte ein hohes Glas unter die Maschine und drückte im Display auf Latte Macchiato. Das Gerät begann krachend die Bohnen zu schreddern und blies mit einem Zischen die Milchdüse frei. Zaplinski gähnte ausgiebig und fuhr sich mit der Hand durch die wie immer widerspenstig hochstehenden und noch erstaunlich vollen grauen Haare.

Als der elektrische Barista mit der Zubereitung fertig war, genoss Zaplinski den frischen Duft und nahm seufzend den ersten Schluck. Dann ging er zurück ins Bad. In seinem Alter schaffte man es morgens nie, die Blase beim ersten Mal zu leeren.

Zaplinski hockte sich wieder auf die Klobrille und genoss mit selig-dümmlichem Gesichtsausdruck den nachlassenden Druck. Da brummte sein Handgelenk.

Die Rufnummer, die seine Smartwatch jetzt anzeigte, begann mit 4664 … Er kannte sie nur zu gut: Lagezentrum, sprich Arbeit, sprich freier Tag adé. Was soll's, anderweitige Pläne hatte es eh nicht auf seiner Agenda gegeben.

Ein junger Zaplinski wäre jetzt sofort aufgesprungen, um den Anruf entgegenzunehmen. Aber der alte Silberrücken hatte die Ruhe weg. Er nahm grundsätzlich nie vor dem dritten Klingelzeichen ab. Oft genug erledigten sich Anrufe bis dahin von selbst.

Seine Erfahrung hatte ihn auch gelehrt: Wenn man uns ruft, ist eh alles gelaufen. Feuerwehr und Notarzt: die müssen fix sein, Leben retten, okay, da ist Schnelligkeit gefragt. Aber wir, wir fegen doch nur hinterher die Scherben auf.

Unchristliche Eile schadet nur, war sein Grundsatz und den predigte er auch seinen Mitarbeitern. Zaplinski ließ also das Handy weiter dudeln und laufen, was laufen musste. Noch so ein Prinzip: Erstmal Einsatzbereitschaft herstellen! Mit anderen Worten: Geh noch mal aufs Klo, du weißt nicht, wann die nächste Gelegenheit kommt. Und fünf Meter neben einer Leiche gegen den Baum pinkeln? Das konnte in Zeiten wo ständig irgendein Honk Handyfotos von allem und jedem schoss, nur eine Idee sein für jemanden, der auf seinen kurzen Moment der Weltberühmtheit scharf ist.

Zaplinski stand auf, zerrte die Unterhose halbherzig über den schlaffen Hintern und griff sich das Smartphone vom Beistelltisch neben dem Bett. In der Telefonbuch-App wischte er sich durch zu „Kolbow, Bernhard“. Wenn das Lagezentrum ihn nicht erreichte, versuchte man es automatisch bei seinem Stellvertreter.

Der war wie gewohnt nach dem ersten Klingeln gleich dran. „Hallo Zappa. Leiche in Öffentlichkeit, Fremdverschulden. Tegeler Fließ. Magga holt dich gleich ab.“

Der Erste Kriminalhauptkommissar gähnte noch einmal mit Inbrunst. Dann machte er sich wieder auf den Weg ins Bad, unter die Dusche. Damit er fertig war, wenn Magga käme. Małgorzata Czerny, seine neue Mitarbeiterin.

Beim ersten Kennenlernen war das Gespräch auf ihre polnische Herkunft gekommen. Ihre Familie stamme aus Danzig, hatte sie erzählt und Zaplinski gefragt, wo in Polen denn seine Wurzeln liegen würden. Als er daraufhin überrascht den Kopf schief gelegt hatte, hatte sie ihm erklärt, sein Name wäre ja wohl definitiv auch polnischen Ursprungs. Das war ihm neu gewesen. Tatsächlich hatte er bisher noch nie einen Gedanken an die Geschichte seines Familiennamens verschwendet. Aber er war neugierig geworden und fand später im Internet heraus, dass Magga recht gehabt hatte.

Sein Nachname war eine Ableitung von einem Ort namens Czaplin nahe Warschau. Zaplinskis Familie allerdings lebte schon seit Generationen in Berlin und ließ sich nicht konkret nach Polen zurückverfolgen. Na gut, so ernsthaft hatte er auch nie in seinem Stammbaum nachgeforscht.

Als er schon mal dabei war, hatte Zaplinski auch seinen Vornamen durch die Suchmaschine gejagt. Eine der Bedeutungen von „Dieter“ lautete da: „Der Reiche des Volkes“, aber das passte angesichts seines Kontostandes eher nicht. Die Version „Herrscher des Volkes“ allerdings hatte Zaplinski ausnehmend gut gefallen.

Dieter Zaplinski, Herrscher des Kripovolkes von Wittenau. Das hörte sich doch passend an, fand er in einem Anflug von Größenwahn.

Vor seinem geistigen Auge sah er sich in einer Tunika mit Lorbeerkranz und in Feldherrenpose auf einem Hügel vor seinen kampfbereiten Kohorten posieren.

Bereit zum Kampf gegen das Böse.

Premiere

Małgorzata Czerny manövrierte den dunkelblauen Dienstwagen auf den Waldparkplatz im Tegeler Forst. Der luxuriöse SUV mit Alufelgen und Ledervollausstattung hatte ursprünglich einem Finanzbetrüger gehört. Er war im Rahmen des Strafverfahrens eingezogen worden und so als Exot im ansonsten kleinbürgerlich-biederen Fuhrpark der Berliner Polizei gelandet. Zaplinskis Truppe hatte das unverschämte Glück gehabt, ihn als Dienstwagen zu nutzen zu dürfen.

Magga – niemand plagte sich mit ihrem schwer aussprechlichen Vornamen ab – war mit 23 die Jüngste bei den Wittenauer Ermittlern. Erst vor einigen Wochen dazugestoßen. Kurze glatte schwarze Haare, Pagenschnitt, und ein extra kurzgeschnittener Pony umrahmten ein rundliches Gesicht. Schwarz war im Regelfall auch die dominierende Farbe ihrer Bekleidung, ohne dass sie jedoch wie ein Punk oder Gruftie daherkam. Sie war zwar eher proper, aber weit davon entfernt, schwarz zur Kaschierung der Figur tragen zu müssen.

Die junge Kollegin hatte Zaplinski von dessen Wohnung abgeholt und ihm auf der kurzen Fahrt die ersten Informationen weitergegeben.

Viel war es nicht gewesen, was Kolbow ihr bei der Alarmierung mitgeteilt hatte.

Zaplinskis Wissensstand war noch dürftiger gewesen. Unbekannter Toter, gefunden beim Spaziergang von einem Rentner und seiner Enkelin. Keinerlei Ausweisdokumente oder persönliche Gegenstände bei der Leiche. Stichwort Raubmord.

Fundort der Leiche: in einem Waldstück am Fließ unweit von Tegeler See, Autobahn und S-Bahntrasse Richtung nördliches Umland. Das Fließtal war ein beliebtes Ziel für Spaziergänger, Radfahrer und Jogger im Berliner Norden.

Zaplinski grunzte nach ihrem Vortrag irgendetwas, dessen Bedeutung sie nicht entschlüsseln konnte. Ein Danke war es aber nicht gewesen. So richtig einschätzen konnte sie ihren neuen Chef immer noch nicht. Das verunsicherte sie.

Magga fand eine Lücke zwischen den diversen Einsatzfahrzeugen von Polizei und Feuerwehr und parkte elegant in einem Zug ein. Mit einem Gefühl, das sich am besten als gespannte ängstliche Vorfreude beschreiben ließ, stieg sie aus zu ihrer ersten Mordermittlung. Das Piepen der Funkfernbedienung hörte sich für sie an wie ein Startschuss.

John Doe

Zaplinski fluchte.

„Kurwa …!!“

Das polnische Schimpfwort hatte er von Magga übernommen. Klang irgendwie eleganter als „Scheiße“, fand er. Okay, solange man kein Pole war. Er war beim Aussteigen in eine Pfütze getreten und kaltes Wasser hatte den Weg in seine Schuhe gefunden. Angewidert und genervt schüttelte er so gut es ging den nassen Modder von seinen schwarzen Sneakers. Das fing ja toll an. Immerhin regnete es mittlerweile kaum noch.

Zaplinski zog fröstelnd die Kapuze seines teuren Outdoor-Anoraks über den Kopf. Er besaß nicht viele Klamotten, legte aber Wert auf Qualität, wenn er sich denn schon mal etwas Neues zulegen musste. Die Sachen hielten dann lange und er ersparte sich allzu häufige Einkäufe. Meistens bestellte er sich online irgendetwas, hin und wieder mit dem Fuchs-Logo seines Lieblingsvereins.

Sie gingen in Richtung Waldrand auf das blau-weiße Flatterband zu, das einen Trampelpfad markierte. Die beiden Kriminalbeamten nickten grüßend dem uniformierten Kollegen zu. Er hielt ihnen wie in jedem guten Kriminalfilm das Absperrband in die Höhe.

Sie schlüpften mehr (Magga) oder weniger (Zaplinski) elegant darunter durch.

Dann steuerten sie auf ein von Scheinwerfern hell ausgeleuchtetes Zelt zu. Drei Spurensicherer in mausgrauen Einweg-Overalls waren bereits bei der Arbeit.

Kolbow, Mitte vierzig, Brillenträger, hochgewachsen und von schlanker, ja fast dürrer Gestalt, trat auf sie zu. Der Kriminalhauptkommissar trug wie gewohnt Schlips und Kragen, darüber seinen unsäglichen beigefarbenen Trenchcoat à la Columbo. Er hatte natürlich sein Tablet dabei, das an einem schmalen Gurt um seinen Hals hing und auf dem er mit einem Stift seine Notizen einzugeben pflegte. Zaplinski selbst bevorzugte schnödes Papier, musste aber zugeben, dass so ein Tablet schon sehr praktisch war. Man konnte zum Beispiel Vernehmungen gleich vor Ort aufzeichnen, online recherchieren und hatte quasi die ganze Ermittlungsakte unter dem Arm. Und das Ding konnte handschriftliche Notizen in eine druckreife Datei verwandeln. Nicht schlecht, aber gut, dass Kolle das machte. Er hatte keine Lust, sich mit den verschiedenen Apps herumzuquälen.

Kolbow schob sich gerade einen Kaugummi in den Mund. „Moin Zappa, Moin Magga …“, begrüßte er sie mit seiner typischen Leidensmiene, die einem Trauerredner perfekt zu Gesicht gestanden hätte.

Sie traten unter das Zeltdach. Eine kleine Frau mit sehr hellblondierter Igelfrisur kniete neben dem Leichnam. Franziska „Franzi“ Richter, die dreißigjährige Gerichtsmedizinerin war schon bei der Arbeit. Sie unterbrach ihr Tun und blickte auf, als Zaplinski und Magga dazukamen.

Ein kahlköpfiger Mann um die sechzig lag mit starr geöffneten Augen rücklings da. Bekleidet mit einem schwarzen Mantel, schwarzem Anzug, weißem Hemd, schwarzer Krawatte. Das Gesicht und der ganze Körper waren schmutzig vom Uferschlamm. Bereit zur Beerdigung, nur die Klamotten müssten vorher nochmal in die Reinigung. Zaplinski kam dieser zynische Gedanke automatisch. „Was können Sie uns schon sagen?", wandte er sich an die Gerichtsmedizinerin.

„Nicht viel. Ich muss ihn nachher erstmal ordentlich duschen und dann sehen wir weiter", verkündete die Richter und schob dann schnippisch nach: „Ich wünsche Ihnen übrigens auch einen schönen Sonntag."

„Sorry, ja, dito, Ihnen auch einen guten Tag, Frau Richter", grummelte Zaplinski. Er deutete auf die linke Hand des Toten. „Ist es das, was ich denke?"

Magga schaute mit Interesse, aber auch mit erhobenen Augenbrauen hin. Sie konnte sich erkennbar keinen Reim auf die merkwürdigen blutigen Verletzungen an den Fingern machen.

„Wenn Sie denken, dass sich da ein Tier einen kleinen Snack gegönnt hat, dann lautet meine Antwort: Ja", antwortete die Gerichtsmedizinerin.

Zaplinski wiegte den Kopf. Er musste kurz an „Schweigen der Lämmer", Teil zwei denken, wo Lecter eines seiner Opfer abgerichteten Wildschweinen zum Fraß vorwerfen wollte.

Kolbow schaltete sich ein. „Der Zeuge hat tatsächlich berichtet, sie hätten ein Wildschwein aufgeschreckt, als sie ihn gefunden haben. So wie es aussieht, ist er hierher geschleift worden. Er hat drei bis vier Tage mehr oder weniger im Wasser gelegen."

Als die Gerichtsmedizinerin den Kopf hob und mit leichter Missbilligung eine Augenbraue hochzog, schob er eilig nach: „Meint Frau Richter. Unter Vorbehalt natürlich. Und was die Spurenlage angeht: Der Dauerregen der letzten Tage hat so ziemlich alles zerstört."

„Das ist ja nicht so schön. Wir müssen als Allererstes mal rausfinden, mit wem wir es zu tun haben", stellte Zaplinski fest. „Hatte er überhaupt nichts dabei, was uns bei der Identifizierung hilft?"

Kolbow schüttelte den Kopf. „Nichts, alle Taschen sind leer. Die Labels in der Bekleidung sind zwar noch da, aber leider nicht von einem Maßschneider, sondern von C&A und Co., das bringt uns also auch nicht weiter."

„Da können wir uns ja glücklich schätzen, dass man unserem John Doe hier nicht auch noch alle Finger abgeschnitten hat. Beziehungsweise abgebissen. Na ja, fünf brauchbare haben wir ja zum Glück noch", sagte Zaplinski und wies auf die unversehrte rechte Hand.

Er stellte sich gerade vor, was das hätte nach sich ziehen können, wenn das Borstentier sich alle zehn Finger einverleibt hätte. Großes Halali und Treibjagd auf die gesamte Wildschweinpopulation im Großraum Tegel mit anschließender Massen-Obduktion, um die fehlenden

Greiforgane wiederzufinden? Oder alle Tier einfangen, dem Zeugen gegenüberstellen und den Übeltäter einer Magenspiegelung unterziehen? Oh Gott, Zaplinski, dachte er. Drehst du jetzt völlig durch oder was?

Er zog fest an seinem Ohrläppchen. „Okay. Für Magga und mich gibt es hier nichts weiter zu tun, denke ich. Ich will nur nochmal kurz mit dem Zeugen sprechen, Kolle."

Der nickte und wirkte enttäuscht. „Ja, gut, dann muss ich das hier wohl alleine zu Ende machen."

„Ich geh dann nachher zur Obduktion. Mit Magga. Wird Zeit, dass Sie mal mit am Tisch stehen, oder?" Zaplinski legte den Kopf schief und sah die junge Kommissarin an.

Magga schluckte kurz, nickte dann und antwortete mit fester Stimme. „Klar, Herr Zaplinski."

„Dann Abmarsch. Tschüss allerseits." Zaplinski wedelte zum Abschied mit der Hand in die Runde und ging Richtung Parkplatz.

Er registrierte, dass es endgültig aufgehört hatte zu regnen, schob die Kapuze vom Kopf und linste nach oben. Der Himmel riss langsam auf und die Herbstsonne schickte ein paar vorsichtige Strahlen durch die Wolken.

Wasserbüffel

Der alte Herr saß zusammengesunken neben der offenen hinteren Tür des Rettungswagens auf einem Rollator. Über seinen Schultern lag eine graue Decke, die Hände hatte er um einen dampfenden Plastikbecher gelegt. Er trug eine goldgerahmte Brille und hatte graue, nach hinten gekämmte Haare mit deutlichen Geheimratsecken. Seine Füße steckten in wasserdichten Thermostiefeln, an denen der Schmutz bereits angetrocknet war.

„Mein Name ist Zaplinski, Mordkommission Nord, Herr, ääh …“ Zaplinski hatte vergessen, Kolbow nach dem Namen des alten Herrn zu fragen und er wandte sich Hilfe suchend an Magga.

„Kleemann, Herbert Kleemann“, sprang Magga ihm sofort bei.

„Ja, also Herr Kleemann. Können Sie uns ein paar Fragen beantworten?“

„Ich hab doch schon …“, entgegnete Kleemann und stellte seinen Becher ab.

„Ja, ich weiß. Sie haben schon meinen Kollegen alles erzählt“, unterbrach Zaplinski ihn ungeduldig. „Aber für uns ist es wichtig, dass wir es nochmal direkt von Ihnen hören.“

Kleemann nickte zwar, er wirkte aber nicht so, als würde ihm das einleuchten.

„Also, ich war mit Marlene spazieren."

Als er Zaplinskis fragenden Blick bemerkte, drehte er sich zum Inneren des Rettungswagens um. Auf dem Fahrersitz thronte ein blondes Mädchen im Vorschulalter. Der Rettungssanitäter zeigte ihr gerade, wo das Blaulicht eingeschaltet wird.

„Meine Enkelin."

„Aha", sagte Zaplinski.

„Um halb eins sind wir los. Wir wollten uns die Wasserbüffel ansehen."

Wieder erntete er von Zaplinski einen verwunderten Blick. „Welche Wasserbüffel?"

„Im Sommer ist hier immer eine Herde Wasserbüffel. Das Gartenbauamt transportiert sie extra her, damit sie das Gras kurz und das Wasser am Fließen halten", klärte Kleemann ihn auf. Sein Blick sagte: „Das weiß man doch."

Zaplinski nickte. Ihm war das neu. Aber auch egal. „Und weiter?"

„Marlene kommt immer sonntags zu mir. Wir gehen dann zusammen raus. Jedes Mal eine andere Runde. Das ist das Schöne hier. Viel Wald. Ich wohne unten an der Malche im Seniorenheim, wissen Sie, im 9. Stock. Da hat man einen herrlichen Blick auf den Tegeler See. Auf die Uferpromenade. Im Sommer ist da viel zu sehen. Dampfer, also ich liebe ja die Havelqueen mit diesem Schaufelrad und dann die Segelboote …“

Zaplinski trat ungeduldig von einem Fuß auf den anderen und war drauf und dran, dazwischenzugehen.

Magga sah aus, als wolle sie ihrem Chef eine Hand auf den Arm legen, um ihn davon abzuhalten. Aber sie tat es nicht. Herbert Kleemann hatte indes wohl selbst gespürt, dass er ein wenig vom Thema abgeschweift war.

„Ja, also heute sind wir zum Fließ runter.“

„Klar, Herr Kleemann. Was ist dann passiert?“, drängte Zaplinski. Konnte der Kerl nicht endlich auf den Punkt kommen?

„Na ja, wir waren auf dem Weg und da haben wir Geräusche gehört. Vom Fließ unten. Ich dachte, das sind die Büffel. Wir waren schon ein paar Mal hier, aber die hatten sich immer irgendwo versteckt. Marlene war immer so enttäuscht. Und da dachte ich, na ja, wir sind da durchs Gebüsch. Trotz Verbotsschild.“

Er sah Zaplinski schuldbewusst an. Der erteilte ihm mit einem väterlichen Nicken für den Regelverstoß sofort Absolution. Was angesichts des Altersunterschiedes schon ziemlich absurd war.

„Und da haben wir einen Riesenschreck bekommen. Da war ein Wildschwein, das hat uns angegrunzt. Marlene hat geschrien und da ist es zum Glück gleich geflüchtet. Ich hätte nicht gewusst, was ich machen soll.“ Er senkte den Blick.

„Und weiter?“ Zaplinski verlor mehr und mehr die Geduld.

Der alte Mann schlug die Hände vors Gesicht und schüttelte den Kopf. „Dann hab ich erst gesehen, was da liegt. Ich konnte das gar nicht fassen, furchtbar. Ich hab Marlene die Augen zugehalten und dann sind wir wieder hoch zum Weg.“

Er zog ein Seniorenhandy mit großen Tasten aus der Tasche. „Dann habe ich natürlich gleich die 110 angerufen. Bei uns im Haus waren doch ihre Kollegen, die diesen Vortrag zur Seniorensicherheit …“

„Ja, das war toll, Herr Kleemann“, unterbrach Zaplinski ihn, wobei die nicht zu überhörende Ironie in seinen Worten den Inhalt konterkarierte. Er gab Magga ein Zeichen und fragte dann weiter: „Kennen Sie den Mann?“

„Ich hab nicht so genau hingeschaut“, sagte Kleemann entschuldigend.

Magga hielt dem alten Herrn das Handyfoto entgegen, das sie vom Toten gemacht hatte. Kleemann schaute drauf, verzog angeekelt das Gesicht und schüttelte den Kopf.

„Nee, den habe ich noch nie gesehen.“

„Herr Kleemann, waren zu der Zeit noch Leute hier unterwegs? Spaziergänger, Jogger oder Radfahrer?“, wollte Zaplinski wissen.

„Nein, da war niemand. Das Wetter ist ja auch nicht so toll.“

„Sie gehen ja regelmäßig hier spazieren. Ist Ihnen da in den letzten Tagen irgendetwas aufgefallen? Leute, die sich gestritten haben zum Beispiel, Hilferufe oder sowas?“

Der Senior dachte nach. „Da war nichts. Ich war auch seit ein paar Tagen nicht hier. Tut mir leid, dass ich Ihnen nicht helfen kann.“

„Macht nichts Herr Kleemann. Die Kollegen bringen Sie jetzt nach Hause“, sagte Zaplinski und wunderte sich einen Moment über seine plötzliche Fürsorglichkeit.

Kleemanns Augen leuchteten kurz auf, aber er wehrte bescheiden ab. „Ist eigentlich nicht nötig.“

„Das ist schon okay. Und Marlene wird es auch gefallen. Wiedersehen, Herr Kleemann.“ Zaplinski gab Magga ein Zeichen und sie ging zu den beiden Uniformierten hinüber, die an ihrem blau-weißen Streifenwagen standen.

Als sie wieder in den Dienstwagen stiegen, meinte Magga nachdenklich: „Hoffentlich hat die Kleine nicht allzuviel gesehen. Nicht, dass sie mit Opa jetzt keine Ausflüge mehr machen will.“

„Ja hoffentlich. Aber unser Märchenonkel ist heute beim Kaffeekränzchen im Seniorenheim garantiert der Held der Rentnergang …“, antwortete Zaplinski grinsend.

„Ach, Herr Zaplinski, ich gönn ihm das. Wenn ich so an meinen Opa denke … Im Alter kann einem furchtbar langweilig werden. Wenn kein Partner mehr da ist und die Verwandten nicht so oft zu Besuch kommen. Haben Sie gesehen, wie er aufgeblüht ist, als er uns was erzählen durfte?“

„Hoffentlich werde ich nie so ein Quatschkopp“, erwiderte Zaplinski flapsig, obwohl ihm gerade mulmig geworden war.

Partner? Verwandte? Bei ihm Fehlanzeige. Mit Schaudern dachte er daran, dass er selbst nur noch ein paar Jahre bis zum Ruhestand hatte. Er wischte den unangenehmen Gedanken sofort weg. An das tiefe dunkle Loch, in das er als Pensionär möglicherweise fallen würde, wollte er nicht mal ansatzweise denken. Die Arbeit war sein Lebensinhalt. Was würde er ohne die Kripo machen? Jeden Tag bei Moni am Tresen hocken sich langsam mit Bier und Schnaps abfüllen? Stammtischparolen dreschen, wie Werner, der dicke Manne, und Tischler-Ralf, die alle Rentner und alleinstehend waren?

Er kniff sich ins Ohrläppchen, damit der Schmerz seine Gedanken wieder in eine andere, angenehmere Richtung lenkte.

Peinlich

Zaplinski öffnete die Tür zum Obduktionssaal. Franziska Richter beugte sich gerade über einen nackten Körper, der vor ihr auf dem Seziertisch auf dem Rücken lag. Aus dem kleinen Bluetooth-Lautsprecher auf der Fensterbank lief Schlagermusik. Wieder mal Marianne Rosenberg, stellte Zaplinski fest. Warum zur Hölle hörte diese junge attraktive Frau solch furchtbare Musik aus den Siebzigern? Aus seiner Teenagerzeit? Zaplinski schüttelte den Kopf und versuchte, das Gedudel auszublenden.

Die Gerichtsmedizinerin sah von ihrer Arbeit auf, als die beiden Kriminalbeamten hereinkamen.

„Willkommen im Reich der Toten. Frau Czerny, ich begrüße Sie zur Premiere“, sagte sie zwinkernd. Sie ließ dabei den Blick einen Tick zu lange auf Magga ruhen und nickte dann Zaplinski zu.

„Herr Zaplinski … Sie kommen zur rechten Zeit, bin gerade einigermaßen fertig.“ Franziska Richter zeigte auf den Leichnam vor ihr, der den bereits wieder vernähten typischen Schnitt im Brust-/Bauchbereich aufweist. Sie war gerade dabei gewesen, die abpräparierte Kopfschwarte über den Schädel zu ziehen und vollendete jetzt ihr Werk. Magga mochte da anscheinend nicht genauer hinsehen.

„Was soll das denn sein?“, fragte sie, als sie eine Tätowierung auf der rechten Hand des Toten bemerkte. Sie besaß selbst ein Faible für kunstvolle Tattoos. Das hier war allerdings eindeutig dilettantisch gemacht worden.

Zaplinski beugte sich vor und nahm in Augenschein, was da zwischen Daumen und Zeigefinger eingestochen worden war. „Ich weiß nicht. Ein Vogel vielleicht? Das hat scheinbar ein Anfänger mit einem rostigen Nagel und Schultinte gestochen, soviel ist mal klar. Ist nicht wirklich zu erkennen. Machen Sie doch mal ein Foto, Magga. Hilft uns eventuell bei der Identifizierung."

Sie fotografierte die Tätowierung mit dem Handy und sah sich skeptisch das Bild an. Ein Vogel?

„Woran ist er gestorben?", wollte Zaplinski von der Gerichtsmedizinerin wissen.

Die hatte dem Toten inzwischen den Skalp ordentlich zurecht gezupft. Nun drehte sie den Körper mit ihren gummibehandschuhten Händen leicht zur Seite. „Eins nach dem andern."

Sie zeigte im hinteren Bereich des Halses auf mehrere punktartig dunkel verfärbte Hautstellen. Jeweils kreisförmig angeordnet im Durchmesser von etwa vier Zentimetern.

Magga beugte sich zum Leichnam herunter. Dann sah sie erst die Obduzentin und dann Zaplinski verständnislos an. „Was ist das?"

Zaplinski hatte auch keine Ahnung und das war ihm ziemlich peinlich. Er versuchte, sich die Wissenslücke nicht anmerken zu lassen.

Franziska Richter hatte ihn indes sofort durchschaut und lästerte: „Ihr seht das zum ersten Mal? Na, ihr seid mir ja schöne Ermittler. Wie lange sind Sie schon dabei, Herr Zaplinski?"

Zaplinski wackelte unwirsch mit dem Kopf und die Gerichtsmedizinerin ließ sich grinsend dazu herab, das Rätsel zu lösen.

„Das sind Strommarken. Euer Freund hier hat unliebsame Bekanntschaft mit einem Elektroschocker gemacht. Und das gleich mehrfach." Sie ließ den Leichnam wieder auf den Rücken gleiten. „Wir haben das mal mit einem schwächeren Modell hier selber ausprobiert, aus reiner Neugier", sagte Franziska Richter. „Das zeckt fürchterlich, du kannst vor Schmerzen echt nicht mehr reagieren, bist wie gelähmt. Einmal und nie wieder …" Sie schüttelte sich.

„Spuren vom Elektroschocker habe ich auch im Genitalbereich gefunden. Außerdem gibt es massive stumpfe Verletzungen da unten. Also da hat ihm jemand richtig die Kronjuwelen malträtiert." Sie zeigte auf die unnatürlich dick geschwollenen Hoden. „Ich bin zwar kein Mann, zum Glück …", setzte sie an und sah dabei Magga an. „Aber das war unter Garantie nicht lustig. Oder was meinen Sie, Herr Zaplinski?", beendete sie den Satz mit einem frechen Grinsen in Richtung des Hauptkommissars.

An dessen Gesicht war die Anteilnahme hinreichend deutlich abzulesen. Er besaß genügend Fantasie, um nachzufühlen, was seinem dahingeschiedenen Geschlechtsgenossen da widerfahren war. Zaplinski konnte gerade noch den Impuls unterdrücken, bei sich selbst zu ertasten, ob da alles noch in Ordnung war.

Die beiden Frauen versuchten, angesichts des gequält dreinblickenden Chefermittlers ein Lachen zu unterdrücken. Mit nur mäßigem Erfolg.

Die Gerichtsmedizinerin fuhr fort: „Er hat außerdem Würgemale am Hals. Allerdings nicht tödlich. Dann noch Blutergüsse im Gesicht, ein geplatztes Trommelfell. Von Schlägen vermutlich."

„Was haben Sie sonst noch gefunden?", fragte Zaplinski nach.

Sie hob den Hinterkopf an. „Abschürfungen. Auch am Rücken, wo die Kleidung hochgerutscht ist. Als wäre er über den Boden geschleift worden."

„Aber woran ist er denn nun letztendlich gestorben?" Zaplinski war schon leicht genervt, weil die Antwort auf die Kernfrage immer noch ausstand.

„An den Ohrfeigen sicher nicht. Und wegen der dicken cojones auch nicht", erklärte die Richter mit ihrem süffisanten Grinsen und ließ die Ermittler weiter rätseln. „Und durch den Elektroschocker auch nicht. Der Strom sucht sich den kürzesten Weg zwischen den beiden Elektroden. Er dringt nur wenige Zentimeter in den Körper und kommt nie am Herzen an. Im Prinzip ist das äußerst schmerzhaft und macht kampfunfähig, ist grundsätzlich aber nicht tödlich. Es sei denn, das Gerät hat eine sehr hohe Stromstärke. Das können wir anhand der Strommarken aber hier ausschließen."

„Und was war es denn nun?“ Zaplinski wurde jetzt zunehmend ungeduldig. Eigentlich mochte er die Gerichtsmedizinerin, aber heute ging sie ihm langsam auf den Geist. Franziska Richter besaß wie scheinbar alle Frauen das soziale Auge, das Zaplinski und allen Männern, die er kannte, bei der Genzuteilung vorenthalten worden war. Daher spürte sie seinen aufkommenden Ärger und erlöste ihn.

„Am Ende ist er ertrunken …“

„Ertrunken, nicht ertränkt?“, hakte Zaplinski irritiert nach.

„Schwer zu sagen, denn …“ Ihr Zeigefinger deutete auf den blau verfärbten Unterbauch: „… er hatte da ein Aneurysma, eine Schwachstelle an der Bauchschlagader. Das ist wie eine Zeitbombe. Das Fiese daran ist, dass man normalerweise keine Beschwerden hat, maximal vielleicht ein bisschen Rückenschmerzen. Aber wenn die Stelle reißt, muss sofort interveniert werden. Seine hier ist geplatzt wie ein alter Gartenschlauch. Mutmaßlich beim Sturz, weil ich an der Stelle ein Trauma gefunden habe. Alleine daran wäre er ohne schnelle Hilfe mit Sicherheit auch gestorben.“

Zaplinski konnte mit dem ganzen „könnte“ und „wäre“ nichts anfangen. Mit Grautönen hatte er es nicht so. Ja oder Nein, hopp oder topp. .„Ertrunken oder ertränkt oder verblutet? Was denn nun?“

„Suchen Sie sich was aus“, antwortete die Gerichtsmedizinerin und hob bedauernd die Hände. „Wie mit der Henne und dem Ei. Keiner kann sagen, was zuerst da war. Kann sein, die innere Blutung hatte ihn schon zu sehr geschwächt und er konnte nicht mehr aufstehen. Oder er hat versucht, hochzukommen und ist vor Schwäche ins Wasser gefallen. Lässt sich nicht mit Sicherheit sagen."

„Na toll." Zaplinski war ernüchtert. Ihm wurde soeben klar, dass es schwierig werden könnte, in diesem Fall die Mordabsicht nachzuweisen. Aber immerhin war das auch nicht auszuschließen. „Gibt es irgendetwas, was uns bei der Identifizierung weiterhelfen könnte, außer diesem schrecklichen Tattoo?"

„Leider keine Implantate mit Seriennummern, wenn Sie daran gedacht haben sollten. Der Rest ist in Arbeit, Fingerabdrücke, Zahnschema und so weiter. Anhand der Zahnfüllungen würde ich sagen, er stammt aus der ehemaligen DDR", antwortete Franziska Richter. „Übrigens tippe ich darauf, dass er früher geboxt hat. Kopf, Nase und Hände weisen alte typische Verletzungen auf, die man sich im Laufe der Zeit so zuzieht."

Zaplinski seufzte. Das hatte er sich alles sehr viel geschmeidiger vorgestellt. „Dann müssen wir wohl darauf hoffen, dass er schon einmal Kunde bei uns war und seine Fingerabdrücke einliegen. Oder, dass ihn jemand vermisst. Danke erstmal Frau Richter. Wie sieht's aus mit dem Todeszeitpunkt?"

„So weit bin ich noch nicht", beschied ihn die Gerichtsmedizinerin. „Aber Sie erfahren es als Erster."

Spätschicht

Der Leiter der Mordkommission Nord gähnte. Kurz vor zwei Uhr nachmittags erst aufgestanden und schon wieder müde. Ich glaube, ich werde langsam alt, dachte Zaplinski.

Im Gehen nippte er an seinem Thermobecher, in dem der Latte aus der heimischen Kaffeemaschine vor sich hin dampfte. Zaplinski war wieder auf dem Weg zum Dienst. Nach der unbefriedigenden Obduktion war er kurz zu Hause gewesen, Duschen, Umziehen, den Geruch vom Leichenschauhaus loswerden.

Zaplinski lebte in Berlin-Wittenau. Erst seit Beginn des zwanzigsten Jahrhunderts hieß dieser Ortsteil des Bezirks Reinickendorf so, benannt nach dem damaligen Ortsvorsteher Witte. Der alte Ortsname Dalldorf war zuvor allzusehr mit der dortigen „Städtischen Irrenanstalt“ assoziiert worden. Davon hatten die Leute hier schließlich die Nase gestrichen voll gehabt und vehement eine Umbenennung betrieben. Inzwischen war auch der Nachfolger der Irrenanstalt, die Karl-Bonhoeffer-Nervenklinik – im Volksmund nur „Bonnies Ranch“ genannt – längst Geschichte.

Rund um Zaplinskis Wohnung gab es Supermärkte, Restaurants, ein Tattoostudio und diverse Ärzte und Apotheken. Dazu eine Handvoll Dönerläden, einen großen türkischen Lebensmitteldiscounter mit Halal-Fleisch und einen arabischen Barbershop.

Aber weder ein Geldinstitut noch eine Post. Irgendwie typisch für die Großstadt-Nahversorgung im 21. Jahrhundert.

Vor nicht allzu langer Zeit war in einem ehemaligen Supermarkt zwei Straßen weiter eine Moschee eröffnet worden. Wittenau war eben jetzt Multikulti wie Neukölln oder der Wedding. Das galt auch für das nahegelegene Märkische Viertel. In die Hochhaussiedlung aus den 1960er mit knapp 40.000 Einwohnern, die hier jeder selbstironisch nur das „Merkwürdige Viertel" nannte, zogen wegen der überwiegend großen Wohnungen halt vermehrt Familien mit mehreren Kindern. Und das waren eher die mit Migrationshintergrund und offenkundigem Bedarf an religiöser Betreuung. Die Ureinwohner hatten es ja nicht mehr so mit dem Kinderkriegen. Mit der Religion ebensowenig.

Die knapp fünfzehn Minuten von zu Hause zum Büro ging Zaplinski manchmal zu Fuß, vorbei am Rathaus Reinickendorf und dann quer durch den Park. Vor einigen Wochen waren beim Discounter um die Ecke diese elektrischen Tretroller günstig im Angebot gewesen. Da hatte das Faultier in Dieter Zaplinski kurz über eine solche Anschaffung nachgedacht. Am Ende hatte jedoch die Vernunft knapp gesiegt. Mit dem Ding hätte er künftig die wenigen Strecken, die er jetzt zu Fuß ging, auch noch bewegungsarm zurückgelegt. Ein prüfender Griff an den über seinen Gürtel quellenden Bauch hatte handfest die Entscheidung eingefordert, den Kauf sein ja zu lassen.

In dem Zusammenhang war ihm der Witz aus den Zeiten eingefallen, als es auf den Bahnhöfen noch Personenwaagen gab. Für zehn Pfennig verrieten sie einem das Körpergewicht, ausgedruckt auf einem kleinen Pappkärtchen. Auch bei ihm würde heute wahrscheinlich statt der Kilogrammzahl draufstehen: „Waage bitte nur einzeln benutzen."

Er näherte sich dem Dienstgebäude am Nordgraben, wo er sein Büro hatte. Der dreistöckige Zweckbau direkt neben dem Finanzamt stammte aus den 1960er Jahren. Zaplinski zog am Eingang seinen Dienstausweis durch das Kartenlesegerät und drückte die Glastür auf.

Er machte noch einen kleinen Umweg zur Wache und rief den uniformierten Kollegen hinten im Aufenthaltsraum über den Tresen einen Gruß zu. Es gefiel ihm, dass jetzt wieder Schutz- und Kriminalpolizei unter einem Dach saßen. Der „kleine Dienstweg" funktionierte fast wie früher, weil man sich persönlich kannte und täglich über den Weg lief.

Außerdem wussten die Uniformierten immer mal Dinge, die in keiner Akte oder Datei zu finden waren. Schade nur, dass die Kontaktbereichsbeamten nicht wieder eingeführt worden waren. Diese Kiezpolizisten waren früher für einen kleinen überschaubaren Bereich zuständig gewesen, täglich zu Fuß unterwegs und hatten damit echte Bürgernähe praktiziert. Vorbei.

Jetzt war es ein exotisches Ereignis, wenn die Kollegen aus dem Dienstwagen ausstiegen, ohne dass sie dorthin alarmiert worden waren oder es einen Imbiss zu holen galt.

Wenn man die zahlreichen blau-weißen Fahrzeuge auf dem Hof so betrachtete, die da nur standen und eben nicht streiften, war der alte Begriff Streifenwagen sowieso irreführend. Wahrscheinlich hießen sie aus diesem Grund auch inzwischen Einsatzwagen.

Mit solchen wehmütigen Gedanken an die guten alten Zeiten, also die in seiner Erinnerung guten alten Zeiten, steuerte der Erste Kriminalhauptkommissar Zaplinski in Richtung Aufzug.

Drinnen drückte er den Knopf für den dritten Stock, wo die Büros seiner kleinen Truppe zu finden waren. Die Treppen hochlaufen könnte er dann beim nächsten Mal. Vielleicht.

Der Saal

Zaplinski betrat das große Büro, in dem Bernhard Kolbow residierte. Es diente auch als eine Art inoffizieller Besprechungsraum und wurde intern seiner Größe wegen nur der „Saal" genannt. Ursprünglich hatten hier vier Kollegen ihre Schreibtische gehabt, aber einzig Kolbow war nach der letzten „Umstrukturierung" der Dienststelle übrig geblieben. Platz war genug da, aber nicht genügend Leute für die Arbeit.

Zaplinski warf seinen Anorak über den Garderobenständer. Er begrüßte die bereits versammelten Kollegen mit einem halbwegs munteren „Jutnabend allerseits". Dann setzte – nein, er fläzte sich – auf das alte Sofa und stellte seinen Thermobecher auf dem Tisch ab. Die Second-Hand-Möblierung des „Saals" bestand aus ausrangierten Einrichtungsgegenständen aus den Wohnungen der Kollegen. Hier leisteten sie ihren Beitrag zur Nachhaltigkeit und gaben dem Raum den abgewohnten Charme eines WG-Wohnzimmers aus den Neunzehnhundertsiebzigern.

Zaplinski schaute in die Runde, zu der neben Magga und Kolbow noch Kriminaloberkommissarin Vera Schwertfeger gehörte. Vera saß ihm in einem bequemen, leicht abgeschabten Ledersessel gegenüber.

Die durchtrainierte Blondine zupfte sich die hochgesteckten Haare zurecht. Sie war Mitte vierzig und arbeitete in Teilzeit.

Ihre beiden erwachsenen Kinder waren bereits zum Studieren aus dem Haus und ihr Mann verdiente als Professor und Internist bestens. Das Gehalt war für sie eine Art großzügiges Taschengeld und sie genoss die Freiheit, weder auf den Job noch auf das Geld angewiesen zu sein. Zaplinski pflegte sie deshalb gerne süffisant als „Hobbypolizistin" zu bezeichnen.

Dieter Zaplinski aka „Herrscher des kleinen Kripovolkes von Wittenau" also legte die Füße auf den Couchtisch und nahm einen weiteren Schluck Kaffee. Dann wandte er sich seinem Vertreter zu. „Kolle, gib doch mal einen Überblick, damit wir alle auf dem gleichen Stand sind."

Hauptkommissar Bernhard Kolbow schob die Brille auf dem Nasenrücken zurecht. Er wischte kaugummikauend über sein Tablet, das vor ihm auf dem Schreibtisch lag.

„Unser Opfer ist ziemlich sicher oben am Wanderweg überfallen worden. Zum Fundort am Fließ unten sind es keine zwanzig Meter abwärts in die Büsche. Vom Weg aus nicht einsehbar. Da wurde er dann hingeschleift. Die Spurenlage ist insgesamt sehr schlecht, um nicht zu sagen, gleich null. Wegen des Dauerregens am letzten Wochenende. DNA-Spuren auch Fehlanzeige, keine fremden Hautpartikel oder ähnlich. Aber winzige Spuren von Leder. Der Täter hat vermutlich Lederhandschuhe getragen."

Zaplinski fuhr sich nachdenklich mit der Hand durch die Haare. „Ärgerlich, aber wie dem auch sei… Hast du noch was, Kolle?"

„Ja, das Tattoo. Ich hab das gegoogelt. Es könnte sich um eine Schwalbe handeln, als Zeichen für Freiheit. Das soll bei Häftlingen beliebt gewesen sein. Wenn das stimmt, dann können wir sicher davon ausgehen, dass wir seine Fingerabdrücke schon haben und schnell erfahren, wer er ist."

„Eine Schwalbe?" Magga schaute ungläubig. „Da lagen Sie aber gut, Herr Zaplinski."

Der nickte zufrieden.

Kolbow war noch nicht fertig. „Wenn das mit der DDR-Herkunft stimmt, dann könnte er ein harter Junge gewesen sein. Tätowieren galt drüben in den Gefängnissen als Selbstverstümmelung und wurde mit Einzel-Arrest bestraft. Wenn er das in Kauf genommen hat … Bei dem Opfer sind keinerlei Wertsachen oder persönliche Gegenstände gefunden worden. Das soll uns entweder die Identifizierung erschweren oder kann Indiz für einen Raubmord sein."

Zaplinski schüttelte energisch den Kopf. „Die massiven Misshandlungen, der merkwürdig abgelegene Tatort, keinerlei ähnliche Taten in letzter Zeit, wenn ich nicht irre" , zählte er auf. „Das war definitiv kein Raub, da lege ich mich fest. Jemand will vielleicht, dass wir das glauben, aber das passt hinten und vorne nicht. Das hier ist etwas Persönliches, Hundertpro. Außerdem glaube ich, der Täter, oder die Täterin, war dem Opfer körperlich unterlegen und musste deswegen den Elektroschocker einsetzen", sagte Zaplinski.

Vera nickte zustimmend. „Unser Opfer war für sein Alter ziemlich gut in Form und laut Franziska Richter ehemaliger Boxer. Da ist Überrumpelung sicher keine schlechte Strategie, wenn man nicht körperlich auf Augenhöhe ist. Was dann wieder ziemlich sicher heißt, dass der Täter das Opfer gekannt und sich vorbereitet hat."

Kolbow machte sich Notizen und Zaplinski brummelte etwas, das beipflichtend gemeint sein könnte. „Dann berichte ich mal, was die Obduktion ergeben hat."

Nachdem er geendet hatte, hakte Kolbow ein. „Das heißt, es könnte durchaus Raub oder Körperverletzung mit Todesfolge gewesen sein?"

Zaplinski schüttelte leicht genervt den Kopf. Das musste ja kommen. Kolbow wieder. Wollte alles immer genau wissen, immer auf der sicheren Seite sein. Keinen Arsch in der Hose. „Jaaa, Kolle, könnte, wäre, Mopedkette …", sagte er in bestem Lothar-Matthäus-Sprech, dem nur der fränkische Zungenschlag fehlte. „Aber das ist eine Frage, die der Richter entscheiden muss. Wir gehen erstmal von Mord aus, mindestens Totschlag."

„Inwiefern ist das jetzt wichtig?", fragte Magga und sah Zaplinski an. „Wir ermitteln doch so oder so nicht weniger intensiv, oder?"

„Na ja, Körperverletzung oder vorsätzliche Tötung, das hat ja rechtliche Auswirkungen. Bei Mord und Totschlag liefert das Delikt alleine schon die Begründung für einen Haftbefehl. Bei KV mit Todesfolge nicht. Das ist nur eine

Hürde und es gibt dann noch einige mehr in der Strafprozessordnung."

Im nächsten Moment meldete Kolbows Computer sich quäkend: „Sie haben Post." Zaplinski verdrehte die Augen. Kolbow war mit einem einfachen „Pling" als Benachrichtigungston nicht zufrieden gewesen. Der rief die gerade eingegangene Mail auf, rückte näher an den Monitor heran und las den Text.

„Okay, sehr schön …", sagte er zufrieden nickend und wandte sich wieder den Kollegen zu. „Eine Info von der Kriminaltechnik. Wir wissen jetzt, wer der Tote ist. Enrico Pape, 62. Anhand der Fingerabdrücke und durch das Tattoo kein Zweifel. Das soll tatsächlich eine Schwalbe darstellen." Er vertiefte sich noch einmal in die Mail und gab den Kollegen anschließend eine Zusammenfassung.

„Enrico Pape war ein Schläger und Zuhälter. Verurteilungen wegen Körperverletzung, gefährlicher Körperverletzung und so weiter. Quer durch das Strafgesetzbuch, meist im Zusammenhang mit dem Rotlichtmilieu. Als er damals aus der DDR-Haft freigekauft wurde, hat die Bundesrepublik jedenfalls keinen Dissidenten vor politischer Verfolgung gerettet. Aber damals haben sie dem Westen ja etliche Kriminelle als politische Häftlinge untergeschoben."

„Wie? Freigekauft?" Małgorzata Czerny schaute Kolbow verständnislos an.

Der war sofort in seinem Element als wandelndes Lexikon. „Die Bundesrepublik hat aus der DDR damals über 30.000 politische Häftlinge freigekauft für insgesamt um knapp dreieinhalb Milliarden D-Mark. So waren Honecker und Co. missliebige Bürger los und haben daran noch gut verdient. Immerhin hat der Westen damals immer dann nicht bezahlt, wenn sie in der Bundesrepublik festgestellt haben, dass der Betreffende ein gewöhnlicher Straftäter gewesen ist. Die Tauschaktion fing 1962 klein an, später wurden ganze Busladungen rübergefahren. Wunderbusse hießen die im Osten. Für die, die so aus der DDR rauskamen, war das in der Tat ein echtes Wunder."

Magga nickte beeindruckt. „Interessant."

Zaplinski griente. „Ja wirklich unglaublich, was du so alles weißt, Kolle. Ich sag's ja immer schon, du solltest eine Namensänderung in Kollexikon beantragen." Er freute sich jedes Mal neu über sein Wortspiel.

„Können wir mal wieder zurück zum Thema kommen?", forderte Vera, die über Zaplinskis Sprüche nur selten lachen konnte und der dieses ständige kindische Abschweifen auf die Nerven ging. Kolbows Gesicht war noch die Zufriedenheit darüber anzusehen, dass er wie gewohnt mit seinem Wissen hatte glänzen können.

Wie ein ADHS-Kind, dachte Vera und schaute angeödet zur Decke.

Kolbow stand auf und deutete auf den Stadtplan von Reinickendorf, der an der Wand befestigt war. „Wenn ihr mal schauen wollt. Der Fundort ist nur einen Steinwurf von Papes Wohnanschrift entfernt."

Zaplinski wunderte sich. „Wie? Wohnanschrift? Mitten im Wald?“ Er stand auf und trat näher an die Karte heran. Vera und Magga folgten seinem Beispiel.

Kolbow deutete auf die Landkarte. „Hier ist der Försterweg, eine Sackgasse. Der führt direkt in den Tegeler Forst hinein. Auf dem Grundstück Nummer eins ganz am Ende steht das einzige Haus in der Straße.“ Er fuhr mit dem Finger ein kleines Stück über den Plan. „Und hier ist die hintere Grundstücksgrenze, direkt am Wanderweg. Es ist eher ein Anwesen, bei der Größe. Also, Enrico Pape ist quasi an seiner Hintertür überfallen worden.“

Zaplinski überlegte kurz. „Da war doch ein Türchen in dem Zaun am Weg. Das könnte doch tatsächlich ein Hintereingang sein.“ Er sah wieder auf die Karte. „Na klar, schaut mal. Wenn man die Straße Richtung Mühle nimmt, dann ist das viel weiter. Unser Freund hat scheinbar eine Abkürzung benutzt. Der war nicht zum Nordic Walking da.“

Magga hatte bereits etwas in ihr Handy getippt und meldete sich jetzt zu Wort. „Früher war das die Revierförsterei. Heute ist da ein Bordell drin. Villa Molino.“

„Danke, Magga“, sagte Zaplinski, der von der schnellen Zuarbeit überrascht war. Die Kommissarin machte sich gut, freute er sich. Und sie war nicht so anstrengend wie Vera manchmal.

Vera hob erstaunt die Augenbrauen und machte sich wohl in Gedanken einen Knoten ins Taschentuch. Dass Zaplinski ein „Danke“ rausrutschte war keine Alltäglichkeit.

„Bordell. Habt ihr eigentlich eine Ahnung, wo das Wort herkommt?“, platzte Kolbow dazwischen.

Sein Gesicht drückte klar aus, dass er davon ausging, wieder mal der Einzige zu sein, der mit diesem Wissen aufwarten konnte.

„Na logo, das hat so ’nen Bart …“, antwortete Zaplinski und winkte gelangweilt ab.

Kolbow machte ein enttäuschtes Gesicht.

Zaplinski feixte. Reingelegt. „Nee keine Ahnung. Na los Herr Oberlehrer, lass uns an deinem Herrschaftswissen teilhaben, bevor du platzst.“

Vera war anzusehen, dass ihr Interesse an einem neuerlichen Vortrag aus dem unsäglichen Kollexikon gegen Null ging.

Kolbow bemerkte es zwar, konnte aber nicht widerstehen. Wie immer. „Das kommt aus dem Französischen. Von „bordel“ und das bedeutet auf Deutsch Bretterhütte.“

„Ach so, dann verstehe ich jetzt auch, wo der Spruch mit Holz vor der Hütte herkommt“, ließ Zaplinski grinsend seiner Männerphantasie freien Lauf.

„Können wir jetzt unseren Fokus mal wieder auf die Arbeit richten?“, forderte Vera mit genervtem Gesichtsausdruck. Dass diese Männersprüche und das Gelaber ihr gehörig auf den Geist gingen, war überdeutlich zu sehen.

Zaplinski rollte mit den Augen. Was hatte die denn wieder für eine Laune? Er seufzte.

Objektiv gesehen hatte sie ja recht, zugegeben. Vieles von dem, was Kolle da so von sich gab, fiel tatsächlich in die Kategorie „unnützes Wissen, druff jeschissen" und hielt nur den Betrieb auf.

Aber subjektiv gesehen, war es manchmal eben auch ganz witzig.

Eiszeit

Kolbow war gerade im Begriff, weitere Informationen über Pape zu verkünden, als die Tür vom „Saal“ aufgerissen wurde.

Ein schlanker, herrisch wirkender Anzugträger um die fünfzig betrat mit schnellen Schritten das Büro. Kriminaldirektor Jochen Eichner, Typ Schönling, dunkle Haare, gegelt und streng gescheitelt. Zaplinski und seine Kollegen sahen ihn konsterniert an. Alle dachten offenbar das Gleiche, was Zaplinski bei dem Anblick durch den Kopf schoss: Was zum Teufel, machte der an einem späten Sonntagabend im Dienst?

Eichner stellte mit schnellem Blick fest, dass keine adäquate Sitzgelegenheit für ihn vorhanden war. Er lehnte sich daraufhin mit dem Rücken gegen den Fenstersims neben Kolbows Schreibtisch. Eine Begrüßung hielt er anscheinend für unnötig. Er machte eine auffordernde Geste und verschränkte dann die Arme vor der Brust.

„Lassen Sie sich nicht stören, Herr Kolbow“, sagte der Leiter der Kriminaldirektion Nord, zu der auch Zaplinskis Wittenauer Truppe gehörte.

Kolbow überwand seine Überraschung wegen des unerwarteten Besuchs, nickte und wandte sich dem Vorgesetzten zu.

„Okay, also für Sie kurz zur Info, Herr Eichner: Wir haben eben erfahren, wer der Tote ist." Er setzte den Kriminaldirektor mit wenigen Worten ins Bild und fuhr dann fort: „Laut Kriminalakte hat er einen Bruder namens Maik, der uns schon als Mittäter bekannt ist. Ansonsten wissen wir noch nicht mehr über ihn, ob es eine Frau oder Freundin gibt, Arbeitsstelle, Umfeld etc., alles noch unbekannt."

„Also bisher keine heiße Spur, richtig Zappa?", stellte Eichner mit einem strengen Blick auf Zaplinski überflüssigerweise fest.

„Dann legt mal einen Zacken zu. Ich will Ergebnisse sehen." Er blickte demonstrativ auf seine Uhr und wandte sich zum Gehen. Zaplinski ächzte und atmete tief ein. Er hätte kotzen können. Dieser Blender ließ doch keine Gelegenheit aus, den Leuten sein 25.000-Euro Chronometer von Breguet mit dem sichtbaren Uhrwerk unter die Nase zu reiben.

Eichner steuerte indes bereits auf die Tür zu. „Und du…", er zeigte mit ausgestrecktem Zeigefinger auf Zaplinski. „Du hältst mich auf dem Laufenden, klar? Morgen früh habe ich einen Zwischenbericht auf dem Schreibtisch." Er wartete die Antwort nicht ab und verließ das Büro, die Tür hinter sich schwungvoll zuschlagend.

Zaplinski spürte förmlich, wie es im Raum ein paar Grad wärmer wurde. Den Gesichtern seiner Mitarbeiter zufolge ging es denen genauso.

Eichner, den Korinthenkacker und Paragrafenreiter als unbeliebt zu bezeichnen, wäre eine charmante Untertreibung gewesen. Sein unpersönlicher und kalter Führungsstil nach der Methode „Nicht getadelt ist genug gelobt“ war einfach unerträglich.

Zaplinski ärgerte sich noch immer, dass er diesem arroganten Fatzke vor Urzeiten nach einigen Bieren in einer schwachen Stunde das du angeboten hatte. Damit war er jetzt vorsichtiger, von daher siezte er Magga auch noch. Die Krönung aber war, dass Eichner ihn so ekelhaft vertraulich ständig mit seinem Spitznamen ansprach. Zappa, berlinerisch für Zapfer. Weil Zaplinski ab und an mal bei Moni hinter dem Tresen aushalf, nicht wegen Frank Zappa. Magga hatte er das auch erst einmal erklären müssen.

„Was war das denn gerade?“, fragte Vera.

Zaplinski zuckte ratlos mit den Schultern. „Ich weiß auch nicht, was den geritten hat, dass der hier am Wochenende abends auftaucht.“

Zaplinski verdrängte Eichner aus seinen Gedanken und ging wieder zum Stadtplan. „Tatort und Fundort geben ja scheinbar nichts her. Dann kümmern wir uns erst einmal um die Wohnung von Pape. Kolle, da fahren wir beide hin. Und ihr Mädels, macht den Bruder ausfindig.“

Vera verzog bei der Anrede das Gesicht. „Mädels? Welche Mädels meinst du? Ich sehe hier nur zwei erwachsene Frauen.“

Zaplinski seufzte. Vera versuchte dermaßen beharrlich, ihn zu erziehen. Die Frau nervte. Kampflos wollte er sich aber nicht ergeben.

„Sind wir heute wieder etwas empfindlich. Frau Oberkommissarin? Ich versuch' s nochmal: Darf ich Sie bitten, unter Einbindung der geschätzten Frau Kollegin Małgorzata Czerny, Ermittlungen hinsichtlich des Bruders des Verblichenen in Erwägung zu ziehen? So besser?“, fragte er grinsend.

Vera fand das bei Weitem nicht so lustig. „Zaplinski, du bist manchmal ein richtiger Arsch“, gab sie barsch zurück.

Der grinste nur weiter und nahm seinen Anorak vom Garderobenständer. Bernhard Kolbow folgte ihm. Ein bisschen sahen sie aus wie Pat und Patachon, der lange spillerige Kolbow und sein fast einen Kopf kleinerer rundlicher Chef.

In Veras Kopfkino allerdings liefen in diesem Moment gerade Bilder von Dick und Doof ab, denen gleich wieder irgendein dämliches Missgeschick passieren würde.

Villa Molino

Kolbow und Zaplinski stiegen am Ende des Försterwegs aus dem Dienstfahrzeug. Die Straße führte unweit der ehemaligen Mühle in den Tegeler Forst hinein. Es war eine etwa dreihundert Meter lange Sackgasse und die Hausnummer eins tatsächlich eher ein Anwesen. Beleuchtet wie das Charlottenburger Schloss. Eine Art Herrenhaus mit Freitreppe und einem großzügigen Parkgelände war hinter der hohen schmiedeeisernen doppelflügeligen Toreinfahrt auszumachen.

„Meinst du nicht doch, wir sollten lieber einen richterlichen Beschluss einholen?“, fragte Kolbow und sah Zaplinski unsicher an.

„Quatsch, das hält uns nur auf. Das könnte ein Tatort sein, da gehen wir jetzt rein“, gab Zaplinski zurück. Manchmal war Kolbow so ein Schisser.

Das Tor war verschlossen. Zaplinski drehte rechts daneben an der kleineren Eingangstür am Knauf. Auch zu. Es gab allerdings eine Gegensprechanlage mit einer Messingklingel und der Beamte drückte den Knopf. Keine Reaktion. Zaplinski drückte noch einmal, wieder regte sich nichts.

Kolbow spähte durch die Zaunstäbe. „Da hinten ist jemand, Zappa.“ Er zeigte seitlich auf das Haus und Zaplinski rief: „Hallo, Sie, hier ist die Kripo. Können Sie bitte mal kommen und das Tor öffnen?“

Eine ältere kleine Frau hatte gerade etwas in den Müllcontainer geworfen und drehte sich um.

„Kommen Sie mal!“, rief Zaplinski und winkte die Frau zu sich heran.

Die zögerte erst, kam dann zum Tor vor, blieb aber auf Abstand. Sie sah asiatisch aus. Trug einen merkwürdig bunten Kittel, gelbe Gummihandschuhe und hatte einen ebenso gelben Wischlappen in der Hand. Sie musterte die beiden Ermittler misstrauisch durch den Zaun.

„Heute geschlossen“, sagte sie.

„Wir wollen nicht in den Club“, erwiderte Zaplinski.

Die Frau, sicher gut über die Sechzig, sah ihn verständnislos an. Auf ihrer Stirn schien zu stehen: „Und was wollen Sie dann hier?“

„Kripo, Mordkommission, mein Name ist Zaplinski. Das ist mein Kollege Kolbow. Und wer sind Sie?“

„Dao. Ich putze.“

„Nur gut, dass sie das dazu gesagt hat“, dachte Zaplinski und grinste in sich hinein, wunderte sich aber darüber, dass sie zu dieser späten Uhrzeit noch zugange war. „Frau Dao. Hier wohnt doch Enrico Pape. Wir müssten mal in seine Wohnung“, erklärte er.

Dao sah sie unsicher an. „Mister Rico nicht da.“ Es klang ein bisschen wie „Mistel Lico“.

„Ja, das ist uns klar. Enrico Pape ist tot. Deswegen sind wir hier. Verstehen Sie, Frau Dao?“, erklärte Zaplinski ungeduldig.

„Mister Rico … tot?“, fragte sie ungläubig.

Zaplinski verdrehte die Augen, das hier dauerte ihm alles schon wieder zu lange. Zu blöd, dass Pape keinerlei Schlüssel dabeigehabt hatte, das hätte einiges vereinfacht. Nicht zu ändern. Er straffte sich, zückte seinen Dienstausweis und deutete damit auf die Tür. „Machen Sie jetzt auf. Wir sind die Polizei.“

Die verschüchterte Frau Dao zog ein kleines Mobiltelefon aus der Kitteltasche. „Chef anrufen, okay?“

Zaplinski nickte, obwohl ihm das eigentlich nicht passte. „Na gut, machen Sie.“

Dao wählte und erreichte ihren Gesprächspartner sofort. Sie sagte etwas in einer fremden Sprache, nickte unterwürfig, als würde die Person am anderen Ende der Leitung direkt vor ihr stehen und Respekt einfordern. Schließlich streckte sie das Telefon Zaplinski entgegen. „Bitte mit Chef sprechen.“

Er nahm ihr das Gerät ab. Es sah antiquiert aus, hatte eine feste Tastatur und nur ein kleines Display. Zaplinski fühlte sich um mindestens zehn Jahre zurückversetzt. So etwas in der Art hatte er selbst einmal besessen.

„Zaplinski am Apparat, Mordkommission Nord, mit wem spreche ich?“

Die Antwort überraschte ihn. „Wongwanit? Chakrapop Wongwanit?“, fragte er nach. Nein, er hatte sich nicht verhört. Und ja, er kannte diesen Namen, von früher.

Zaplinski setzte dem Mann am anderen Ende der Leitung auseinander, was er wollte. Nein, er könne nicht bis morgen warten, das müsste jetzt sofort sein. Zaplinski blieb stur. Ansonsten verschafften sie sich eben selber Zutritt. Nach einigem Hin und Her reichte er das Handy an Frau Dao zurück.

Er wandte sich mit leicht triumphierendem Gesichtsausdruck Kolbow zu: „Na, geht doch. Er hat aber ziemlich rumgezickt. Pape war sein Mitarbeiter, sagt er. Seine Wohnung ist in einem Nebengebäude.“

Er zeigte auf Dao, die noch telefonierte. „Ihm gehört das Ganze hier und er kommt her. Sie soll uns zu Pape reinlassen. Aber wehe, wenn wir seine Räume betreten.“ Den letzten Satz zog er mit theatralisch ängstlicher Miene ins Lächerliche.

Dao hatte ihr Gespräch beendet und steckte das Handy wieder zurück in die Kitteltasche. Dann zog sie ein Schlüsselbund aus der anderen Tasche und schloss die Tür auf. Kolbow und Zaplinski folgten ihr zum hinteren Grundstücksteil.

„Mit wem hast du da gesprochen?“, wollte Kolbow wissen.

„Er heißt Wongwanit. Chakrapop Wongwanit. Ich kenne den.“

„Chakra … wie?“, fragte Kolbow.

Zaplinski hatte keine Lust, das zu buchstabieren. Er hatte damals auch ein paar Tage benötigt, um den Namen aussprechen zu können.

„Nenn' ihn einfach Chang, das ist sein Spitzname."

„Chang? Wie dieses Bier mit dem Elefantenlogo? Und du kennst ihn?"

„Wie das Bier, genau", bestätigte Zaplinski. „Wir haben vor Jahren mal intensiv gegen ihn ermittelt. Ein Bordilliero, der auch kräftig mit Drogen gehandelt hat. Ich war damals bei einer Ermittlungsgruppe. Wir hatten ihn fast, aber er ist uns vom Haken gegangen. War ein ziemlicher Reinfall seinerzeit."

EG Dragon

Im Sommer, zehn Jahre zuvor: Zaplinski sitzt an dem U-förmigen Konferenztisch im Besprechungsraum. Er sieht in eine Handvoll unbekannter Gesichter, die offenbar ebenso gespannt sind wie er, was da auf sie zukommen wird. Sein Chef hat ihm nichts Genaueres gesagt. Nur irgendetwas von „große Sache" und „vertraulich" geschwafelt, als er ihm mitgeteilt hat, er, Zaplinski, sei ab sofort zu einer speziellen Ermittlungsgruppe versetzt.

Die Tür wird geöffnet und zu seiner freudigen Überraschung kennt Zaplinski den Mann, der da mit einem Stoß Papiere und einem Laptop unter dem Arm hereinkommt. Benno Lehmann.

Kriminalhauptkommissar Lehmann schaut in die kleine Runde, die da versammelt ist. Bei Dieter Zaplinski bleibt sein Blick kurz hängen und er nickt ihm zu. Sie haben beim Kripo-Dauerdienst im Wedding einige Zeit ein Team gebildet. Lehmann, der etwas jüngere aber schon erfahrenere Kriminalpolizist mit der Fachhochschulausbildung und Zaplinski, der frischgebackene Queraufsteiger von der Schutzpolizei. Zaplinski freut sich. Schön, dass er mit Lemmy wieder mal zusammenarbeiten wird.

„Guten Morgen und herzlich willkommen bei der Ermittlungsgruppe Dragon", sagt Lehmann. Seine neuen Mitarbeiter erwidern den Gruß mit einem allgemeinen Gemurmel. Er schaltet den Beamer an und stöpselt den Laptop ein. An der Projektionswand poppt das Logo der Berliner Polizei auf.

Lehmann klickt und das Foto eines erstaunlich großen und stämmigen Asiaten erscheint.

„Unsere Zielperson ist … Chakrapop Wongwanit, genannt Chang", beginnt er seinen Vortrag. „Ein ehemaliger Thaiboxer, Kampfname Red Dragon. Daher auch EG Dragon. Er hat sich durch eine Scheinehe seinen Aufenthalt hier erschlichen."

Ein entrüstetes Raunen erhebt sich in der Runde.

„Was leider nicht nachzuweisen war", ergänzt Lehmann daraufhin. „Chang betreibt hier mehrere als Massagesalons getarnte Bordelle und ein Import-Geschäft mit allem möglichen Zeug aus Asien. Lebensmittel, Möbel, Krimskrams", fährt er fort.

Jede Einzelinformation ergänzt er mit Folien, die Fotos und Lagepläne enthalten. „Konkret geht es hier um Menschenhandel, Prostitution, sogar mit Kindern, aber vor allem um Drogen." Er legt eine Pause ein, sieht bedeutungsvoll in die Runde. „Im großen Stil. Chang stammt aus dem Goldenen Dreieck."

Er muss das hier niemandem weiter ausführen. Die Gegend, wo Myanmar, Thailand und Laos auf der Landkarte optisch diese geometrische Figur bilden, kennen alle zur Genüge als Epizentrum der Drogenproduktion.

„Alles wird umgeschlagen über seinen Importhandel. Schmuggelmöglichkeiten ohne Ende. Bisher konnte ihm keiner am Zeug flicken, aber durch einen glücklichen Zufall könnte sich das jetzt grundlegend ändern."

Lehmann besitzt jetzt die vollständige Aufmerksamkeit seiner Kollegen. Er berichtet ihnen, dass er über eine Quelle verfügt, die unmittelbaren Zugang zu Chang hat. Die absolut nah dran ist an

Chang. Eine Quelle, deren Identität nur er kennt. Das würde auch so bleiben, stellt er gleich klar.

„Der Informant hat uns die Tür einen Spalt geöffnet und ihr alle seid jetzt hier, um diese Tür aufzustoßen und den Kerl aus dem Verkehr zu ziehen. Wir haben bereits einen erfahrenen V-Mann rekrutiert, über den wir einen Scheinankauf von Drogen organisieren werden, um Chang dranzukriegen. Tarnpersonalien, eine zur Rolle passende Wohnung und so weiter, das ist alles schon eingetütet. Auch das nötige Kleingeld ist bereits bewilligt."

Lehmann blickt in die Runde, merklich zufrieden mit all dem, was er bisher schon auf den Weg gebracht hatte. Dann skizziert er seinen neuen Mitstreitern das geplante Vorgehen und verteilt erste Aufgaben. Er will alles über Chang wissen. Welche Fahrzeuge benutzt er, was sind seine Anlaufpunkte, wer arbeitet für ihn. Diese Lücken müssen sie zuerst mal füllen. Zudem steht noch einiges Schreibkram an, müssen Anträge für Observationen und Telefonüberwachungen auf den Weg gebracht werden.

„Außerdem brauche ich Fotos von unseren einschlägigen Großdealern. Vielleicht können meine beiden V-Personen da jemanden identifizieren."

Am Ende deutet Lehmann auf einen Stapel gehefteter Unterlagen vorne auf seinem Tisch.

„Hier ist für jeden eine Zusammenfassung von dem, was wir bis jetzt haben. Lest euch ein und dann auf an die Arbeit."

Hausbesuch

Zaplinski hing noch kurz seinen Erinnerungen nach, fasste sich aber schnell wieder und bemühte sich mit der flinken Dao Schritt zu halten. Die Frau führte sie hinter das Haus und zu einem Flachbau, kaum größer als eine Doppelgarage.

Sie wollte gerade den Schlüssel in die Tür stecken, als Zaplinski sie zurückhielt. „Lassen Sie mich das machen, bitte." Er zog ein Paar Einweghandschuhe aus seiner Jackentasche an und nahm Dao das Schlüsselbund ab.

Sorgfältig suchte er die Tür mit den Augen ab und betätigte dann erst die Klinke. Ohne Erfolg, verschlossen. Zaplinski sah Dao fragend an und ging das Schlüsselbund einzeln durch. Als sie nickte, steckte er den Schlüssel ins Schloss.

„Fürs Protokoll: Keine Einbruchspuren und zweimal abgeschlossen", konstatierte er und gab Kolbow ein Zeichen, als er die Tür geöffnet hatte. Die beiden Kripobeamten gingen vorsichtig hinein und nahmen die Wohnung von Enrico Pape in Augenschein. Es war zwar in etwa so ordentlich wie bei Zaplinski zu Hause, aber Spuren von Kampf oder Einbruch gab es in der Zweizimmerwohnung nicht.

„Sieht nicht so aus, als wäre er hier überfallen worden", rief Zaplinski Kolbow zu. „Aber hol trotzdem mal die Spurensicherung her."

Der steckte den Kopf aus dem Bad „Ja Zappa, mache ich. Übrigens: So wie es aussieht, hat er hier alleine gewohnt.“ Er hielt eine Zahnbürste hoch.

„Kann ich bestätigen“, gab Zaplinski aus dem Schlafzimmer zurück, wo nur eine Seite des Doppelbettes bezogen war. „Mach du hier mal alleine weiter, ich seh’ mal nach, ob Chang schon da ist“, sagte er in Richtung Badezimmer und verließ die Wohnung.

Auf dem Weg zückte er sein Handy und rief bei Vera an. „Check doch mal bitte einen gewissen Wongwanit, Vorname Chakrapop.“

„Wie man spricht“, antwortete er in sich hineingrinsend, als Vera nachfragte, wie man den Namen schreiben würde. Dann buchstabierte er ihn aber doch. „Wilhelm, Otto, Nordpol …“

Chang

Gerade als Zaplinski sein Telefonat beendet hatte, bog ein riesiger weißer SUV, Typ Stadtpanzer, auf das Grundstück ein und parkte kiesknirschend nahe der Freitreppe. Ein erstaunlich großgewachsener Asiate stieg aus dem Wagen. In seinem schwarz-glänzenden Maßanzug wirkte er fast elegant. Wenn da nicht das deutliche Übergewicht und der Watschelgang gewesen wären. Der massige Mann marschierte auf Zaplinski zu.

Fett ist er geworden, konstatierte Zaplinski und bezweifelte, dass er Chang wiedererkannt hätte. Er hatte ihn immer nur auf Überwachungsfotos gesehen, seinerzeit bei der Ermittlungsgruppe Dragon. Persönlich waren sie sich nie begegnet.

Zaplinski hielt ihm seinen Dienstausweis entgegen. „Guten Abend, Zaplinski mein Name. Sie sind Herr Wongwanit?“

„Ja“, entgegnete der knapp, nachdem er den Ausweis misstrauisch gemustert hatte.

„Ist das ihr Club?“, fragte Zaplinski.

Chang nickte nur kurz. „Herr Pape ist tot, sagten Sie. Was ist passiert?“, fragte er dann in Befehlston. Sein Deutsch war nahezu akzentfrei.

„Können wir das drinnen besprechen?“, fragte Zaplinski und zeigte auf den Hauseingang.

Chang zögerte, stieg dann mit einem ärgerlichen Kopfnicken die breite Treppe hoch und schloss die massive Eingangstür auf.

Durch ein holzgetäfeltes Foyer, das jedem Theater Ehre gemacht hätte, gingen sie weiter bis in den Barbereich. Auch dieser Raum verströmte seriösen Luxus wie ein Rotarier-Club. Nicht, dass Zaplinski jemals in einem gewesen wäre, aber so würde der in seiner Vorstellung aussehen.

Chang warf sein Schlüsselbund auf einen niedrigen Tisch und setzte sich in einen der wuchtigen Ledersessel. Mit einer ungeduldigen Handbewegung forderte er den Kriminalbeamten auf, ihm gegenüber Platz zu nehmen. „Also, was ist passiert?"

„Wir wissen nur, dass er es nicht selbst getan hat und dass es kein Unfall war", sagte der Kripobeamte und fischte das kleine Notizheft aus der Anoraktasche.

„Herr Pape war also ihr Angestellter?"

„Korrekt."

„In welcher Funktion, also was hat er gemacht?"

„Alles, was so anfällt."

„Geht das auch genauer?" Zaplinski versuchte ruhig zu bleiben, aber leicht fiel es ihm nicht. Zu sehr beschäftigten ihn noch die Erinnerungen an die Zeit der Ermittlungsgruppe Dragon. So viel Arbeit hatten sie investiert. Und doch war am Ende alles schiefgegangen und Chang lief immer noch frei herum.

Das rumorte in Zaplinski doch mehr, als ihm lieb war. Changs Antwort holte ihn ins Jetzt zurück.

„Bestellungen, Organisation, Sicherheit … Geschäftsführer eben."

„Geschäftsführer, aha, und wann genau haben Sie ihn zuletzt gesehen?"

Chang überlegte nur kurz. „Kann ich nicht sagen, muss ein paar Tage her sein. Ich bin nicht oft hier."

„Ich brauche das schon präziser", hakte Zaplinski unwirsch nach und hätte die Antwort am liebsten aus dem Dicken herausgeschüttelt.

Der setzte ein genervtes Gesicht auf, bequemte sich aber doch zu einer Antwort. „Letzten Freitag. Morgens, hier im Büro. Als wir geschlossen haben."

„Uhrzeit?"

„Gegen drei."

Zaplinski notierte sich das. „Haben Sie eine Idee, wer auf ihn so wütend war, dass er ihn tot sehen wollte?"

Chang zuckte mit den Schultern. „Keine Ahnung."

„Gab es vielleicht Stress mit der Konkurrenz? Könnte da jemand mit Herrn Pape eine Rechnung offen gehabt haben?"

„Nein, wieso sollten wir Stress haben, mit wem denn? Wer würde sich das trauen? Wir haben nicht mal Stress mit dem Finanzamt oder der Gewerbeaufsicht. Das läuft alles ganz korrekt hier“, entgegnete der Thai selbstzufrieden und wedelte lässig mit der wabbeligen Hand.

„Wissen Sie, ob Herr Pape Familie hatte? Frau oder Freundin?“

„Frau? Nee. Freundin? Nicht, dass ich wüsste. Einen Bruder hat … also hatte er. Maik.“

Oh, eine freiwillig herausgegebene Information. Wie großzügig, dachte Zaplinski sarkastisch. „Wie kann ich diesen Maik erreichen?“

„Keine Ahnung.“

„Herr Wongwanit, warum lassen Sie sich alles aus der Nase ziehen? Wollen Sie nicht auch wissen, wer für den Tod ihres Mitarbeiters verantwortlich ist?“

„Ich kann Ihnen nicht helfen. Er war mein Angestellter, mehr nicht“, sagte Wongwanit abweisend.

Zaplinski kochte innerlich immer mehr. Er atmete tief ein und wieder aus, um Druck abzubauen. Was für ein Kotzbrocken. Zeit für einen kleinen Tritt gegen das fleischige Schienbein. „Heute ist hier Ruhetag, soweit ich weiß. Wann machen Sie wieder auf?“, fragte er.

„Morgen Abend. Um acht. Warum?“ In Changs Stimme schwang Misstrauen mit. Zu Recht.

„Wir müssen natürlich dann noch mal wiederkommen mit dem gesamten Personal reden. Ist ja klar.“

Chang benötigte einen Moment, um zu realisieren, was Zaplinski da vorhatte. „Nein, nein, nein, nein.“

Der fette Mann stocherte grimmig mit dem Zeigefinger in Zaplinskis Richtung. „Sie werden mir auf keinen Fall meinen Laden lahmlegen."

„Vorschlag zur Güte: Vielleicht können Sie die Herrschaften ja anrufen, dass sie jetzt gleich hier erscheinen. Wäre in unserem gemeinsamen Interesse, oder? Dann müssen wir nicht mit den blau-weißen Autos vorfahren, um die Damen aufs Revier abzuholen", schlug Zaplinski unbeeindruckt vor.

Chang versuchte stoisch zu bleiben. Aber in ihm arbeitete es. Er sah Zaplinski noch einen Moment böse an, zog dann aber das Handy aus der Tasche und telefonierte. „Betty, komm sofort her und ruf die Mädchen an. Die sollen auch kommen", befahl er. Der hat dieselbe Kinderstube wie Eichner, dachte Zaplinski. Grußformeln Fehlanzeige.

„Ja, jetzt. Ich weiß, dass Sonntag ist und ich kann auch die Uhr lesen. Rico ist tot… Ja, tot, auch das hast du richtig verstanden. Und jetzt mach." Chang trennte die Verbindung und legte das Handy auf den Tisch.

„Wer ist Betty?", fragte Zaplinski.

„Die Hausdame."

„Betty und weiter?"

„Hübner."

Im selben Moment erschien Kolbow mit zwei Mann von der Spurensicherung.

„Was soll das denn jetzt?", fragte Chang ärgerlich.

Zaplinski erklärte dem Bordellbesitzer, sie müssten natürlich auch Papes Arbeitsplatz sehen.

Changs Blick war herablassend und beinahe mitleidig. „Der hatte hier keinen Arbeitsplatz.“

„Dürfen wir uns dann trotzdem hier mal umsehen?“, fragte Zaplinski.

„Haben Sie einen Durchsuchungsbefehl?“

Chang stellte die Standardfrage. Keine Überraschung. Fehlte nur noch, dass er seinen Anwalt anrief. „Nein …“, antwortete Zaplinski ruhig. „Aber ich besorge mir gleich einen.“ Er griff zum Handy. „Allerdings müssen wir dann mit Blaulicht und Tatütata vorfahren …“

Der Thai sah einen Moment lang so aus, als würde er Zaplinski an die Gurgel wollen. Sein Gesicht war rot angelaufen und er hatte sich schon halb aus seinem Sessel hochgestemmt. Letztlich überlegte er es sich dann aber doch anders und ließ sich in die Polster zurückfallen. „Tun Sie, was Sie nicht lassen können.“ Er wedelte mit der Hand, als würde er einen lästigen Dienstboten wegscheuchen. Dann stand er auf, ging hinter den Tresen, nahm sich ein Glas und goss sich einen kräftigen Schuss von etwas Braunem ein, das wie Whisky oder Brandy aussah.

Zaplinski rief Magga an. Er brauchte sie hier, um die Frauen zu befragen, die da hoffentlich bald eintreffen würden. Vielleicht war auch ihr Polnisch nützlich.

Betty

Zaplinski saß Betty Hübner gegenüber, einer üppigen Dame seines Alters. Ihre Erscheinung konnte man zweifellos apart nennen. Sie hatte schulterlanges, schwarz nachgefärbtes Haar mit leichten Wellen und trug eine zierliche Brille mit Goldrand. Auf den ersten Blick war sie durchaus attraktiv, wenn auch einen Tick zu … aufgedonnert. Ja aufgedonnert war das passende Adjektiv, entschied Zaplinski. Ein bisschen too much, mit Tendenz Milieu. Das war es, was den guten ersten Eindruck beim zweiten Hinsehen trübte.

„Wie war ihr persönliches Verhältnis zu Pape?"

„Wir haben uns respektiert, würde ich sagen." Die nüchterne Antwort überraschte Zaplinski nicht, denn die Todesnachricht hatte sie auch schon ohne sonderliche Gemütsregung zur Kenntnis genommen.

„Eigentlich führe ich das Molino, kann man sagen. Enrico blieb im Hintergrund. Ist nicht gut fürs Geschäft, wenn solche Männer da rumhängen."

Aha, sie redet bereits in der Vergangenheit von ihm. Ging ja schnell, dachte Zaplinski bei sich. Interessant.

„Um die Damen hab ich mich gekümmert. Enrico konnte das nicht, der war leicht auf dem Ast, wenn ihm etwas nicht gepasst hat. Er war noch alte Schule. Einschüchtern, drohen, verprügeln. Aber unsere Damen mögen es nicht, wenn sich jemand wie ein Zuhälter aufführt. Die Ladies sind aus freien Stücken hier, kommen und gehen, wie sie wollen. Wir sind kein billiger Puff." Sie machte eine ausschweifende Handbewegung, die den ganzen Raum umfasste. „Wir spielen hier Champions League." Der Stolz in ihrer Stimme war nicht zu überhören.

Zaplinski legte den Kopf schief. Champions League, so, so. Läuft das live bei Sky oder DAZN, oder wie? Chang hatte die Ermittlungen seinerzeit zwar unbeschadet überstanden, aber die ihm zugerechneten Bordelle waren damals schon alles andere als Freiwilligenagenturen gewesen.

„Irgendwann hat Rico es begriffen und sich zurückgehalten. Leicht war das nicht. Aber ich hätte sonst aufgehört. Dann wäre er auch die meisten Mädchen los gewesen", erklärte ihm Betty Hübner weiter und sie wirkte dabei sehr selbstbewusst. Sie verzog das Gesicht, als hätte sie Schmerzen und rutschte im Sessel in eine andere Sitzposition.

„Ischias", erklärte sie, als Zaplinski sie fragend anschaute.

Er nickte. „Kenne ich, ist nicht lustig."

Betty Hübner nahm eine schlanke Zigarette aus einem goldfarbenem Metalletui. „Stört es Sie, wenn ich …?"

Zaplinski schüttelte den Kopf. „Sie haben ja hier Heimrecht. Hatte Pape eine Frau oder Freundin?"

„Nein, soweit ich weiß, nicht", antwortete Betty Hübner, zündete sich die Zigarette an, nahm einen tiefen Zug und blies den Rauch durch die Nase aus. „Es hätte auch keine lange mit ihm ausgehalten. Er war ein Kauz, ein

Einzelgänger. Außerdem stand er eher auf die harte Tour. Hab ich gehört. Eine Frau, die diese Kombination aushält, ist nicht leicht zu finden." Sie nahm noch einen tiefen Zug, zog den Kristallaschenbecher näher zu sich heran und streifte die Asche ab. „Eigentlich überhaupt nicht", korrigierte sie sich.

„Wann haben sie ihn zuletzt gesehen?"

„Am Donnerstag, abends, nein eigentlich am Freitag früh gegen drei, als wir das Molino geschlossen haben. Am Abend ist er dann nicht gekommen, als wir geöffnet haben. Das war nicht normal. In seiner Wohnung war er nicht und beim Handy ging nur die Mailbox ran", sagte Betty Hübner. „Ich hab den Chef angerufen, der wusste aber von nichts. Und dann Maik. Seinen Bruder. Aber der hatte auch keine Ahnung, wo er war."

„Wie kann ich Maik erreichen?", fragte Zaplinski.

Die Wirtschafterin nahm das goldfarbene Mobiltelefon zur Hand, das an einer ebenso goldfarbenen Kette – wie sollte es anders sein – um ihren Hals hing. Als sie den richtigen Eintrag gefunden hatte, hielt sie Zaplinski das Display entgegen. Der übertrug die Kontaktdaten in sein Notizbuch.

„Wieso hat ihn denn niemand als vermisst gemeldet?"

Betty Hübner zuckte mit den Schultern. „Ich meine, wer rechnet denn mit sowas. War ja immerhin ein erwachsener Mensch. Ich wette, die Bull … ich meine, die Polizei hätte mich unter Garantie mit genau diesem Argument abgewimmelt."

„Da haben sie wohl recht.“ Zaplinski hätte das tatsächlich genau so gemacht. „Fällt Ihnen jemand ein, der Pape das angetan haben könnte? Irgendeine Idee?“

Nachdem sie einige Sekunden lang überlegt hatte, schüttelte Changs Hausdame den Kopf. „So wirklich lieb hat ihn wohl niemand gehabt, aber so richtige Feinde? Da fällt mir keiner ein.“

„Ärger mit der Konkurrenz?“

„Nicht, dass ich wüsste. Wer sollte sich denn mit uns anlegen?“ Sie zuckte mit den Achseln.

„Sagen Sie’ s mir.“

„Da gibt’ s niemanden.“

„Wie war das Verhältnis von Chang und Pape?“

„Normal …“, gab sie zur Antwort.

Na prima. Normal also. Damit lässt sich ja richtig was anfangen …, dachte Zaplinski. Was immer „normal“ in der Branche bedeuten mochte.

Maik

Maik Pape schloss die Glastür seines Ladengeschäfts von innen auf. Die Ähnlichkeit mit seinem älteren Bruder war frappierend, fand Zaplinski, obwohl Maik im Gegensatz zu Enrico noch reichlich graublondes Haar auf dem Kopf hatte.

Vera hatte herausgefunden, dass Maik Pape seit zwanzig Jahren das Bestattungsunternehmen in unmittelbarer Nachbarschaft zum Friedhof am Tegeler Fließ besaß.

„Absolute Toplage, Pflegeheim direkt gegenüber. Mehr Kundennähe geht nicht. Fehlt nur noch ein Krankenhaus", hatte sie Zaplinski auf dem Weg mit feiner Ironie berichtet.

Pape bot Zaplinski und Vera Schwertfeger mit einer Handbewegung die Stühle vor seinem Schreibtisch an und setzte sich dann ihnen gegenüber hin. Zaplinski fühlte sich sehr unwohl an diesem Ort, der ihm unerwünschte Gedanken aufzwang. Sterben, Urnen, Särge, Gräber, Verwesung …

Er knetete sein Ohrläppchen, um die Assoziationskette abzubrechen und setzte sich hin.

„Was gibt es denn so Wichtiges, dass Sie mich zu nachtschlafender Zeit unbedingt sprechen müssen?" Maik Pape unterdrückte ein Gähnen.

„Herr Pape, es geht um Ihren Bruder."

„Ist er wieder aufgetaucht?“, fragte Maik Pape und beugte sich vor, plötzlich hellwach.

„Herr Pape …“ Zaplinski überlegte, wie er die Nachricht am schonendsten verpacken sollte. Es fiel ihm aber nichts Passendes ein. Ehrlich gesagt, besonders große Mühe hatte er sich beim Nachdenken auch nicht gegeben. Warum lange drum herumreden, entschied Zaplinski. Sind ja harte Jungs, die Pape-Brüder.

„Ihr Bruder ist tot.“

Maik Pape sah ihn völlig geschockt an.

„Oh, Scheiße, Rico … ist … tot??? Wieso … warum?“, stammelte der Bestatter und Zaplinski meinte, in seinen Augen Tränen zu sehen.

„Er ist gewaltsam ums Leben gekommen.“

Maik Pape schluckte und fuhr sich mit der Hand über die Augen. „Wer …?“, setzte er zu einer Frage an, unterbrach sich dann sofort selber. „Das war dieser Irre von vorgestern, oder?“

Dreckschwein

Am Freitag zuvor, gegen Mittag: Enrico Pape schüttelt sich eine Zigarette aus der Packung und bietet seinem Bruder auch eine an. Maik greift zu, steckt sie zwischen die Lippen und gibt dem Älteren Feuer.

„Danke, dass du eingesprungen bist, Keule", sagt er.

„Kein Ding", antwortet Enrico und schnippst Asche von seinem schwarzen Anzug. „Familie muss zusammenhalten."

Sie stehen vor dem Eingang von Maiks Bestattungsinstitut in der Zufahrt zum Friedhofsparkplatz und rauchen. Den weißen Kleintransporter, der vorüberfährt, bemerken sie zunächst nicht. Kaum aber, dass er die beiden Männer passiert hat, vollführt der Fahrer eine Vollbremsung.

Die Pape-Brüder zucken zusammen und wundern sich über das offenkundig unnötige Manöver. Mit aufjaulendem Motor setzt der Fahrer den Wagen zurück und bremst erneut hart. Reifen radieren beim Wiederanfahren auf dem Asphalt. Der Mann hinter dem Steuer lenkt den fast ausbrechenden Wagen in die Einfahrt und rast direkt auf die Papes zu.

Die beiden versuchen mit einem empörten Aufschrei auszuweichen. Maik schafft es gerade noch so, Enrico nicht ganz. Das Auto streift ihn mit der linken Vorderseite. Er gerät ins Straucheln und geht zu Boden.

Aus dem Kastenwagen stürmt ein Mann mit Vollbart auf Enrico zu. Er ist außer sich. „Du Dreckschwein, ich bring dich um“, schreit er und fängt an, auf Enrico einzuprügeln und einzutreten.

Der schafft es aber schnell, wieder auf die Beine zu kommen. Geschickt weicht er dem nächsten unkontrollierten Angriff aus. Er tritt dem Wahnsinnigen kurz und hart zwischen die Beine, dann mit dem anderen Fuß seitlich gegen das Knie. Enrico lässt einen Aufwärtshaken unter das Kinn folgen und dann zwei Volltreffer in die Rippen. Es ist ein ungleicher Kampf.

Der Angreifer liegt wimmernd auf dem Boden, die Arme schützend um den Kopf gelegt. Enrico ver*setzt ihm einen Tritt in die Nieren. Der Mann jault vor Schmerzen auf. Enrico rast vor Wut, am liebsten würde er ihn an Ort und Stelle erledigen.*

Aber er beherrscht sich, hier geht das nicht. Er beugt sich nach unten, reißt den Vollbärtigen an den Haaren nach oben, zieht dessen Ohr nah zu sich heran.

„Verpiss' dich oder ich bring dich um“, presst er böse und gedehnt hervor. Dann gibt er dem anderen einen harten Stoß in den Rücken und lässt noch einen Fußtritt ins Gesäß folgen.

Der Mann wischt sich Blut vom Mund, humpelt mit Mühe zum Auto und steigt mit gequältem Gesichtsausdruck ein. Er wirft Enrico einen letzten Blick zu. Voller Hass. Erst im dritten Versuch springt der Motor an.

Enrico Pape klopft sich den Staub ab. Auf dem Boden sieht er ein Handy liegen. Er hebt es auf, wirft es mit voller Kraft dem gerade wegfahrenden Lieferwagen hinterher.

„Hast was vergessen, Arschloch“, ruft er.

Aushilfe

„Haben Sie das angezeigt?“, fragte Zaplinski. Aber eigentlich kannte er die Antwort schon und er behielt Recht.

„Nee, wozu denn? Der hatte seine Strafe ja schon weg.“

„Wie sah der Mann aus? Kennen Sie ihn?“

Maik Pape schüttelte den Kopf und gab die Allerweltsbeschreibung ab, die auf 75 Prozent aller etwa dreißigjährigen Männer gepasst hätte. Einssiebzig bis einsachtzig groß. Ein Kopf mit Ohren rechts und links, zwei Arme und Beine, die bis auf den Boden reichten. Danke dafür. Einzig der Vollbart fiel aus dem Rahmen. Zaplinski seufzte und gab Maik Pape eine Visitenkarte.

„Kommen Sie morgen vorbei, dann machen wir eine Phantomzeichnung und sie sehen sich ein paar Fotos an.“

„Können Sie das Auto beschreiben, haben Sie sich das Kennzeichen gemerkt?“, fragte Vera.

„Nee, kein Kennzeichen, ging alles so schnell“, antwortete Pape. „Es war so ein kleiner weißer Kastenwagen. Mit Aufschrift. Café irgendwas …“ Maik Pape zuckte mit den Schultern. „Komme ich jetzt nicht drauf.“

„Haben Sie eine Idee, warum der Mann auf Ihren Bruder los ist?“,

Pape hob ratlos die Hände. „Nee, keine Ahnung.“

Vera Schwertfeger kaufte ihm das nicht ab.

„Sie haben Ihren Bruder nicht danach gefragt?“

„Nee, warum sollte ich. War ja seine Sache.“

„Wann haben Sie Enrico zuletzt gesehen?“, mischte Zaplinski sich ein.

„Letzten Freitag zum Feierabend gegen halb fünf. Er hat mir ausgeholfen, weil Robert sich schon wieder mal krankgemeldet hatte.“

„Robert? Ausgeholfen?“, fragte Zaplinski.

„Na ja, wenn bei mir Not am Mann war, so wie Freitag. Da ist Robert, einer meiner Angestellten, wieder mal ausgefallen.“ Er machte mit der Hand eine Bewegung, als würde er ein, zwei Schnäpse kippen. „Und Rico ist für ihn eingesprungen. Nicht zum ersten Mal.“ Er deutete in den Raum und zum Friedhof. „Der kennt das ja, wie das ablaufen muss, wie man sich benimmt, und so weiter….“

Zaplinski nickte. Das erklärte den schwarzen Anzug, den Enrico Pape getragen hatte. „Wissen Sie, wo er anschließend hinwollte?“

Wieder zuckte Maik Pape nur mit den Schultern und Vera verdrehte verärgert die Augen.

„Keine Idee?“, fragte Zaplinski.

Maik Papes Antwort hatte einen Unterton, als wären Zaplinski und Vera Schwertfeger Kinder, denen man die große weite Welt erklären musste.

„Na nach Hause, was denn sonst? In die Richtung ist er jedenfalls weg. Raus aus den nassen Klamotten, heiße Badewanne und so. Hab ich jedenfalls als Erstes gemacht."

Als sie im Auto saßen, fragte Vera: „Meinst du, der zieht jetzt selber los und rächt seinen Bruder? Ich wette, der weiß mehr über das Auto und den Typen …"

„Kann gut sein", antwortete Zaplinski. „Wir sollten zusehen, dass wir schneller sind."

Dienstbesprechung

Montagmorgen um zehn: Die Truppe der Mordkommission Nord war nach einer kurzen Nacht mit zu wenig Schlaf wieder im „Saal“ versammelt. Mit Kaffeepötten vor sich (Zaplinski und Kolbow) beziehungsweise Tee (Vera) und Energydrink (Magga) bekämpften sie ihre Müdigkeit.

Zaplinski versuchte ein erstes Resümee. „Wir konzentrieren uns natürlich erstmal auf diesen Typen mit dem weißen Lieferwagen“, sagte er und sah Vera an. „Machst du das?“

Sie nickte.

„Was haben wir sonst?“ Zaplinski schaute zu Bernhard Kolbow.

Der zog sein Tablet zurate. „Frau Richter hat uns jetzt einen Todeszeitpunkt genannt. 36 bis 48 Stunden vor dem Auffinden, plus/minus, meint sie.“

Zaplinski rechnete das im Kopf nach. „Dann können wir davon ausgehen, dass Enrico Pape etwa zwischen 16.30 Uhr am letzten Freitag und Samstag früh ein Uhr ums Leben gekommen ist. Und Maik Pape war nach jetzigem Stand der Letzte, der Enrico lebend gesehen hat.“

Kolbow nickte. Zu diesem Ergebnis war er auch gelangt.

Zaplinski führte den Gedanken weiter.

„Wir können allerdings auch unterstellen, dass er nicht noch den halben Tag im Regen im schwarzen Anzug durch die Gegend gelaufen ist. Mithin dürfte er relativ zeitnah umgekommen sein, nachdem er vom Friedhof weg ist. Im Prinzip geht es da um eine halbe, maximal eine Stunde oder wie seht ihr das?"

Kein Widerspruch aus der Runde.

„Der Fußweg vom Friedhof aus nach Hause, das sind zirka fünfzehn Minuten, wenn er keinen Umweg gemacht hat. Und das können wir eigentlich ausschließen. Warum sollte er das tun, wenn er sich schon für die Abkürzung durch den Wald entschieden hat? Da ist unterwegs auch keine Kneipe oder Dönerbude, wo er hätte einkehren können. Die Tat an sich, das hat vielleicht pi mal Daumen eine Viertelstunde gedauert, oder?"

Zustimmendes Gemurmel.

„Dann sind wir uns einig. Wir reden von einem Zeitraum von etwa 16.30 bis etwa 17.30 Uhr. Das ist doch schon mal was", fasste Zaplinski zusammen.

„Die Durchsuchung des Molino hat leider ebenso wenig gebracht wie die Durchsicht von Papes Wohnung", sagte Bernhard Kolbow, an Vera und Magga gerichtet.

„Wundert mich nicht. Ansonsten hätte Chang auch mehr Stehversuche gemacht und auf einem Beschluss bestanden. Der wusste genau, dass sein Laden sauber ist", bemerkte Zaplinski. Er sah Magga an. „Und wie lief es bei Ihnen?"

Sie hatte die Befragungen in der Villa Molino erledigt, viel war dabei jedoch nicht herausgekommen.

Betty Hübner war es tatsächlich gelungen, die „Damen“ noch am späten Sonntagabend in das Edeletablissement einzubestellen.

„Soviel zum Thema ›unsere Damen sind alle selbständige freie Unternehmerinnen‹. Und dann erscheinen die unabhängigen Unternehmerinnen alle brav auf Kommando zu nachtschlafender Zeit. Dass ich nicht lache“, kommentierte Zaplinski sarkastisch.

Magga fuhr fort: „Die Frauen, also die haben schon Niveau, finde ich. Keine ungebildeten Osteuropäerinnen, auch fast keine Asiatinnen. Ich war überrascht, weil ich das so nicht erwartet hatte. Auch der Laden an sich, alles tipptopp sauber und geradezu luxuriös.“

Zaplinski legte den Kopf schief. Also doch „Champions-League“, wie Betty Hübner behauptet hatte?

„Herr Pape war nicht sonderlich beliebt, aber bei Betty Hübner ist das anders. Sie scheint so etwas wie die Mutter der Kompanie zu sein.“ Magga machte eine Pause. Sie sah Zaplinski an. „Allerdings, so normal, wie Frau Hübner behauptet hat, war ihr Verhältnis zu Pape zumindest zuletzt nicht. Es gab da vor ein paar Wochen einen Vorfall. Pape soll eine heftige Auseinandersetzung mit Betty Hübner gehabt haben. Sie war danach ziemlich aufgelöst. Es war, nachdem im Club eingebrochen und alles verwüstet worden war.“

„Eingebrochen? Verwüstet?“ Zaplinski wollte sofort mehr wissen. Tat sich da eine Spur auf?

Magga zuckte entschuldigend mit den Schultern. „Das Molino war wohl deswegen ein paar Tage geschlossen, aber mehr hab ich nicht herausbekommen. Eine Anzeige gibt es auch nicht. Das hab ich schon überprüft.“

„Weiß man wer dahinter steckte und warum?“

„Na ja …“, Magga zögerte. „Die Frauen denken, dass es vielleicht die Bulgaren waren.“ Sie suchte in ihren Unterlagen. „Die sollen in Borsigwalde so ein billiges… Wie haben sie das genannt?“ Sie schaute nochmals in den Notizen nach. „„… also die sollen da so ein Flatrate-Bordell haben.“

„Ach nee, dieser furchtbare Ranzschuppen, von … wie hieß der noch gleich?“ Während Zaplinski im Kopf noch nach dem Namen suchte, sprudelten bei Kolbow schon wieder die Informationen.

„ …Janko Jantschew, der Balkantürke. Das ist hinten an der stillgelegten Industriebahn. Leider konnte man ihm nicht nachweisen, dass er eigentlich türkischer und nicht bulgarischer Staatsbürger ist und deshalb von der EU-Freizügigkeit gar nicht profitieren dürfte. Nur deswegen ist er noch hier.“

Zaplinski nickte. „Genau, diese Bazille. Zu dem würde sowas passen.“

Magga schüttelte den Kopf. „Die Mädchen haben das auch erst vermutet, ja. Aber Pape selbst soll das ausgeschlossen haben. Die hätten ihre Discount-Kunden, ganz anderes Klientel. Da käme man sich nicht in die Quere, das sei geklärt. Und Betty Hübner hat den Frauen gegenüber das Gleiche behauptet.“

„Merkwürdig. Aber da haken wir selbst nochmal nach. Ich sprech’ nachher mit den Kollegen vom Rotlicht. Danke für die Nachtschicht Magga, ganz schönes Pensum“, sagte Zaplinski und nickte anerkennend.

Vera hatte ihm vor nicht allzu langer Zeit mal einen Vortrag über Wertschätzung gehalten und ab und zu erinnerte er sich daran. War im Prinzip ja nicht schwer, „Danke“ zu sagen oder „Gut gemacht“. Aber es kam bei ihm eben nicht automatisch. Er hatte spontan die Idee, Vera mal zu Eichner zu schicken, dann könnte sie dem mal auf den Sack gehen. Der brauchte auf dem Gebiet noch viel mehr Nachhilfe. Mit dem Üben einer vernünftigen Begrüßung könnte man da mal anfangen.

Magga schenkte ihm ein Lächeln und Vera nickte. „Du kannst es doch, Zaplinski“, schien das zu heißen. Zumindest bildete sich er das ein.

„Da Herr Pape uns leider nicht mehr für Auskünfte zur Verfügung steht, sollten wir mit Frau Hübner noch mal ein Wörtchen reden. Warum hat sie uns nichts von der Verwüstungsarie erzählt?“

Zaplinski versuchte sich gleich selbst an einer Erklärung. „Aus Angst? Wäre naheliegend, falls das Milieu dahinter steckt. Und wer sonst sollte einen Sexclub kurz und klein schlagen? Da fehlt mir momentan die Fantasie.“

Zaplinski sah zu seinem Vertreter hinüber. „Kolle, wir beide knöpfen uns die feine Dame gleich mal vor, wenn wir hier durch sind. Vera, erzählst du den beiden noch von unserem Besuch bei Bruder Maik?"

Vera setzte Kolbow und Magga über das Gespräch ins Bild und ergänzte: „Maik Pape hat auch eine Akte bei uns. Aber eher so als Mitläufer bei seinem Bruder. Nach der Wende ist er allerdings mal wegen Waffenhandels verurteilt worden. Er hatte sich das eine oder andere bei den Russen besorgt."

Kolbow mischte sich mal wieder ein. „Die Sowjet-Soldaten haben ja damals beim Abzug aus Deutschland aus den Armeebeständen sehr, sehr viel illegal verkauft. Da sind auf einmal dermaßen viele Waffen in falsche Hände geraten …"

Zaplinski nickte. „Unter den West-Alliierten mit ihrem scharfen Waffenrecht ging es uns hier in der Hinsicht deutlich besser … War's das zu Maik, Vera?"

Sie nickte und Zaplinski ging zum nächsten Punkt über. „Was hast du zu Chang rauskümmern können? Den sollten wir nicht ganz außer Acht lassen."

„Der Typ scheint im Establishment angekommen zu sein. Seit den Ermittlungen der EG Dragon, die du ja kennst, Zappa, ist es um ihn ruhig geworden. Immerhin an die zehn Jahre. Dein Chang ist jetzt offenbar ein Ehrenmann", berichtete Vera. Der Sarkasmus war nicht zu überhören. „Außer dem Bordell …"

Zaplinski fiel ihr grinsend ins Wort. „Laut Betty Hübner ist das doch nur eine ganz normale Zimmervermietung für selbständige, Steuern und Sozialabgaben zahlende Unterhaltungsdamen …"

Vera verzog das Gesicht, genervt von der unqualifizierten Störung und fuhr unbeeindruckt fort: „ … außer dem Bordell also macht er wohl inzwischen in Immobilien." Sie blätterte in ihren Notizen. „Er soll hinter einer verschachtelten Holding stecken. Unter anderem dürfte ihm darüber auch dieser umstrittene, weil offenbar überbaute Siebengeschosser direkt am Tegeler Hafen gehören."

„Könnte dieser Chang vielleicht der Täter sein? Vielleicht hat Pape ihn hintergangen, Geld veruntreut oder so?", fragte Magga.

Zaplinski zupfte sich am Ohrläppchen. „Ausschließen können wir bisher nichts. Aber selbst, wenn Pape seinen Chef irgendwie beschissen hat. Ich kann mir nicht vorstellen, dass Chang sich selbst die Finger schmutzig gemacht hat, so wie der scheinbar auf sein neues Image bedacht ist. Mal abgesehen davon, dass er in seinem Maßanzug sich wohl kaum mit Pape im Schlamm wälzen würde."

Vera ergänzte: „Und warum sollte er sich die Mühe machen, ihm hinten am Grundstück im Regen aufzulauern?"

Magga nickte, als würde ihr das einleuchten.

„Ach ja, da ist noch etwas", meldete sich Vera wieder zu Wort. „Ich bin nochmal Enrico Papes Kriminalakte durchgegangen. Nur am Rande: Frau Richter hat recht, er hat tatsächlich geboxt. In seiner Heimatstadt, bei Stahl Hennigsdorf. Interessanter finde ich allerdings, dass er seit fast zehn Jahren sauber ist. Genau wie Chang. Komisch, oder? Das letzte Mal ist er Anfang 2010 aus der JVA Neuruppin-Wulkow entlassen worden. Er hatte zwei Monate Reststrafe wegen Körperverletzung abzusitzen."

Zaplinski schüttelte unwillig den Kopf. „Offenbar das Musterbeispiel einer geglückten Resozialisierung, ist doch prima. Und dann bringt jemand dieses wertvolle Mitglied der Gesellschaft einfach um. Tragisch, sehr tragisch", sagte er sarkastisch.

Er ließ im Kopf noch einmal die ganze Besprechung Revue passieren. „Okay", sagte Zaplinski schließlich, als er mit dem Sortieren seiner Gedanken fertig war. „Dann lasst uns den a) vollbärtigen Amokfahrer finden und b) ein paar Alibis einsammeln. Und wir sollten mit den Angehörigen reden."

Kolbow sah ihn fragend an und setzte zu einem Einwand an. „Aber Pape hatte doch außer Maik keine …"

Bevor er den Satz beenden konnte, unterbrach Zaplinski ihn. „ … mit den Angehörigen der Verstorbenen, meine ich."

Kolbows Gesicht drückte immer noch Verständnislosigkeit aus.

„Na, von denen, die die Papes am Freitag eingebuddelt haben, Kolle. Vielleicht hat da jemand etwas beobachtet. Ob Rico mit jemandem gestritten hat, ob er alleine weg ist, sowas in der Richtung. Im Moment gehen wir doch davon aus, dass jemand Pape gefolgt ist."

Jetzt schien auch bei Kolbow der Groschen gefallen und er sah Zaplinski gequält an.

Vera konnte es sich nicht verkneifen, dem notorischen Besserwisser ein bisschen zusätzliche Nachhilfe zu erteilen. „Sieh mal Kolle. Es ist doch so. Dass jemand ihm an der Rückseite vom Molino aufgelauert hat, können wir doch ausschließen. Woher hätte er oder sie wissen sollen, dass er die Abkürzung nimmt?“, sagte sie in einem Ton, als hätte sie einen Erstklässler vor sich. „Ich kann auch meine Buntstifte herausholen und dann male ich dir ein schönes Bild dazu“, fügte sie boshaft an.

Magga verkniff sich ein Lachen und auch Zaplinski grinste. Er sah Kolbow mitleidig an. Mit einem Blick, der die Botschaft enthielt „Kolle, wo sie recht hat, hat sie recht. Da hätt’ ste aber echt selber drauf kommen müssen.“

„Vera, Magga, macht ihr die Befragungen rund um den Friedhof? Und sprecht auch mit den anderen Leuten vom Bestattungsunternehmen und dem Friedhofspersonal.“

Die beiden Frauen nickten.

Zaplinski machte dem immer noch zerknirscht dreinblickenden Kolbow ein Zeichen. „Und wir greifen uns Betty Hübner. Auf in den Kampf.“

Ungeschminkt

Betty Hübner sah verschlafen aus. Zerknittert geradezu. Sie nippte an dem Plastikbecher mit Kaffee, den Kolbow ihr hingestellt hatte und sagte leise: „Ja, ich hätte das gleich erzählen müssen. Tut mir leid. Aber ich dachte …“

Zaplinski beherrschte seinen Ärger nur mühsam. „… dass wir Sie dann verdächtigen, schon klar. Ergibt aber null Sinn, weil wir früher oder später sowieso alles rauskriegen. Und dann sind wir mal so richtig misstrauisch. Also, worum ging es bei dem Streit mit Pape?“

Mittags um zwölf waren Kolbow und er zu der Hausdame gefahren. Sie wohnte in einem alten, kleinen Einfamilienhaus in der sogenannten Sternstraßensiedlung, ganz nah an der Landebahn des Flughafens Tegel.

Erst nach mehrfachem Klingeln hatte eine zerzauste Betty Hübner ihnen geöffnet. In ihrem pinkfarbenen Schlafanzug, ohne Schminke und mit frisurschonender Schlafhaube hatte sie bei weitem nicht so ladylike ausgesehen wie noch am Sonntagabend. Dazu die furchtbaren Hausschuhe. Dinger, die aussahen wie Badelatschen mit Fellbesatz, wie Zaplinski fand. Die Alkoholfahne machte das derangierte Bild komplett.

Sie hatten in dem plüschigen Wohnzimmer gewartet, bis Betty Hübner sich angezogen hatte. Im Minutentakt dröhnte dort eine Maschine über sie hinweg.

Wird wirklich langsam Zeit, dass der neue Flughafen in Schönefeld eröffnet, damit das hier ein Ende hat, ging es Zaplinski durch den Kopf.

Zu Beginn waren Kolbow und er immer noch jedes Mal zusammengezuckt. Es fühlte sich an, als würden die Flieger im nächsten Augenblick direkt auf dem Dach über ihnen landen. Zaplinski konnte nicht begreifen, wie man es hier in der Nordlichtstraße aushalten kann. Dagegen war seine Wohngegend ja eine Oase der Ruhe.

Und das sollte etwas heißen, denn Zaplinski wohnte ziemlich genau am Bahnhof Wittenau, an der Ecke Eichborndamm / Oranienburger Straße. Hier trafen sich U- und S-Bahn sowie zahllose Buslinien. Über die Bundesstraße 96 quälte sich der Verkehr wechselweise vom oder hinaus in das nördliche Umland unter Zaplinskis Fenster vorbei. Und weil die Kreuzung seit Jahren Dauerbaustelle war, gab es wütendes Hupen oder das Krachen von zusammenprallenden Fahrzeugen als Gratis-Zugabe obendrauf.

Getoppt wurde das Ganze dadurch, dass mit Zaplinskis Dienststelle am Nordgraben, dem nahegelegenen Humboldt-Krankenhaus und der Feuerwache in der Roedernallee einiges an Tatü–Tata-Potenzial vorhanden war.

„Zu spät – zu spät“, pflegte Zaplinski das Sirenensignal gerne abfällig zu nennen. Für seinen Geschmack war das ganze Blaulichtrumgefahre eher gefährlich als nützlich.

Um das Maß vollzumachen, schwärmten die Motorroller vom Pizzalieferdienst gegenüber nervensägend Tag und Nacht aus. Nur, um „irgendwelche Faulpelze mit den Zutaten für Übergewicht und Diabetes zu versorgen“ (O-Ton Zaplinski).

Die Sternstraßensiedlung war aber noch ein ganz anderes Kaliber. Scheinbar war Betty Hübner schon abgehärtet. Und der in der Sofaecke dösende adipöse Siamkater ebenfalls. Oder taub. Er zuckte jedenfalls nicht ein bisschen, als die nächste Maschine aus Frankfurt, Paris oder woher auch immer über sie hinwegdonnerte.

Sie hatten die Hausdame dann in den Dienstwagen verfrachtet und zum Nordgraben gebracht. Jetzt saß die am Vortag noch so souveräne Betty Hübner wie ein Häufchen Elend in Zaplinskis Büro auf dem Besucherstuhl vor dem Schreibtisch.

„Er hat mich verprügelt.“ Sie setzte sich auf, zog den Kapuzenpulli hoch und zeigte auf ihren rechts gelbgrünblau verfärbten Rippenbogen.

Also nicht der Ischias, sondern der Enrico, dachte Zaplinski.

„Der Drecksack hat mir dabei zwei Rippen gebrochen. Und mir den Kopf in die Kloschüssel gesteckt.“

Den Kopf ins Klo gesteckt? Waterboarding, oder was? Zaplinski hatte gleich Bilder von amerikanischen Soldaten und ihren Gefangenen in Guantanamo im Kopf.

„Ja, diese miese Ratte.“ An Betty Hübner war nun endgültig keine Spur mehr von Dame übrig. „Das war schon immer seine Masche. Gibt keine sichtbaren Verletzungen und ist schön effektiv, hat er immer gesagt.“

„Und was war der Grund?“, fragte Zaplinski.

„Wir mussten ja den Club fast eine Woche schließen. Am Ruhetag haben sie eingebrochen und den ganzen Laden verwüstet. Feuerlöscher versprüht, Wände beschmiert, Polster zerschnitten, das totale Chaos. Da waren Chang und er stinkesauer.“

„Okay, verständlich. Aber was hatten Sie damit zu tun?“

„Ich hatte da überhaupt nichts mit zu tun. Ich mache doch nicht unser Geschäft kaputt“, sagte sie entrüstet.

Zaplinski nickte. Das klang logisch. „Das müsste Pape doch auch klar gewesen sein. Also weswegen hat er Sie dann zusammengeschlagen?“

„Na ja, ich hatte schon so eine Ahnung, wer dahinter gesteckt haben könnte. Das hat er wohl gerochen. Er war sowieso sauer mit mir, weil ich immer so lasch mit den Weibern wäre …bla, bla, bla.“ Betty Hübner deutete mit dem Daumen und den Fingern einen plappernden Mund an.

„Und? Weiter? Wer war das denn nun? Die Konkurrenz?“

Betty Hübner schüttelte den Kopf.

„Na wer denn sonst?“, fragt Zaplinski ungeduldig.

„Na ja, die Mädels und ich haben auch erstmal spekuliert, dass es vielleicht die Bulgaren aus Borsigwalde waren. Aber das stimmte nicht. Weil, die Ivona, also die war mal bei uns, musste dann aber gehen, zu alt, wissen Sie. Also die ist jetzt in Borsigwalde und ich hab mit ihr telefoniert. Und Ivona sagte, ihre Leute waren das hundertpro nicht. Davon hätte sie ganz sicher was mitbekommen."

Zaplinski zupfte sich ungeduldig am Ohrläppchen. Als Betty Hübner das bemerkte, beeilte sie sich, fortzufahren.

„Ivona meinte, das waren bestimmt die von ZOFF. Bei denen waren die auch gewesen."

„Zoff?", fragte Zaplinski irritiert und sah Kolbow an. Aber das Kollexikon hatte dazu noch keinen Eintrag und zuckte nur mit den Schultern.

„Ist eine Abkürzung, irgendwas mit zornigen Frauen oder so, glaube ich", erklärte Betty Hübner. Und als Zaplinski sie immer noch fragend ansah, fuhr sie fort: „Das ist so eine Gruppe von militanten, ich sag mal Emanzen, die bekämpfen radikal alles, was mit Prostitution zu hat. Stinkbomben vor die Läden schmeißen, bei diskreten Adressen groß Puff an die Häuserwand schmieren und so Sachen."

„Sie glauben tatsächlich, Frauen haben die Villa Molino verwüstet?" Zaplinski fehlte die Fantasie, sich das vorzustellen.

„Ja, denke schon. Die Mädchen haben mir erzählt, dass sie immer von so Frauen mit Helfersyndrom massiv bedrängt worden sind. Hilfsangebote zum Aussteigen und so, echt penetrant. Aber wie gesagt ..."

„… ja, schon klar, Ihre Damen sind selbständige Kleinunternehmer und gehen aus freien Stücken auf den Strich“, vollendete Zaplinski angenervt den Gedanken. Wer’s glaubt, wird selig.

Betty Hübner wirkte regelrecht beleidigt. „Auf den Strich … Sie sagen das so verächtlich. Sie haben doch keine Ahnung“, erwiderte sie trotzig. „Und weil das bei uns eben anders funktioniert, waren die Xanthippen von Andraste bei uns total falsch.“

„Andraste?“ Zaplinski kam nicht mehr mit.

„Na diese Beratungsstelle für Frauen. Das sind so Emanzen, die wollen Mädchen von der Ausbeutung befreien und so weiter, Rhabarber, Rhabarber …“ Wieder diese bla-bla-bla-Handbewegung. „Die sind echt ätzend. Denen traue ich so ziemlich alles zu. Wenn die nicht hinter diesem ZOFF stecken, fresse ich einen Besen. Hab ich Enrico dann auch gesagt. Er hat sich dann ein bisschen beruhigt. Jedenfalls, was mich betrifft. Aber wegen der Sache hatte er so einen Hals. Denen binde ich den Arsch hoch, hat er gesagt.“

„Und? Hat er?“

„Was?“ Jetzt konnte Betty Hübner nicht folgen.

„Na, ihnen den Arsch hochgebunden.“

„Weiß ich nicht.“ Sie zögerte einen Moment. „Na ja, später ließ er mal so eine Bemerkung fallen. Die trauen sich hier nie wieder rein, in der Richtung … Der Spuk war ja dann auch allgemein vorbei, habe ich gehört.“

„Dann hatten Sie wohl recht mit ZOFF“, sagte Zaplinski.

„Vermutlich“, erwiderte Betty Hübner nachdenklich.

„Wie war das mit Chang und Rico? Gab es da auch Streit in letzter Zeit?“

„Na ja schon, wegen der Randale, da hat Chang ihn ganz schön zur Socke gemacht.“ Dann erst wurde ihr der Hintergrund von Zaplinskis Frage bewusst und sie schüttelte nachdrücklich den Kopf. „Nee, nee, Chang hat Rico nicht umgebracht. Der macht sich nicht die Hände schmutzig. Und warum sollte er seinen besten Arbeitssklaven loswerden wollen?“

Das hatte sich Zaplinski auch gedacht. Aber nachhaken musste man. „Wie war das Verhältnis von Pape zu seinem Bruder?“, fragte er weiter. „Gab es da Differenzen? Streit? Irgendwas in der Richtung?“

„Nein. Kann ich mir auch nicht vorstellen. Der Maik ist doch sein einziger lebender Verwandter und Enrico war für ihn wie ein Papa. Sonst hätte der doch für den Kleinen in seiner Freizeit keine Särge durch die Gegend geschleppt.“

„Frau Hübner, wo waren sie letzten Freitag zwischen 16 und 17 Uhr?“

Betty Hübner stutzte wegen des abrupten Themenwechsels. Dann riss sie entsetzt Mund und Augen auf. „Sie glauben doch nicht … Nein … Warum sollte ich denn …? Nein, ich war das nicht! Das müssen Sie mir glauben!!“

„Sagen Sie uns einfach, wo sie waren. Wir müssen das fragen.“

Sie lehnte sich mit verschränkten Armen im Stuhl zurück, kniff die Lippen zusammen und dachte nach. „Also am Freitag… Da ist bei uns immer viel los im Laden. Da lege ich mich vorher meistens hin. Dann bin ich wie immer um 18 Uhr ins Molino gefahren. Und bevor sie fragen, nein, das kann niemand bestätigen“, ließ sie Zaplinski wissen.

Dann, mit einem Lächeln, fügte sie hinzu: „Außer Carlos.“

„Carlos?“, echote Zaplinski. „Ich dachte, niemand …?“

„Mein Kater …“

Betty Hübner lächelte versonnen und Zaplinski verzog ärgerlich das Gesicht. Sehr lustig.

Kolbow hatte nebenbei das Tablet gefüttert. Jetzt fragte er: „Besitzen Sie einen Elektroschocker?“

Sie sah ihn irritiert an. „Was? Wozu?“

„Vielleicht zur Selbstverteidigung?“, schlug Kolbow vor.

„Nein…sowas hab ich nicht. Darf man das überhaupt? Nur so ein Pfefferspray habe ich. Warum fragen Sie?“

Zaplinski ignorierte die Frage.

„Frau Hübner. Wir suchen einen Mann mit Vollbart, der einen weißen Lieferwagen fährt. Kennen Sie so jemanden? Ein Lieferant möglicherweise, oder ein Kunde?“

Sie sah ihn verwundert an, überlegte einen Augenblick. Dann schüttelte sie den Kopf. „Nein … warum?“

Wieder erhielt sie keine Antwort.

Als sie gegangen war, fragte Kolbow: „Was meinst du? Könnte sie es gewesen sein? Sie hat kein Alibi und ein handfestes Motiv. Warum hätte sie uns das sonst verschweigen sollen?"

Zaplinski schüttelte den Kopf. „Denke nicht, dass sie es war. Die hat im Milieu schon reichlich einstecken müssen über die Jahre. Die ist abgehärtet. Wegen einer kaputten Rippe bringt die keinen um. Eher dann, wenn er ihr das Gesicht zerschnitten hätte oder etwas in der Richtung. Und mal ehrlich, kannst du dir vorstellen, wie sie sich da draußen mit Pape im Schlamm herumgewälzt hat?"

„Nee, hast wohl recht. Das passt vorne und hinten nicht", gab Kolbow zu. „Und außerdem, das Ganze ist ja auch schon einige Wochen her. Warum sollte sie sich gerade jetzt rächen wollen?" Er wickelte sich einen frischen Kaugummi aus.

„Deswegen lass uns lieber weiter nach dem Amokfahrer suchen", sagte Zaplinski und rief Vera an.

„Da gibt' s leider nicht Neues", teilte er Kolbow mit, als er aufgelegt hatte. „Dann machen wir zwei Hübschen jetzt mit der Emanzenspur weiter", entschied er. „Wenn Pape da tatsächlich irgendwo gewütet hat, gibt es Opfer. Und die haben dann ganz sicher auch ein Motiv."

Wedding

Der Verkehr hatte sich zäh von roter Ampel zu roter Ampel geschleppt. Jetzt stand Zaplinski am Kurt-Schumacher-Platz. Zwei Grünphasen lang war er im Stau nur marginal der Kreuzung näher gekommen, aber nun stand er als erstes Fahrzeug am Zebrastreifen. Als die Ampel endlich auf Grün schaltete, fuhr Zaplinski an. Er war schon beim Abbiegen, da musste er heftig abbremsen. Laut fluchend ließ er den Radfahrer passieren, der ihnen in falscher Richtung über den Gehweg entgegen gerast war. Wütend öffnete er das Fenster und brüllte ihm hinterher.

„Hoffentlich hast du deinen Organspendeausweis dabei, du Idiot.“ Zaplinski schüttelte den Kopf. „Manche halten sich echt für unsterblich.“

Er war mit seinem Vertreter auf dem Weg in den Wedding. Der einstige Arbeiterbezirk mit seinen vielen Altbauten und Hinterhöfen spürte auch langsam die Gentrifizierung. Die Mieten stiegen. Vegane Eiscafés, Bioläden, sogar die eine oder andere Kunstgalerie eröffneten nach und nach zwischen alteingesessenen alternativen Kinderläden, türkischen Gemüsegeschäften und den wenigen verbliebenen Eckkneipen.

Bernhard Kolbow las während der Fahrt aus einem Bericht vor, den ihm die Kollegen von der Fachdienststelle auf das Tablet gemailt hatten.

„ZOFF, das ist eine Abkürzung. Irgendwas mit zornige Feministinnen oder so. Sie gehören zu einem losen Netzwerk, das sich weltweit militant für das Verbot der Prostitution einsetzt. Die machen bevorzugt Aktionen gegen Bordelle. Bei den Wohnungsadressen draußen groß „Puff“ an die Fassade sprühen und dergleichen. Genau, wie Betty Hübner das gesagt hat. Dazu gibt' s auch eine Webseite, da kann man das nachlesen. Ist geradezu ein Handbuch. Das war in Berlin eine richtige Serie. Aber keine wirklich schweren Straftaten. Nur beim Molino war es heftiger.“

Er sah vom Bericht hoch und schaute zu Zaplinski hinüber. „Was denkst du, könnte das im Molino vielleicht eigentlich Pape gegolten haben? Und er hatte Glück, dass er nicht da war?“

„Kann schon sein.“ Zaplinski hörte nur mit halbem Ohr zu, weil er sich zu sehr auf das Fahren konzentrieren musste. Ständig stand ein Lieferfahrzeug in zweiter Spur oder versuchte ein lebensmüder Motorrollerfahrer sich zwischen den Autos durchzuquetschen. Das nächste Mal fährt Kolle wieder, dachte er bei sich. Ich hab darauf keinen Bock mehr. In Berlin sind nur noch Psychopathen unterwegs.

Wer in persona hinter ZOFF stecke, sei nicht sicher, erzählte Kolbow indes weiter. Die Kollegen, die die Sache bearbeiteten, hatten zwar anonyme Hinweise auf eine Verbindung zu ANDRASTE erhalten, dies aber nicht verifizieren können.

„Als der Spuk vor zwei Monaten plötzlich aufgehört hat, sind die Ermittlungen eingeschlafen. Die Kollegen vermuten, das Milieu hat die Sache selbst bereinigt."

Zaplinski parkte schräg in einer Einfahrt. Im Wedding, wo der Parkraum zur Verkehrsberuhigung mit Verkehrsinseln, Blumenkübeln und sonstigen Hindernissen künstlich verknappt worden war, einen regelkonformen Parkplatz zu finden, wäre einem Sechser mit Superzahl im Lotto gleichgekommen. Zaplinski legte die Parkberechtigungskarte vom Nordgraben sichtbar hinter die Windschutzscheibe, in der leisen Hoffnung, dass dies die eifrigen Knöllchenschreiber und -innen milde stimmen würde. Zu Zeiten, als Parkverstöße noch von der Polizei geahndet wurden und analog auf wegwerfbares Papier geschrieben wurde, wäre das unnötig gewesen. Ticket in die Tonne und fertig.

Aber seit das strenge Ordnungsamt mit seinen unbestechlichen digitalen Onlinegeräten unterwegs war, biss man mit solchen Anliegen öfter auf Granit. Das artete immer in Papierkrieg mit zweifelhaftem Ausgang aus und oft genug hatten die Beamten das Falschparker-Verwarnungsgeld selbst zahlen müssen.

Die beiden Ermittler gingen auf ein Ladengeschäft in der Amsterdamer Straße zu. Das Schaufenster war von innen mit Postern und Plakaten beklebt, sodass man nicht hineinsehen konnte. Über der Eingangstür stand in großen Buchstaben „ANDRASTE, Beratungsstelle für Frauen".

Zaplinski klinkte an der Tür, fand sie aber verschlossen.

Er legte die Hände seitlich ans Gesicht und spähte durch die Glastür. Als er drinnen zwei Frauen entdeckte, die an einem Schreibtisch saßen, klopfte er an die Scheibe.

Eine Frau Mitte fünfzig kam an die Tür. Grün gefärbte Haare, übergroßer Strickpullover und Jeans. Genau wie Zaplinski sich eine aktive Feministin in seinen Vorurteilen vorgestellt hatte.

Sie sah ihn abweisend an und machte eine wedelnde Handbewegung zum Zeichen, dass er verschwinden sollte. Zaplinski zückte seinen Dienstausweis und hielt ihn gegen das Glas. Die Frau verzog das Gesicht, schloss dann aber doch auf.

Die Jüngere der beiden Frauen war sitzen geblieben. Sie war Mitte Ende zwanzig, schien türkische oder arabische Wurzeln zu haben, mit ihren glatten schwarzen Haaren und dem dunklen Teint.

„Was wollen Sie?", fragte die Ältere barsch und blieb in der halb geöffneten Tür stehen, sodass die Beamten nicht hineingehen konnten.

Das geht ja gut los, dachte Zaplinski. Aber immer schön freundlich bleiben. „Mein Name ist Zaplinski, Mordkommission Nord, das ist mein Kollege Kolbow", stellte er sich vor.

„Wir ermitteln wegen eines Tötungsdelikts, könnten wir kurz hereinkommen, Frau …?", setzte Zaplinski an.

„Grüner, Petra Grüner, ich leite die Beratungsstelle. Worum geht es?“, fragte die mit den grünen Haaren, machte aber keine Anstalten, den Weg freizugeben.

Grüner, hatte sie wirklich Grüner gesagt? Zaplinski musste sich ein Lachen verkneifen. Hieß die andere Frau dann vielleicht Schwarz oder Schwärzer? Er kniff sich ins Ohrläppchen, um sich zur Ordnung zu rufen.

„Frau Grüner …, es geht um die Gruppe ZOFF. Das sagt Ihnen doch was, oder?“

Die Angesprochene zögerte, drehte sich kurz zu ihrer Kollegin um, antwortete dann knapp und bestimmt. „Nee, keine Ahnung. Was soll das sein?“

Zaplinski erklärte es ihr in kurzen Worten, obwohl er fest davon überzeugt war, dass das überhaupt nicht nötig war, weil sie genau wusste, was es mit ZOFF auf sich hatte. Oder selbst ein Teil davon war.

Als er fertig war, schüttelte Petra Grüner wie erwartet wieder den Kopf. „Gefällt mir, muss ich zugeben. Aber, wie gesagt, da kann ich Ihnen nicht weiterhelfen. Sie drehte sich um. „Stimmt doch, oder Melek?“

Die nickte zögerlich.

Zaplinski seufzte. Das schien hier eine zähe Angelegenheit zu werden. „Okay.“ Er zog ein Foto aus der Tasche. „Kennen Sie diesen Mann?“

Petra Grüner schüttelte den Kopf. „Nein, wer soll das sein?“

Zaplinski antwortete nicht.

„Und ihre Kollegin?“ Er winkte die junge Frau heran. Sie stand zögernd von ihrem Stuhl auf. „Wie heißen Sie?“, fragte Zaplinski und streckte ihr das Foto entgegen.

„Çihan. Melek Çihan.“ Sie schaute zögernd auf das Bild. Ihr Gesicht zuckte kurz, sie warf einen Seitenblick auf Petra Grüner und schüttelte dann heftig den Kopf. „Nein. Diesen Mann kenne ich nicht.“

„Sind Sie da ganz sicher?“, hakte Zaplinski angesichts ihres Zögerns misstrauisch nach.

Melek Çihan schüttelte wieder den Kopf, vermied es dabei, Zaplinski anzusehen. „Nein, noch nie gesehen.“

„Er heißt Enrico Pape. Und er ist tot“, erklärte Zaplinski.

Petra Grüner starrte ihn an. „Das ist Enrico Pape? Und der ist tot?“

Als die Beamten nickten, lachte sie hysterisch los. „Pape, dieses Dreckschwein. Da hat es den Richtigen getroffen …“ Sie drehte sich zu ihrer Freundin um. „Hast du gehört, Melek, der Pape ist tot …“ Sie wirkte auf einmal regelrecht zufrieden.

Zaplinski war perplex. So eine heftige Reaktion. Die jüngere Frau schien allerdings das hysterische Hochgefühl nicht recht zu teilen. Sie sah eher betroffen aus.

„Sie kennen ihn also doch? Und Sie freuen sich, dass er tot ist?“, wunderte sich Zaplinski „Können wir nicht drinnen weiterreden?“

„Nein können wir nicht, das hier ist eine Frauenberatungsstelle. Männer haben hier nichts verloren“, blockte Petra Grüner rigoros ab. „Und warum fragen Sie überhaupt so blöd? Haben Sie Ihre Hausarbeiten nicht gemacht, bevor Sie hier dämliche Fragen stellen?“ Sie schrie das geradezu heraus.

Als die beiden Beamten sie ratlos ansahen, schüttelte sie den Kopf. „Ich fass’ es nicht. Wie schlecht ist das denn? Sie wissen es nicht, Melek!“ Dann brüllte sie wieder los „Das Schwein hat Josie überfallen.“

„Josie? Ich verstehe nicht … Wer ist Josie?“ Zaplinski konnte nicht folgen.

„Josie Mühlbacher. Sie arbeitet hier. Das Schwein hat sie vergewaltigt. Und ihr habt ihn davonkommen lassen.“ Petra Grüner war außer sich. „Ihr Schwanzträger haltet doch immer zusammen“, beendete sie ihre Tirade mit einer abfälligen Handbewegung und einem Gesicht, das Abscheu ausdrückte.

Zaplinski sah Kolbow fragend an. Nach dessen Schulterzucken zu urteilen, hatte der auch keine Ahnung, wovon hier die Rede war.

Kolbow zog sein Handy aus der Tasche und entfernte sich ein paar Schritte, um zu telefonieren.

Zaplinski unternahm unterdessen noch einen Versuch. „Können Sie mir nicht sagen, was da passiert ist?“

Petra Grüner schob ihn aus der Tür und herrschte ihn an.

„Hauen Sie ab. Sie können ja in ihren ganzen Datenbanken nachsehen, da sammeln sie ja alles Mögliche über die Menschen."

Zaplinski war einen Moment versucht, zu protestieren, gab dann aber auf. Hier würde er sicherlich nichts mehr erfahren. Petra Grüner drückte die Tür mit Kraft zu, schloss ab und verschwand im Laden.

Zaplinski holte eine Visitenkarte aus der Brieftasche. Er klopfte noch einmal an die Scheibe, gab den Frauen ein Zeichen und steckte die Karte in den Türrahmen. Dabei fiel ihm ein Aufkleber auf. Wie ein Verbotsschild aus dem Straßenverkehr. Eine rot durchgestrichene Männerfigur und der Spruch „Wir dürfen hier nicht rein". So ein Schild kannte er bisher nur mit einem Hund drauf. Sehr witzig.

Zaplinski schüttelte leicht verärgert den Kopf. Er wollte gerade zu Kolbow hinübergehen, da erregte ein Merkblatt im Schaufenster seine Aufmerksamkeit. Er winkte seinen Kollegen heran, der in der Sekunde sein Handytelefonat beendet hatte und zeigte auf das Poster. Zaplinski las die Überschrift laut vor: „Wie Frauen sich gegen Übergriffe schützen können."

„Schau an, schau an, man – sorry frau – empfiehlt Selbstbehauptungskurse, eine Trillerpfeife, Reizgas …"

„… und einen Elektroschocker", beendete Kolbow mit Erstaunen den Satz. Die Beamten sahen sich vielsagend an.

Kolbow sagte: „Übrigens, das mit Pape und Josie stimmt so. Mit vollem Namen heißt sie Josefine Mühlbacher. Vera hat nachvollziehen können, dass es da einen Vorfall gegeben hat."

„Kurwa … Und wieso wissen wir nichts davon und stehen hier da wie die Idioten?" In Zaplinski braute sich ein Wutanfall zusammen, aber er schluckte den Ärger mit Mühe herunter.

„Tatort war Oranienburg. Das ist Brandenburg und dann findest du natürlich nicht gleich was in unserem System", erklärte ihm Kolbow.

Zaplinski kratzte sich am Kopf, als sie wieder ins Auto stiegen. Ein Knöllchen war ihnen diesmal wundersamerweise erspart geblieben.

„Wir müssen dringend mit dieser Frau Mühlbacher reden. Die hat ja wohl einen Grund, Pape Übles zu wollen. Und es würde mich nicht wundern …", er zeigte auf das Merkblatt „ … wenn sie einen Elektroschocker besitzt."

Kolbow nickte. „Du hattest wieder mal den richtigen Riecher."

Zaplinski war mit den Gedanken schon wieder weiter. „Und die andere, diese Melek Çihan, müssen wir uns auch nochmal vorknöpfen. Alleine. Hundert zu eins, sie hat Pape auf dem Foto erkannt. Warum gibt sie das nicht zu?"

Josefine

Die Truppe von Zaplinski saß im „Saal" zusammen und besprach die Lage. Die Ermittlungen konzentrierten sich hauptsächlich auf den Amokfahrer. Magga klapperte die Umgebung nach eventuellen Zeugen ab. Aber bisher Fehlanzeige. Demzufolge hatten sie auch noch überhaupt keine Ahnung, was für einen Grund der Mann gehabt hatte, auf Enrico Pape loszugehen.

Nach dem Besuch von Zaplinski und Kolbow bei Andraste gab es keinen vernünftigen Zweifel mehr daran, dass Papes Überfall auf Josefine Mühlbacher die Retourkutsche für die Verwüstungen im Molino gewesen sein musste. Damit hatte die mutmaßliche radikale Aktivistin ein handfestes Motiv.

Vera reichte den Ausdruck eines Fotos herum. Es zeigte eine ausgesprochen hübsche Blondine.

„Ich habe mit dem zuständigen Sachbearbeiter in Oranienburg gesprochen. Er schickt uns die Akte. Aber soviel vorab: Josefine Mühlbacher, 33, ist vor zwei Monaten in ihrer Wohnung überfallen worden. Eine ganz, ganz üble Sache. Der Täter hat sie zwar nicht im eigentlichen Sinn vergewaltigt, wenn ihr wisst, was ich meine, aber schwerst sexuell misshandelt. Sie wurde unter anderem mit einer Flasche penetriert. Mehr wollt ihr gar nicht hören. Außerdem: der Täter hat ihren Kopf in die wassergefüllte Toilette gestopft. Papes Handschrift, ohne Zweifel."

Vera war erkennbar angewidert. „Sie hat Stein und Bein geschworen, dass es Pape war. Frau Mühlbacher war sich wohl so sicher, weil sie ihn von früher kannte, als sie selbst noch anschaffen ging. Er hatte sich bei der Tat zwar maskiert, aber sie war sich sicher, weil sie die Stimme erkannt hatte. Allerdings hat das alles nicht gereicht. Und wisst ihr warum?" Vera Schwertfeger war scheißwütend. Zaplinski sah, wie die Adern an ihrem Hals hervortraten. „Pape hatte angeblich ein bombenfestes Alibi und verwertbare Spuren gab es nicht."

Zaplinski schüttelte ärgerlich den Kopf. Denen in Oranienburg war es in Sachen Spurenlage scheinbar nicht besser gegangen als ihnen hier.

Vera war noch nicht fertig. „Der Kollege in O-Burg sagt, Frau Mühlbacher hat ihn permanent angerufen und gefragt, wann er Pape endlich verhaften würde. Zuletzt am vergangenen Dienstag. Als er ihr sagte, Pape habe ein hieb- und stichfestes Alibi und es würde keine Festnahme geben, da ist sie völlig ausgetickt und hat ihn übelst beschimpft."

„Nur zu verständlich, wenn sie sich so sicher war. Wenn die Unterlagen hier sind, schau doch noch mal genauer drüber, Vera. Vielleicht haben die da was übersehen. Was wissen wir sonst noch über die Mühlbacher?"

„Sie ist mit achtzehn nach Berlin gezogen. Stammt aus Bogen, im Bayrischen Wald. Und sie hat auch eine Akte bei uns", las Vera aus ihren Aufzeichnungen vor.

Da mischte sich das Kollexikon ein. Bernhard Kolbow konnte sich wieder einmal nicht zurückhalten. „Bogen liegt nicht im Bayrischen Wald, es ist das Tor zum Bayrischen Wald. Und die Heimat des blau-weißen bayrischen Rautenwappens."

Vera verdrehte verärgert die Augen. „Kolle, du bist so ein furchtbarer Besserwisser ..." Kopfschüttelnd nahm sie ihren Faden wieder auf. „Die Frau Mühlbacher ist früher selber anschaffen gegangen. Sie ist kein Kind von Traurigkeit. Körperverletzung, Drogen, Beischlafdiebstahl, das meiste in ihrer Milieuzeit. Eine Zeit lang hat sie in einem angeblichen linken queer-lesbischen Wohnprojekt gelebt. Da ist sie fast zwangsläufig auch mit dem Gesetz in Konflikt geraten." Vera nannte die Adresse und alle nickten. Die Englerstraße 129 – kurz E129 – kannte jeder Polizist in Berlin und keiner verstand, warum die Politik diesen hochkriminellen Ort immer noch tolerierte.

„Queer-lesbisches Wohnprojekt. Schöne Umschreibung für ein besetztes Haus", kommentierte Zaplinski. Solche verharmlosenden Wortgebilde hasste er aus ganzem Herzen.

„Normalerweise lasse ich dir so ein Pauschalurteil ja nicht durchgehen", sagte Vera. „Aber in dem speziellen Fall muss ich dir recht geben."

Zaplinski nickte zufrieden. „Okay, dann greifen wir uns jetzt die Frau Mühlbacher."

„Ich weiß nicht, was ich mit dem Kerl anstellen würde. Ich könnte die Frau nur zu gut verstehen", sagte Vera. Ihr war nach wie vor anzumerken, wie betroffen und wütend die ganze Angelegenheit sie gemacht hat.

„Alter kriminalistischer Grundsatz: Verstehen, aber …“, warf Kolbow in Oberlehrermanier ein.

„ … aber nicht billigen. Natürlich weiß ich das Kolle, ich bin doch nicht blöd. Aber ich streite mal ab, dass du als Mann überhaupt nur im Ansatz nachvollziehen kannst, was eine Frau da durchmacht“, gab Vera giftig zurück.

Magga nickte. Es war an ihrem Gesicht abzulesen, dass sie das genauso empfand.

„So, und nun haben wir uns alle wieder lieb, packen die Emotionen weg und werden wieder professionell“, versuchte Zaplinski die Gemüter zu beruhigen.

„Ihr Männer sagt das so leicht dahin, Dieter …“ Veras Wut war noch nicht völlig verraucht.

Zaplinski sah sie an. „Komm Vera, du weißt selber, wir müssen da sachlich rangehen, auch wenn es schwerfällt. Kriegst du das hin oder müssen wir dich rauslassen?“

Vera nickte langsam. „Klar, kein Thema. Aber das musste mal raus.“ Sie atmete tief durch.

„Und wie sieht’ s bei Ihnen aus, Magga?“ , fragte Zaplinski.

„Ja, kein Problem“, antwortete sie.

„Okay, dann hätten wir das ja geklärt“, hakte Zaplinski das Thema für sich ab. „Komm Kolle, wir fahren jetzt raus nach Oranienburg zu Frau Mühlbacher. Gibst du uns mal die Adresse, Vera?“

Oranienburg

Zaplinski und Kolbow standen vor einem sanierten DDR-Plattenbau. Die orangefarbene Fassade sah aus, als wäre sie erst kürzlich erneuert worden. Balkone waren nachträglich mit einer Metallkonstruktion vorgebaut worden. Der Häuserblock bildete einen starken Kontrast zu dem benachbarten Gebäude gleicher Bauart, das noch im Originalzustand war.

Laut Klingeltableau befand sich die Wohnung „Mühlbacher“ im Erdgeschoss rechts. Kolbow drückte auf den Knopf. Nichts passierte. Auch ein zweites längeres Klingeln blieb ohne Reaktion.

Zaplinski und Kolbow gingen über den gut gepflegten Rasen Richtung Balkon. Sie registrierten, dass die Balkontür von innen mit einer Sperrholzplatte vernagelt war. Merkwürdig. Zaplinski wollte sich gerade an der Brüstung hochstemmen, um eventuell einen Blick in die Wohnung zu erhaschen, als er an deren oberen Rand Stacheldraht entdeckte. „Da ist aber jemand ziemlich auf Sicherheit bedacht“, kommentierte er überrascht.

Eine Stunde später übernahm Zaplinski die neuen Schlüssel für die Wohnung Mühlbacher, die ihm der Mann vom Schlüsseldienst nach getaner Arbeit hinhielt. Er unterschrieb den Lieferschein, den Durchschlag gab er Kolbow.

Der hatte sich anfangs zwar mit seinem kleinen Türöffnungsbesteck an der Wohnungstür versucht, aber ohne jeden Erfolg. Die Nummer mit der Scheckkarte, die in keinem Krimi fehlen durfte, hatte er angesichts der drei hochwertigen Schlösser erst gar nicht in Erwägung gezogen.

Der herbeitelefonierte Schlosser hatte berichtet, er wäre vor einiger Zeit schon einmal hier gewesen. Die Sicherungseinrichtungen, die er gerade geknackt hatte, stammten von ihm. „Die Mieterin hat mir erzählt, dass sie überfallen worden ist. Die war immer noch ganz durch den Wind."

Die beiden Berliner Beamten streiften sich Gummihandschuhe über und betraten die Einraumwohnung. Sie waren kaum drinnen, da sahen sie sich bestürzt an. Das Zimmer wirkte wie ein Schlachtfeld. Umgeworfene Möbel, zerbrochenes Geschirr lag auf dem Boden verstreut, ein Sofakissen war aufgerissen. Das Balkonfenster wies einen mächtigen Riss auf. Das Display des Flachbildfernsehers an der Wand war gesprungen, in der Küchenzeile hing eine Schranktür nur noch halb in den Scharnieren. Die Einzelteile eines zerstörten Handys lagen vor dem Heizkörper am Fenster.

Hastig verschafften sie sich einen kurzen Überblick, schauten erst ins Bad, dann auf den Balkon.

Zaplinski atmete anschließend erleichtert durch. „Immerhin nicht noch eine Leiche."

„Was ist denn hier passiert? Ist das etwa noch von dem Überfall?“, wunderte sich Kolbow.

Zaplinski zuckte skeptisch mit den Schultern. „Wenn dem so ist, dann muss sie woanders gewohnt haben seitdem. Hier ganz sicher nicht.“

Er deutete auf das zusammengebrochene hölzerne Bettgestell. Unbrauchbar. Jedenfalls als Schlafgelegenheit. Sie machten sich daran, in dem Chaos nach Beweismitteln zu suchen. Skurril. Hier sah alles eher nach Opfer denn nach Täter aus, ging es Zaplinski durch den Kopf.

Kolbow durchsuchte den Nachttisch. Unter mehreren Medikamentenpackungen zog er ein eng bedrucktes Stück Papier aus der Schublade und faltete es auseinander. Kurz darauf ließ er ein überraschtes Pfeifen hören. „Schau mal einer an, was haben wir denn da?“, sagte er und las laut aus der in Englisch verfassten Bedienungsanleitung vor: „Striker Extreme 150.000 Volts“. Neben dem Text war die Abbildung eines Elektroschockers in Form einer Taschenlampe abgedruckt. „Das Gerät dazu habe ich allerdings nirgends gefunden. Du vielleicht?“

Zaplinski schüttelte mufflig den Kopf. „Meinst du etwa, ich hätte das für mich behalten?“ Er fuhr sich mit der Hand durch die Haare und ließ nachdenklich den Blick durch die Wohnung schweifen. „Josie, Josie, das sieht nicht gut aus für dich. Du hast ein Motiv und offenbar auch eine Tatwaffe.“

Er hatte inzwischen die Einzelteile des kaputten Mobiltelefons eingetütet und hielt den Beweismittelbeutel in die Höhe. „Aber leider machst du es uns schwer, dich zu finden. Sehr schade", kommentierte Zaplinski mit Blick auf das zerstörte Handy. „Und noch schader, dass wir weder persönliche Dinge von Pape noch Lederhandschuhe gefunden haben. Das hätte die Sache schön abgerundet."

Als die beiden Berliner Kripobeamten das Haus verließen, steuerte eine alte Dame auf sie zu. Sie thronte auf einem vierrädrigen roten Elektromobil.

„Polizei Berlin, guten Tag. Sie wohnen hier Frau …?", stellte Zaplinski sich vor und zeigte seine Dienstmarke.

„Haberkorn, Margot Haberkorn. Ja, ich wohne hier. Ist schon wieder was passiert?", fragte die schick gekleidete Seniorin mit den blau-lila gefärbten Haaren. Zaplinski musste in sich hineingrinsen. Wieder ein Mitglied der blue-rinse-Brigade.

Moni, die Wirtin seiner Stammkneipe, hatte ihn ausgelacht, weil er eine dermaßen haargefärbte Dame als ausgesprochen cool und modebewusst bewundert hatte.

„Didi, du Dummerchen", hatte sie gesagt und sich köstlich über ihn amüsiert. Er hasste es, wenn sie Didi zu ihm sagte. Das erinnerte ihn immer an Didi Hallervorden und den konnte er auf den Tod nicht ab. Moni wusste das, aber sie konnte es manchmal einfach nicht lassen, ihn damit zu pieksen.

„Alte Frauen nehmen Blautöne nicht mehr richtig wahr. Die sehen im Spiegel einen Gelbstich in ihren grauen Haaren", hatte sie ihm erklärt. „Was für uns lila-blau aussieht, ist für diese Frauen ein perfektes Grau. Darum bestehen sie darauf, das so zu färben, dass es für ihre Augen ein schönes Grau ergibt. Das ist nicht cool, sondern Sehschwäche."

„Wir wollten eigentlich zu Frau Mühlbacher", sagte Kolbow, während Zaplinski noch darüber sinnierte, dass er das Blau-Lila trotz der ernüchternden Erklärung nach wie vor cool fand. Falls das, was Moni da im Brustton der Überzeugung erzählt hatte, überhaupt stimmte.

„Wissen Sie …?", zeigte Zaplinski auf den Balkon von Josefine Mühlbacher. Weiter kam er nicht. Frau Haberkorn fiel ihm eifrig ins Wort.

„Die Frau Mühlbacher. Ja, die ist nicht da, schon seit ein paar Tagen nicht. Die hat hier vielleicht einen Rabatz gemacht, kann ich Ihnen sagen. Hat ihre Sachen aus dem Fenster geworfen. Die war ja regelrecht wie von Sinnen. Ich musste die Polizei rufen. Mit Handschellen mussten sie die fesseln. Und ihre Kollegen haben sie dann mitgenommen. Das war genau vor einer Woche, letzten Dienstag." Sie schüttelte den Kopf, als könnte sie es immer noch nicht fassen.

Zaplinski und Kolbow sahen sich an. Das also war die Erklärung für das Chaos in der Wohnung.

„Und seither haben sie Frau Mühlbacher nicht mehr gesehen?", fragte Zaplinski.

Margot Haberkorn dachte nach und schüttelte dann den Kopf. „Aber ihr Auto ist jetzt weg. Als sie abgeholt wurde, stand es noch da." Sie zeigte Richtung Parkplatz.

„Hat möglicherweise sonst noch jemand nach ihr gefragt oder gesucht? Gab es einen Freund?“

„Nein, einen Freund hatte sie nicht. Jedenfalls hab ich hier keinen kommen sehen. Zu Besuch waren eigentlich nur Frauen. Ich hab schon gedacht, also, sie wissen schon …“

Sie suchte offenkundig nach einem passenden Wort. „Na ja … dass die vom anderen Ufer ist.“

„Kennen Sie die Frauen oder würden Sie sie wiedererkennen?“, fragte Zaplinski.

„Nee, eher nicht. Ich kann mich nur daran erinnern, dass die eine so grässlich grün gefärbte Haare hatte.“

Zaplinski überdachte das mit dem Blau-Lila noch einmal. Wenn die alte Dame das grüne Haar richtig gesehen hatte, konnte sie da eine Sehschwäche haben, wie Moni behauptete? Er musste das unbedingt googeln.

Kolbow bedankte sich indessen und überreichte ihr seine Visitenkarte. „Würden Sie uns bitte anrufen, wenn Frau Mühlbacher auftaucht?“, bat er.

Margot Haberkorn hielt sich die Karte dicht vor die Augen. „Ja, natürlich“, sagte sie, als sie mit dem Lesen fertig war.

„Petra Grüner war also hier. Okay, aber was fangen wir damit an, Zappa?“, fragte Kolbow, als sie wieder im Wagen saßen.

Zaplinski zuckte nur mit den Schultern. Er wusste es auch nicht so recht.

Klinik

Kolbow und Zaplinski standen am Tresen der Polizeiinspektion Oranienburg. „Kollege, das hier sind die neuen Schlüssel für die Wohnung einer Frau Mühlbacher. Die Adresse habe ich hier aufgeschrieben“, erklärte Zaplinski dem wachhabenden Oberkommissar und reichte ihm einen beschrifteten Briefumschlag. „Vielleicht kommt sie ja her, um die Schlüssel abzuholen. Wir haben ihr eine Nachricht hinterlassen.“

Der Kollege nahm den Umschlag entgegen.

„Und, wenn sie bei euch auftaucht: Festnehmen“, ergänzte Zaplinski. „Es muss da einen Vorgang bei euch geben wegen der Frau Mühlbacher, letzte Woche. Sie hat randaliert und ihr sollt sie in die Klinik gebracht haben. Kannst du uns die Unterlagen bitte mal raussuchen?“, bat er.

„Das mit der Mühlbacher kann ich euch auch so sagen. War ja in unserer Schicht. Sie hat letzten Dienstag in ihrer Wohnung herumgetobt, Bücher, Geschirr und alles Mögliche aus dem Fenster geworfen. Als die Kollegen kamen, hat sie um sich geschlagen und getreten. Die war völlig außer sich und hat die Streife übelst beschimpft. Einer Kollegin hat sie sogar in den Arm gebissen.“ Am Ende hatten sie die Tobende mit Handfesseln fixieren müssen.

„Der Arzt hat sie dann gleich in die Psychiatrie nach Hohen Neuendorf eingewiesen“, ergänzte der Wachhabende.

Kolbow hatte auf sein Tablet geschaut und wandte sich jetzt an Zaplinski. „Dienstag, Zappa. Da hat sie von dem Kollegen aus Oranienburg erfahren, dass Pape ein Alibi hat. Das würde erklären, dass sie so ausgerastet ist.“

„Ja, das glaube ich gerne. Ich denke, das lässt sie auf unserer Verdächtigenliste auf Platz eins klettern. Knapp vor unserem Vollbart-Schumi“, sagte Zaplinski und wandte sich dann an den Wachhabenden: „Zu Hause ist sie nicht. Wisst ihr, was aus ihr geworden ist?“

Der Beamte schüttelte den Kopf. „Wird wohl noch in der Klinik sein. So durchgeknallt, wie die war.“

„Wenn Sie seit letzten Dienstag in der Klinik ist, dann kannst du sie auch gleich wieder von der Liste unserer Verdächtigen streichen, Zappa“, gab Kolbow zu bedenken.

„Das finden wir jetzt raus“, entgegnete Zaplinski. Er ließ sich die Rufnummer der Klinik geben, in die Josefine Mühlbacher gebracht worden war und rief vom Dienstapparat aus an.

„Zaplinski ist mein Name. Kripo Berlin. Es geht um Ihre Patientin Frau Mühlbacher. Josefine Mühlbacher.“ Er wurde mit der Chefärztin Dr. Bergemann verbunden.

„Frau Mühlbacher. Ja, die war bei uns“, teilte ihm die Ärztin mit.

Zaplinski war von der Vergangenheitsform irritiert. „Was heißt war? Sie war bei Ihnen? Wo ist sie denn jetzt, wenn nicht bei Ihnen?“

„Ich weiß es nicht. Sie ist letzten Mittwoch einfach von der Station verschwunden."

„Verschwunden, wie das denn?" Zaplinski rollte entnervt mit den Augen.

„Sie hat eine Pflegerin bedroht …", antwortete die Ärztin.

Es machte Zaplinski wütend, dass man offenbar so einfach aus einer geschlossenen Abteilung flüchten konnte. Was für eine Schlamperei war das denn? Er riss sich aber zusammen und bemühte sich, nicht ausfallend zu werden.

„Können Sie uns ein bisschen mehr von ihr erzählen? Wie war ihr Zustand, bevor sie verschwunden ist?"

„Ich kann Ihnen da wirklich nichts sagen, meine Schweigepflicht lässt das einfach nicht zu."

„Frau Dr. Bergemann, es ist wichtig. Wir ermitteln in einem Mordfall. Frau Mühlbacher scheint darin verwickelt zu sein."

„Bitte verstehen Sie, ich kann nicht …"

Zaplinski war jetzt endgültig stinksauer. Er musste einen Mord aufklären und diese Zicke von Psychiaterin ließ erst die Tatverdächtige abhauen und versteckte sich zur Krönung dann noch hinter Formalien. Ohne sich zu verabschieden, knallte er den Hörer auf.

Kolbow sah ihn nachdenklich an und schüttelte den Kopf. Tadel lag in seinem Blick und sein Gesichtsausdruck sagte: „Das hätte man schlauer lösen können, Zappa. Lösen müssen."

Zaplinski bemerkte das nicht. Er genoss noch das Gefühl, dass er den Telefonhörer auf die Gabel hatte knallen können, um seinen Frust loszuwerden.

Wurde Zeit, eine „Hörer-aufknallen-App" fürs Handy zu entwickeln. Eine App mit einer klassischen Wählscheibe gab es ja schon. Das hatte ihm Tischler-Ralf unlängst bei Moni gezeigt.

„Damit steht Frau Mühlbacher immer noch drauf auf der Liste, Kolle. Sie war zur Tatzeit jedenfalls nicht mehr in der Klinik. Und sie ist offenbar hochaggressiv", fasste Zaplinski zusammen.

Als sie wieder im Auto saßen, rief Zaplinski Vera per Freisprechanlage an. „Die Mühlbacher besitzt offenbar so einen Taser in Taschenlampenform, sie hat ein Motiv und kein Alibi", berichtete er ihr. „Ich denke, das in Kombination mit ihrer ganzen Wut reicht ja wohl für einen dringenden Tatverdacht. Schreibst du sie zur Fahndung aus? Und setz dich bitte mit den Kollegen in Verbindung, in … wie hieß das noch, wo sie herkommt?"

„Bogen", soufflierte Kolbow.

„Ja, genau. Bogen. Vielleicht ist sie dahin abgetaucht."

„Ja, ich kümmer mich drum. Übrigens, ich wollte dich eh anrufen, Zappa. Hier sitzt eine Frau, die dich sprechen will. Wann könnt ihr hier sein?"

„In zwanzig Minuten. Wer ist es und was will sie?"

„Sie heißt Melek Çihan. Mir wollte sie nichts sagen."

Zaplinski nickte. „Ach die von Andraste, hab ich mir schon gedacht. Ist sie alleine da?"

Vera bejahte seine Frage.

„Wir beeilen uns … lass sie nicht weg." Zaplinski drehte sich zu Kolbow um. „Ich wette, die hat uns was über Pape zu erzählen. Da bin ich ja mal gespannt. Gib Gummi, Kolle."

Melek

Als Kolbow und Zaplinski im dritten Stock aus dem Aufzug stiegen, hockte Melek Çihan zusammengesunken auf der Bank vor dem „Saal".

Zaplinski ging auf sie zu. „Hallo Frau Çihan, Sie wollten zu mir?"

Sie sah auf und nickte. Wie schon bei Andraste wirkte sie wieder ängstlich und verschüchtert, knetete ihre Hände. „Ich bin an allem schuld …", begann sie schluchzend und wischte sich die Tränen aus den Augen.

„Jetzt beruhigen Sie sich erstmal", sagte Zaplinski und schob sie behutsam in den „Saal".

„Es tut mir so leid. Aber er hat mir gedroht und da …"

„Wer hat Sie bedroht?"

„Na dieser Pape. Ich wusste ja erst nicht, dass er das ist. Ich kannte ja nur den Namen. Von Josie. Dass er sie …"

„Was genau ist denn passiert?"

„Ich war alleine im Laden. Da klopfte erst eine ältere Frau an der Tür. Also hab ich aufgemacht. Einen Mann hätte ich ja nie reingelassen, das gibt immer nur Ärger, weil die wissen wollen, wo ihre Frauen geblieben sind, wo wir sie verstecken und so."

„Und weiter?“, fragte Zaplinski ungeduldig.

„Da kam er, also dieser Pape, gleich hinter ihr rein. Ich hatte ihn erst gar nicht gesehen. Er hat die Frau weggeschickt und ist gleich auf mich los. Hat mir in den Bauch geboxt und rumgebrüllt.“ Pape habe sofort nach ZOFF gefragt und in ihrer Angst hatte sie ihm alles gesagt. Dass Josie Mühlbacher dahinter steckte. Und am Ende sogar Josies Adresse. „Es tut mir so leid. Aber …“

Zaplinski legte ihr beruhigend die Hand auf die Schulter. „Geben Sie sich nicht die Schuld. Sie hatten gar keine Wahl.“

Sie schniefte. „Er hat gesagt, wenn ich jemandem erzähle, dass er da war, dann kommt er wieder und dann bringt er mich um.“

„Deshalb haben Sie es Petra und Josie gegenüber verschwiegen …“, sagte Zaplinski.

Sie nickte, weinte wieder.

„Wie sah die Frau aus, die bei Pape war?“

„Irgendwie asiatisch, älter“, sagte Melek Çihan.

Zaplinski sah Kolbow an und sie nickten sich zu. Pape hatte Dao vorgeschickt, um in den Laden zu kommen.

„Wusste Petra Grüner Bescheid über Josie und ZOFF?“

„Ja, klar.“

„Sind Sie sicher?“

„Sie hat ja mitgemacht.“

Zaplinski wunderte das nicht mehr wirklich. Petra Grüner, dieser Furie, traute er einiges zu.

„Wer gehörte sonst noch dazu?"

„Das weiß ich nicht."

„Warum hat Josie das mit ZOFF überhaupt angefangen?"

„Wut, Rache, glaube ich. Wissen Sie, Josie, die war selbst auf dem Strich, ganz tief unten. Wenn Petra sie da nicht herausgeholt hätte... Wissen Sie, die Josie, die kommt aus einem Dorf, die ist in Berlin auf so einen Mann reingefallen."

Die Geschichte war dann abgelaufen wie so oft. Erst große Liebe, Rosensträuße, Liebling, wir heiraten, dann das elende „Schatz, ich hab Schulden, die bringen mich um, wenn ich nicht zahle, du musst mir helfen"-Geweine. Der Klassiker, um unbedarfte Frauen aus der Provinz zu Prostituierten zu machen. Zaplinski und Kolbow hörten so eine Geschichte nicht zum ersten Mal.

„Und irgendwann hat der Kerl sie weiterverkauft. An diesen Pape." Melek Çihan schluckte, als wäre ihr all das selbst widerfahren. „Die Polizei hat Josie dann zu uns gebracht und Petra hat sie in ein Frauenhaus vermittelt. Josie fand unsere Arbeit mit den Prostituierten toll. Seitdem macht sie bei uns mit. Aber ich glaube, das war ihr nicht genug. Sie war immer so wütend. Diesen Dreckskerlen muss das Handwerk gelegt werden ..."

„Wo ist Josefine Mühlbacher jetzt?", fragte Zaplinski.

„In der Klinik, denke ich. Hat Petra jedenfalls gesagt. Weil sie völlig durchgedreht ist, als sie erfahren hat, dass der Pape nicht bestraft wird."

„Nein, da ist sie nicht mehr. Und zu Hause auch nicht. Wo könnte sie noch sein?"

„Bei Petra? Die beiden sind doch zusammen."

Zaplinski und Kolbow sahen sich an. Diese Information war neu.

Als Melek Çihan gegangen war, seufzte Zaplinski. „Kolle, ich fürchte, am Ende müssen wir uns auch noch mit der E129 beschäftigen. Gut möglich, dass die Mühlbacher wieder bei denen untergekrochen ist."

Er hatte gehofft, dass dieser Kelch an ihnen vorübergehen würde. Jede polizeiliche Maßnahme dort glich einem Eiertanz, in den sich die Polizeiführung einmischen würde. Von der Politik ganz zu schweigen.

Jetzt würde er erst einmal auf die Diplomatie von Magga und Vera setzen. Die müssten morgen zu Petra Grüner fahren. Vielleicht könnten sie ja die Frau von Andraste knacken. Schön wär' s.

Granit

Vera Schwertfeger unternahm noch einen Versuch: „Frau Grüner, wo finden wir Josefine Mühlbacher?“, fragte sie und fixierte die Frau ihr gegenüber.

Die saß mit verschränkten Armen und feindseligem Gesichtsausdruck da. „Das geht sie einen Scheiß an“, giftete sie zurück.

Vera und Magga hatten erst das Andraste und dann die Wohnung von Petra Grüner erfolglos durchsucht. Keine Josefine Mühlbacher, keine Beweismittel, die auf eine Verbindung zur Mordsache Pape hindeuteten. Zaplinskis Hoffnung war, dass die beiden Frauen gnädiger behandelt würden als er und Kolbow zuletzt. Jetzt saßen die beiden Ermittlerinnen mit der Chefin der Beratungsstelle an deren Küchentisch.

Magga schob die Durchschrift des Durchsuchungsprotokolls über den Tisch. Im Feld „Unterschrift des/der Betroffenen“ hatte sie eintragen müssen „Unterschrift verweigert“.

„Ihnen ist schon klar, dass sie unter dem dringenden Verdacht steht, Enrico Pape getötet zu haben, oder?“, hielt Vera der Aktivistin vor.

„Schwachsinn.“

„Frau Grüner… Ich weiß, Sie sind auf die Polizei nicht gut zu sprechen wegen der Sache mit Josie. Das kann ich gut verstehen. Glauben Sie mir." Sie warf Magga einen Blick zu. „Wir sind genauso betroffen von dem, was Pape Ihrer Freundin Josie angetan hat, das können Sie mir wirklich glauben. Wenn Josie sich wirklich an Enrico Pape gerächt hat, meinen Sie dann, Chang und seine Leute nehmen das einfach so hin?"

Irgendwie konnte sie die Frau ja verstehen, musste Vera sich eingestehen. Wenn einem Menschen, den sie liebte, das alles passiert wäre und die Polizei den Täter trotz Wiedererkennen weiter frei herumlaufen ließe … Puuuh. Nicht auszudenken. „Josie ist in Gefahr. Besser wäre es, wir finden sie zuerst, meinen Sie nicht?"

Aber die Leiterin von Andraste blieb weiter störrisch. „Keine Ahnung wo sie ist. Und Sie, was könnten Sie schon für sie tun?"

„Ich versteh' s nicht. So lassen Sie Ihre Freundin im Stich. Wollen Sie, dass ihr noch einmal etwas passiert?", fragte Vera und schüttelte verständnislos den Kopf. Merkte diese verbohrte Frau denn überhaupt nicht, dass Vera auf ihrer Seite war? „Okay. Dann erzählen Sie uns jetzt wenigstens mal die Geschichte mit ZOFF. Wir wissen, Josie und Sie hängen da mit drin."

„Ich weiß nichts." Petra Grüner presste die Lippen zusammen und verschränkte die Arme noch fester vor der Brust. Totale Blockadehaltung.

Soviel zu Zaplinskis Hoffnung auf die Wirkung weiblicher Diplomatie, dachte Vera bedauernd.

„Wussten Sie, dass Pape im Büro von Andraste war und dass er Melek zusammengeschlagen hat?"

Petra Grüner riss überrascht die Augen auf.

Vera fuhr fort. „Er wollte von ihr wissen, wer seinen Club verwüstet hat. Sie hat von Josie erzählt. Und ihm gesagt, wo sie wohnt."

Petra Grüner schüttelte wütend den Kopf. „Wie konnte sie nur …!!??"

„Was hätte sie denn tun sollen? Sich umbringen lassen? Sie macht sich selbst schon genug Vorwürfe. Setzen Sie nicht noch einen drauf", versuchte Vera der verbohrten Petra Grüner ein klein wenig Verständnis abzuringen. Aber keine Chance. Bei der Andraste-Chefin biss sie auf Granit. Die ballte weiter nur die Fäuste und presste die Kiefer trotzig fest zusammen.

„Frau Grüner, wo waren Sie letzten Freitag zwischen 16.30 Uhr und zwei Uhr nachts?"

Petra Grüner sah kurz verblüfft auf. „Warum wollen Sie das wissen?", blaffte sie dann.

„Da wurde Enrico Pape ermordet."

„Denken Sie etwa, ich …?", fragte die Grüner entrüstet. „Schwachsinn."

„Antworten Sie einfach", forderte Vera sie kurz angebunden auf. Langsam neigte sich ihre Geduld dem Ende zu.

Petra Grüner blickte sie weiter feindselig an, bequemte sich dann aber doch zu einer Antwort.

„Freitag. Da gehe ich wie jeden Abend nach dem Dienst ins Sportstudio und in die Sauna. Wollen Sie auch noch die Adresse haben?“

„Ja, bitte“, antwortete Vera freundlich und notierte sich dann die dahingespuckte Antwort. „Und anschließend?“

„Zu Hause. Keine Zeugen. War' s das jetzt?“ Petra Grüner zeigte mit der Hand Richtung Tür.

Vera versuchte ein letztes Mal ihr Glück. „Wo ist Josefine Mühlbacher? Bitte…“

„Sehen Sie doch in Ihren Scheiß-Datenbanken nach.“

Veras Langmut und Verständnis war inzwischen überstrapaziert worden. Sie konnte sich nur mühsam beherrschen, um nicht dem dringenden Bedürfnis nachzugeben, mit der Faust auf den Tisch zu schlagen und die Grüner ordentlich durchzuschütteln. Sie rollte mit den Augen und atmete durch. „Sicher, das tun wir. Aber warum zum Teufel sind Sie so stur?“

„Können Sie jetzt endlich abhauen?“, fauchte Petra Grüner. Sie erhob sich von ihrem Stuhl und stützte beide Hände auf die Tischplatte. Mit einem Blick, der getötet hätte, wenn ihr das möglich gewesen wäre – davon war Vera überzeugt – herrschte sie die beiden Beamtinnen an. „Gehen. Sie. Endlich.“ Sie schoss die Worte ab wie Giftpfeile aus einem Blasrohr.

Vera sah zu Magga hinüber. Die zuckte auch nur hilflos mit den Schultern. Sie mussten wohl oder übel hinnehmen, dass sie hier nichts weiter erfahren würden.

Vera saß hinter dem Lenkrad des Dienstwagens, hielt aber noch unschlüssig den Zündschlüssel in der Hand. Sie war enttäuscht von sich, dass es ihr nicht gelungen war, Petra Grüner zu überzeugen. Normalerweise konnte sie ziemlich gut mit Menschen.

„Die hat aber richtig Haare auf den Zähnen, stimmt's Magga?"

„Ja wirklich. Krass. Ich wüsste zu gerne, was Sie selbst Schlimmes erlebt hat. So verbittert, die Frau."

Daran hatte Vera auch schon gedacht. Das hätte sie ebenfalls brennend interessiert. Vielleicht hätte sie dann einen Ansatz gefunden, um mit der Frau eine Gesprächsbasis aufzubauen.

„Warum hast du sie nach einem Alibi für Pape gefragt? Denkst du, dass sie was damit zu tun hat?", fragte Magga.

„Na ja. Immerhin ist die Mühlbacher ihre Freundin, ihre Lebensgefährtin. Sie könnten Pape durchaus zusammen überfallen haben. So wie sie ihre ZOFF-Aktionen gemeinsam durchgezogen haben."

Magga nickte. „Verstehen könnte ich es."

Vera dachte das auch. Dann ließ sie den Motor an.

Albatros

Zaplinski lehnte sich in seinem Schreibtischstuhl zurück. Dann legte er die Füße auf den Tisch und verschränkte nachdenklich die Arme hinter dem Kopf. Es war eine krause Mischung aus Wut, Wehmut, Trauer und auch Scham, die momentan seine Gefühlswelt beherrschte.

Er war gerade dabei gewesen, die Berichte seiner Kollegen durchzuarbeiten. Viel Text, viele Informationen, mühselig, aber notwendig. Das meiste wusste er ja schon aus den Besprechungen der letzten Tage. Aber prinzipiell musste er alles noch einmal schwarz auf weiß vor sich haben. So hatte er es seit je her gehandhabt. Manchmal waren es Kleinigkeiten, die den einzelnen Kollegen unwichtig erschienen waren. Die beim mündlichen Zusammenfassen weggelassen wurden, aber im Zusammenhang unerwartet eine größere Bedeutung bekamen.

Wie ein Adler über dem großen Ganzen zu schweben, na gut, zugegeben, eher wie eine fette Möwe oder ein Albatros, so sah er seine Aufgabe. Bislang war er nicht fündig geworden, hatte er das Fitzelchen Information in dem Buchstaben-Heuhaufen nicht gefunden. Dafür war ihm in Maggas Bericht über die Befragungen auf dem Friedhof etwas anderes aufgefallen. Ein Name.

Nicht, dass er die Ermittlungen vorangebracht hätte oder ihnen eine neue Richtung wies. Nein, der Name ließ lediglich alte Erinnerungen hochkommen.

Benno Lehmann. Lemmy.

Ja, er war es. Das Geburtsdatum stimmte.

Es war um die zehn Jahre her, dass er den alten Kollegen zuletzt gesehen hatte. Ihm wurde bewusst, dass er irgendwie stillschweigend davon ausgegangen war, Lehmann wäre tot. Weil man von ihm nie wieder etwas gehört oder gesehen hatte. Totgesoffen oder so. Hatte sich folgerichtig angefühlt. Und jetzt tauchte der wie Kai aus der Kiste plötzlich aus der Versenkung auf. Wohnte lächerliche drei Bushaltestellen von Zaplinski entfernt. Was für eine Zeitreise war denn das gerade? Erst Chang und jetzt Benno Lehmann. Beides Figuren aus einer Vergangenheit, die er verdrängt hatte.

Magga hatte Lehmann als Zeugen befragt, las er da im Bericht. Dessen Tante Elsbeth war letzten Freitag auf dem Friedhof am Fließ beerdigt worden. Herzinfarkt, mit fünfundachtzig, erfuhr Zaplinski, als er sich wieder Maggas Bericht zuwendete. Lehmann war nichts Bemerkenswertes aufgefallen. Nicht verwunderlich, dachte Zaplinski. Zwischen der Beisetzung von Lehmanns Tante um 13 Uhr und Papes Tod lagen ja einige Stunden.

Zaplinskis Grundstimmung blieb melancholisch.

Kurwa …

Bei der Ermittlungsgruppe Dragon war alles schiefgegangen. Nicht gerade die Glanzzeit im Leben von Benno Lehmann. Nein, das war maßlos untertrieben. Es war der Super-Gau für Lehmann gewesen. Zaplinskis schlechtes Gewissen meldete sich. Hatte er seinem Chef und Freund damals im Stich gelassen?

Hätte er ihm glauben müssen, dass er nicht schuld war an dem ganzen Schlamassel? Aber Lehmann hatte ja damals komplett dichtgemacht, alle Kontakte abgebrochen. Niemanden mehr an sich herangelassen.

Jetzt, mit Abstand, bedauerte Zaplinski, dass er damals auch auf Distanz gegangen war. Er realisierte, dass er den alten Blödmann immer noch mochte. Lehmann hatte supergut mit Menschen umgehen können. Er war beliebt, charmant, ein genialer Ermittler und ein mitreißender Chef gewesen. Solange er seinen Pegel intus gehabt hatte.

Zaplinski hatte es nicht so richtig mitbekommen, wie Lehmanns Alkoholkonsum krankhafte Züge angenommen hatte. Oder nicht mitbekommen wollen. Der regelmäßige Feierabendumtrunk war eben etwas ganz Normales gewesen. Und es war doch alles bestens gelaufen, bis zu diesem Tag. Da war die ganze EG Dragon geradezu implodiert.

Einsatzfahrt

1. September 2009, kurz vor Mitternacht: Benno Lehmann ist beunruhigt. Nein, er ist panisch. Seine Nerven flattern hochfrequent. Volkan Gümüş, seine V-Person, soll sich in weniger als zwei Stunden mit Chang zu einem Drogenankauf treffen. Mit 50.000 Euro. Lehmann hat in der letzten Viertelstunde mit wachsender Verzweiflung erfolglos versucht Gümüş zu erreichen, nachdem dessen verabredeter Anruf ausgeblieben ist.

In seiner Unruhe ist er zum Kiosk um die Ecke geschlichen und hat zwei Taschenflaschen Wodka gekauft. Gegen die aufkommenden Entzugserscheinungen und gegen die immer größer werdende Nervosität. Was sonst immer gut funktionierte, hat diesmal überhaupt nicht geholfen. Selbst der zweite Flachmann nicht. Und noch mehr zu trinken, hat Lehmann sich nicht gewagt. Und jetzt erträgt Benno Lehmann die Ungewissheit nicht mehr. Was zur Hölle ist da los? Ging die EG Dragon gerade den Bach runter? Horrorszenarien schießen ihm durch den Kopf.

Er verflucht sich dafür, dass er die Observation von Chang und die verdeckte Begleitung von Volkan für die heiße Phase unterbrochen hat. Auf keinen Fall nicht noch kurz vor dem Ziel auffallen, hat er gegen die skeptischen Gesichter seiner Mitarbeiter entschieden. Sie kannten ja Treffpunkt und Uhrzeit, da hat er das Risiko einer aufgeflogenen Observation ums Verrecken nicht mehr eingehen wollen. Was soll da schon schiefgehen? Das scheint sich jetzt als großer Fehler herauszustellen. Als Scheiß-Riesenfehler.

„Scheiße, Scheiße, Scheiße …"

Kollegen sind bereits unterwegs, um Chang zu finden und zu beobachten. Aber der ist auch von der Bildfläche verschwunden. Selbst Lehmanns geheime Quelle hat keine Ahnung, wo der Thai zurzeit ist.

„Scheiße, Scheiße, Scheiße …"

Hilflose Wut tobt in ihm. Und eine Höllenangst. Wenn Volkan aufgeflogen ist, dann ist auch Lehmanns andere Kontaktperson in höchster Gefahr. Er steht kurz vor dem Durchdrehen, schlägt mit der Faust auf den Schreibtisch und springt auf. Hektisch zieht er seine Jacke von der Stuhllehne und nimmt den erstbesten Autoschlüssel vom Schlüsselbrett.

„Mitkommen! Wir fahren zu Volkan", herrscht er Oliver Klein an, den Neuling, der ihm gegenüber seinen Arbeitsplatz hat.

Benno Lehmann nimmt immer zwei Stufen auf einmal, als er die Treppe herunterrennt. Er hastet aus dem Hintereingang der Dienststelle. Die Bewegungsmelder lösen aus, woraufhin die aufflackernden Neonlampen den düsteren Innenhof in ein fahles gelbliches Licht tauchen. Noch im Laufen drückt der Kriminalhauptkommissar den Fernbedienungsknopf auf dem Autoschlüssel. Die Türverriegelungen eines silberfarbenen Fiat Tipo springen mit einem Klacken hoch und die Scheinwerfer flammen kurz auf.

„Nu mach hinne, Olli", ruft er seinem jungen Kollegen zu, der für Lehmanns Geschmack nicht genug Tempo an den Tag legt. Er reißt die Fahrertür auf, lässt sich in den Sitz fallen und startet den schon ziemlich betagten Dienstwagen. Dann öffnet er von innen die Beifahrertür.

„Jetzt schwing die Hufe, Olli …“

Kaum, dass sein Kollege im Auto sitzt, bevor er noch die Tür ganz zumachen kann, jagt Lehmann den silbergrauen Fiat mit hoher Drehzahl jaulend vom Hof. Er schlägt den Weg Richtung Kurfürstendamm ein, zu Volkans konspirativer Wohnung. Lehmann fährt zu schnell und zu riskant. Jagdfieber. Tunnelblick. Adrenalin.

Olli Klein sitzt ängstlich auf dem Beifahrersitz. Die Fahrweise seines Chefs lässt ihm den Schweiß ausbrechen. „Benno, musst du so rasen?“

Aber Lehmann ist nur darauf fokussiert, Volkan zu finden. Mit ihm zu reden. Zu erfahren, was da los war. Verdammte Scheiße. „Einsatzfahrt. Da musst du dich dran gewöhnen, Olli“, fertigt er ihn rüde ab. Im selben Moment überholt Lehmann mit knapper Not einen Lkw und schert wieder ein. Klein sitzt völlig bleich und verkrampft da und klammert sich an den Sicherheitsgurt. Der Tipo heult auf, als Lehmann herunterschaltet, um besser beschleunigen zu können. Er drückt das Gaspedal durch, schlängelt sich rechts an einem Taxi vorbei und zieht wieder nach links.

Aus der Querstraße will ein Minivan auf ihre Spur einbiegen. Olli Klein sieht das mit Entsetzen. „Benno, nein …“, schreit er und greift voller Todesangst in das Lenkrad. Lehmann brüllt auf, in einer Mischung von Schreck und Wut. Schlägt nach Klein. Will irgendwie dessen Hand vom Steuer wegreißen.

Aber zu spät. Der Tipo bricht nach rechts aus, die Reifen radieren über den Asphalt. Dann stößt der Wagen gegen den Bordstein, gerät ins Kippen und kracht mit einem hässlichen Knall seitlich gegen eine Litfaßsäule.

Oliver

Dieter Zaplinski konnte sich noch gut an das ganze Drama erinnern. Das Ankaufgeschäft gescheitert, der V-Mann weg, ein Kollege tot und einer danach im Knast.

Olli Klein, der Milchbubi, der in seinem Anzug nicht wie ein Kriminalbeamter, sondern wie ein Konfirmand ausgesehen hatte, war bei dem Unfall ums Leben gekommen. Lehmann hatte nur ein paar Kratzer abbekommen. Und er hatte auch noch steif und fest behauptet, dass der Unfall Olli Kleins Schuld gewesen wäre. Niemand hatte ihm das geglaubt, auch Zaplinski nicht und im Kollegenkreis war Lehmann diese offenbar faule Ausrede sehr übel genommen worden.

Zaplinski musste daran denken, wie der Neuling sie an seinem ersten Arbeitstag mit den offenen und mutigen Worten „Ich bin Olli Klein, und ich bin schwul" begrüßt hatte. Wie sie alle mit offenem Mund dagesessen und mit ihren Vorurteilen gekämpft hatten. Was mehr schlecht als recht gelungen war. Andere Zeiten halt.

Wegen einer einschlägigen Vorstrafe hatte Lehmann für die Trunkenheitsfahrt eine Freiheitsstrafe ohne Bewährung bekommen. Fünfzehn Monate. Das war gleichbedeutend mit dem Ende von Lehmanns Polizeikarriere gewesen.

Einhellige Meinung war damals, der versoffene Lehmann hätte die Sache mit Chang ganz alleine verbockt. Stur trotz aller Warnungen einen zweitklassigen V-Mann eingesetzt, der seine Chance beim Schopf gepackt und mit dem Geld das Weite gesucht hatte. Der jetzt in der türkischen Ägäis am Strand seines neu gekauften Ferienhauses saß, Raki trank und sich über die blöden deutschen Bullen totlachte. Weil Lehmann ihn nicht an der kurzen Leine gehalten hatte.

Jetzt lag das alles fast zehn Jahre zurück und seitdem hatte Zaplinski nichts mehr von Lehmann gehört. Niemand hatte je wieder von ihm gehört. Bis jetzt.

In den Unterlagen suchte Zaplinski noch einmal nach Lehmanns Kontaktdaten. Er notierte sich die Festnetznummer, die da vermerkt war.

In Maggas Bericht stand auch, es wäre die Wohnung von Lehmanns verstorbener Tante Elsbeth Naujoks, wo man ihn vorübergehend erreichen konnte.

Offenbar wohnte er jetzt dauerhaft in Thailand. Dann war es logischerweise kein Wunder, dass sie sich in Wittenau nie begegnet waren.

Aber was macht der denn da drüben?, fragte Zaplinski sich.

Vielleicht sollte er Lehmann einfach mal anrufen. Ja, sicher, das würde er tun. Er war schon neugierig, wie es Lehmann ergangen war in all der Zeit. Er griff zum Hörer.

Nach dem fünften Klingeln ging nur der Anrufbeantworter ran. Standard-Maschinen-Ansage. Zaplinski, hasste es, auf Band zu sprechen. Er nuschelte umständlich eine Nachricht, diktierte seine Rückrufnummer und legte dann auf.

Café Caspari

Magga und Zaplinski standen vor dem Café in Alt-Wittenau, das der Familie Caspari gehörte. Es befand sich im Erdgeschoss eines alten Gutshauses, das zu Wohnzwecken umgebaut worden war. Hier würde ich auch gerne wohnen, dachte Zaplinski bei sich. Das rote Backsteingebäude wirkte so gemütlich und solide.

Caspari war der Mann gewesen, der mit seinem Lieferwagen Enrico Pape hatte umfahren wollen. Die Bedienung von der Currywurstbude gegenüber dem Friedhof hatte die Schlägerei beobachtet und sich die Aufschrift auf dem Kastenwagen gemerkt. Eigentlich ganz einfach, nachdem Magga die Frau nach längerem Klinkenputzen endlich ausfindig gemacht hatte.

Die beiden Beamten schauten sich erstaunt an. Das Café war dunkel und verschlossen. Merkwürdig. Laut dem kunstvoll handgeschriebenen Aushang im Schaukasten neben der Tür des Vorgartens hätte zu dieser Zeit geöffnet sein sollen. Magga wandte sich zur Hauseingangstür an der Seite. Gemäß der Einwohnermeldeauskunft wohnten Annelie und Jannes Caspari direkt über dem Café. Sie fand auf der Klingelleiste den richtigen Namen, drückte den Knopf, aber es erfolgte keine Reaktion. Magga wollte es gerade noch einmal versuchen, da wurde die Haustür von innen geöffnet.

Ein älterer Herr kam ihnen entgegen. Er zog einen rentnertypischen Einkaufsrolli hinter sich her. In bester Hausmeistermanier fragte er misstrauisch: „Was wollen Sie denn?“

„Wir sind von der Kripo und wollen zu Familie Caspari.“ Zaplinski holte seinen Dienstausweis aus der Tasche.

Der Senior rückte seine Brille zurecht, beugte sich vor und nahm das Dokument umständlich in Augenschein. „Scheint in Ordnung zu sein. Worum geht es denn?“

„Nur ein paar Fragen“, erwiderte Zaplinski ausweichend.

Der alte Mann sah enttäuscht aus, weil seine offenkundige Neugier nicht befriedigt worden ist. „Da werden Sie Pech haben, die sind nicht da. Alle beide nicht. Seit ein paar Tagen schon.“ Es hörte sich beinahe so an, als wäre er zufrieden, dass auch die Beamten nicht die erhoffte Auskunft erhalten hatten. Er deutete auf einen überquellenden Briefkasten im Hausflur. „Ich vermute, Frau Caspari ist noch im Krankenhaus. Sie wurde mit der Feuerwehr abgeholt.“

„Wann war das?“

„Letzte Woche … Ich denke … Ja, das war … Die Mülltonnen standen draußen. Am Donnerstag war das. Genau.“

Magga bedankte sich, während Zaplinski schon auf seinem Handy herumdrückte. Als er das Gespräch beendet hatte, sagte er: „Sie ist im Humboldt-Krankenhaus.“

Krankenbesuch

Zaplinski trat vorsichtig an das Krankenbett, das dem Fenster am nächsten stand. Er hasste Kliniken. Der Geruch alleine schon machte ihn nervös. Als würden hier Myriaden von Keimen seinen Körper von allen Seiten anfallen. Er schüttelte sich kurz und nahm sich vor, nachher nach einem Desinfektionsmittel-Spender zu suchen.

„Frau Caspari?“, sprach er mit gedämpfter Stimme die Frau an, deren Körper sich in Embryohaltung unter der Bettdecke abzeichnete. „Wir sind von der Kripo. Wir würden gerne mit Ihnen sprechen.“

Eine schmale und blasse junge Frau drehte sich zu ihm um und setzte sich mühsam im Bett auf. „Kripo? Wieso Kripo?“, fragte sie und rieb sich verschlafen die Augen. „Was ist mit meinem Mann? Haben Sie ihn gefunden?“, fragte die Frau mit dünner Stimme.

„Nein. Wieso gefunden? Wissen Sie denn nicht, wo er ist?“

„Er ist verschwunden. Ich habe seit Freitag nichts mehr von ihm gehört…“ Sie schluchzte. „Es tut mir so leid.“

„Was ist denn überhaupt passiert?“, wollte Zaplinski wissen. Irgendwie konnte er gedanklich gerade nicht folgen.

„Wir haben uns gestritten … Ich war so fertig. Wegen der Sache mit dem Café … Ich hab ihm vorgeworfen, dass er an allem schuld ist. Weil er unbedingt diesen blöden Laden aufmachen musste, obwohl ich schwanger war. Weil er so stur war … Er hat nichts gesagt, hat völlig dicht gemacht.

Und dann ist er einfach weg." Tränen liefen ihr über die Wangen.

Zaplinski versuchte das soeben Gehörte zu sortieren und dabei die Ehestreitigkeiten wegzufiltern. So etwas nervte ihn gewaltig. Er wollte einfach nur Jannes Caspari in die Finger bekommen. Und jetzt ist der weg? „Wir müssen mit Ihrem Mann sprechen. Haben Sie irgendeine Idee, wo er sein könnte?"

Annelie Caspari wischte sich mit dem Handrücken die Tränen vom Gesicht. „Nein, deswegen mache ich mir ja solche Sorgen. Aber was wollen Sie denn eigentlich von ihm?"

„Wir ermitteln in einem Mordfall. Ihr Mann könnte da ein wichtiger Zeuge sein", sagte Zaplinski so neutral wie möglich.

Annelie Caspari erschrak. Sie schaute erst Zaplinski, dann Magga an. „Mord? Jannes? Wieso? Wer?"

„Ein Krimineller, aus Tegel. Ihr Mann kannte ihn offenbar."

Annelie Caspari stutzte.

Magga zog ihr Handy aus der Tasche und holte das Foto von Enrico Pape auf den Bildschirm. Sie hielt es fragend Zaplinski hin. Der nickte.

„Kennen Sie diesen Mann?", fragte Magga und drehte das Smartphone zu Frau Caspari.

Die sah auf das Display und erstarrte.

Dann schrie sie entsetzt auf, schlug Magga fast das Smartphone aus der Hand.

„Was ist denn Frau Caspari?“, fragte Zaplinski, den die ganze Sache immer mehr verwirrte. So eine heftige Reaktion. Warum?

Sie saß zusammengesunken auf der Bettkante, das Gesicht in den Händen vergraben.

Magga berührte vorsichtig ihre Schulter. „Brauchen Sie etwas? Soll ich Ihnen ein Glas Wasser holen?“

Keine Reaktion. Annelie Caspari saß einfach nur da. Apathisch.

„Frau Caspari, bitte reden Sie mit uns. Es ist wirklich sehr wichtig“, bat Magga. „Was ist denn passiert?“

„Alles. Alles ist passiert.“ Annelie Caspari schrie das beinahe hysterisch heraus. „Alles ist kaputt wegen dieses Dreckschweins.“ Sie zeigte auf Maggas Handy, schlug wieder die Hände vors Gesicht und weinte erneut hemmungslos.

Magga schob sich einen Stuhl heran, setzte sich und beugte sich zu Annelie Caspari herüber. Sie zog ein Papiertaschentuch aus der Box vom Nachttisch. Als sie merkte, wie dünn die waren, zupfte sie gleich noch zwei weitere heraus und drückte alle der weinenden Frau in die Hand.

„Bitte erzählen Sie uns, was passiert ist, Frau Caspari. Es ist wichtig“, bat sie erneut.

Stockend begann Annelie Caspari zu berichten.

„Wir haben alles in das Café gesteckt: Unsere Ersparnisse, Geld von meinen Eltern und einen Kredit. Von einem eigenen Café hat Jannes schon immer geträumt. Mit einer kleinen Kaffeerösterei, selbst gebackenem Kuchen und so." Annelie Caspari machte eine Pause.

„Er hat so lange im Service gejobbt und sich immer darüber geärgert, was da alles falsch läuft. Als er die Annonce für das Café gefunden hat, war er so euphorisch. Ich wollte erst nicht, weil doch das Baby unterwegs war. Wie wir das alles schaffen sollen." Schließlich hatte sie nachgegeben. „Es war ja auch erstmal ganz toll. Als hätte Wittenau nur auf uns gewartet. Der Laden lief von Anfang an glänzend. Viele Leute vom Rathaus und vom Finanzamt kamen und die Seniorenresidenz um die Ecke hielt einmal die Woche bei uns ihr Kaffeekränzchen ab. Alles war toll."

Im nächsten Moment verhärtete sich ihr eben noch fast verklärtes Gesicht. „Nach drei Wochen kam dann dieses Schwein in den Laden, zum Feierabend. Er tat ganz freundlich. Redete davon, dass es in der Gegend früher recht unsicher war. Einbrüche, Vandalismus. Aber das sei ja jetzt vorbei. Wir haben erst überhaupt nicht begriffen, was der wollte. Bis er dann auf Geld zu sprechen kam. Also, dass wir unsere Waren künftig bei einem bestimmten Lieferanten bestellen sollten und einen Steuerberater hätte er auch für uns. Das wäre zwar etwas teurer, aber das wäre es ja auch wert. Als wir begriffen haben, was er da wollte, hat Jannes ihn sofort rausgeschmissen. Der machte aber immer noch auf freundlich und meinte, wir würden uns schon noch einigen. Er käme dann später wieder."

Sie schniefte, knetete die Taschentücher. Weil sie standhaft geblieben waren, hätten sie geglaubt, die Sache wäre damit erledigt. So naiv seien sie gewesen. Am letzten Donnerstag war der Mann allerdings wieder aufgetaucht. Zum Feierabend, als Jannes im Großmarkt und Annelie alleine im Laden gewesen war. Sie hätten sich bestimmt entschieden zu kooperieren, hätte er gesagt. Wieder sehr freundlich. Annelie Caspari schluchzte. „Ich habe gesagt, lassen Sie uns in Ruhe, gehen Sie. Er hat nur den Kopf geschüttelt. Als würde er es bedauern." Doch im nächsten Moment hätte er ihr ohne Vorwarnung zweimal brutal mit der Faust in den Bauch geschlagen.

„Ich bin hingefallen und hatte solche Schmerzen. Er hat mich noch einmal getreten und sich dann heruntergebeugt und mir ins Ohr geflüstert: Letzte Warnung. Ich weiß nicht, wie lange ich da lag, mir tat alles so weh. Als Jannes kam, hat er gleich den Rettungswagen gerufen."

Annelie Caspari sah die Beamten unendlich traurig an. „Eine Rippe ist gebrochen und …" Fast tonlos und unter Tränen beendete sie den Satz: „ … ich hab unser Kind verloren."

Zaplinski und Magga waren entsetzt. „Das… das tut uns sehr leid, Frau Caspari", versuchte Zaplinski nach einem Moment unbehaglichen Schweigens seine Anteilnahme auszudrücken.

Etwas Besseres, etwas Angemesseneres, etwas Tröstendes ist ihm nicht eingefallen. Gab es wahrscheinlich auch nicht.

Annelie Caspari schnäuzte sich. „Ich habe so furchtbare Angst, dass er wiederkommt und uns noch mehr antut. Ich will am liebsten weg. Zurück nach Hause, nach Flensburg. Aber Jannes, er war so wütend …“ Sie hielt inne. Offenbar war ihr jetzt bewusst geworden, was diese Polizisten wirklich von Jannes wollten, dass ihr Mann unter Mordverdacht stand. „Nein … Sie glauben doch nicht …“, sagte sie und man sah ihr die Angst an, dass es tatsächlich wahr sein könnte. Dass Jannes in seiner Wut den anderen umgebracht haben könnte. „Nein, nein, das würde er doch nicht …“ Bei Annelie Caspari flossen erneut die Tränen.

Magga kniete sich vor sie hin. „Wir haben noch nicht herausgefunden, was genau passiert ist. Wäre es denn denkbar, dass ihr Mann …?“

Annelie Caspari sah Magga traurig an. Sie zögerte, kämpfte mit sich. Presste die Lippen zusammen und schüttelte dann den Kopf.

„Ihr Mann hat sich mit Leuten angelegt, die brutal und rücksichtslos sind. Wenn Sie wissen, wo er ist, sagen Sie es uns, nur dann können wir ihm helfen. Ich glaube, er ist in Gefahr“, drängte Zaplinski ungeduldig.

Annelie Caspari sah ihn an. Zweifelnd. Magga nickte ihr aufmunternd zu. „Mein Chef hat recht. Wenn Sie so um Ihren Mann besorgt sind wie wir, dann sprechen sie jetzt mit uns.“

Annelie Caspari hob die Arme. „Ich weiß es doch auch nicht. Er geht nicht an sein Handy. Ich mache mir solche Sorgen.“

„Frau Caspari, haben Sie ein aktuelles Bild von Ihrem Mann?“, fragte Zaplinski, der inzwischen glaubte, dass sie tatsächlich nicht wusste, wo er steckte.

Annelie Caspari zog die Nachttischschublade auf, nahm ihr Handy heraus, tippte ein paarmal und wischte über den Bildschirm. Dann hielt sie das Gerät Magga hin. Der Schnappschuss von einem glücklich aussehenden Paar vor dem Café war da zu sehen. Jannes Caspari hatte dunkle leicht gelockte Haaren und einen Vollbart, der für Männer in seinem Alter offenbar momentan obligatorisch war. Er war sehr schlank, beinahe schlaksig.

„Können Sie mir das bitte schicken?“, bat Magga. Als Annelie Caspari nicht reagierte, streckte sie die Hand nach dem Smartphone aus und fragte: „Darf ich?“

Frau Caspari nickte und gab es ihr. Magga machte sich daran, das Foto auf das eigene Handy zu übertragen. „Bitte rufen Sie uns an, wenn er sich meldet. Meine Nummer habe ich Ihnen eingespeichert“, sagte Magga, als sie fertig war und das Gerät zurückreichte.

Nachdem sie das Zimmer verlassen hatten, wandte Magga sich einigermaßen fassungslos an Zaplinski: „Schutzgeld. In Wittenau? Wussten Sie, dass es das hier gibt?“

Zaplinski schüttelte den Kopf. „Das höre ich auch zum ersten Mal“, gab er zu. Er war ziemlich geschockt von dieser Information, musste er sich eingestehen. Bisher hatte er so etwas hier in seinem Kiez überhaupt für ausgeschlossen gehalten.

Ja schon, hier waren in den Restaurants die üblichen Rosenverkäufer unterwegs. Aber irgendwie hatte er das Gerücht nicht ernst genommen, dass die in erster Linie im Auftrag von Schutzgelderpressern die Gäste zählen würden. Damit niemand behaupten konnte, er mache nicht genug Umsatz. War da etwa doch mehr dran?

Vor einigen Monaten war er schon entsetzt gewesen, als er von der Schießerei zwischen Tschetschenen an der Moschee im Eichhorster Weg erfahren hatte. Und jetzt auch das noch. Wohin, verdammt nochmal, steuerte sein Kiez? In ihm machte sich ein Gefühl breit, als würde er langsam aus seinem Schlaraffenland vertrieben.

Er unterbrach die gedankliche Abwärtsspirale, indem er in sein Ohrläppchen kniff. „Was meinen Sie, Magga? Hat Pape das Geld auf eigene Rechnung eingetrieben oder im Auftrag von Chang?“

„Für die Casparis macht es keinen Unterschied.“

Da konnte Zaplinski nicht widersprechen. Und überhaupt, war das denn jetzt wichtig? Eigentlich war das eine dämliche Frage gewesen.

Magga fuhr fort: „Die Frau hat wirklich große Angst, dass ihr Mann das mit Pape war, oder?“

„Ja, sieht so aus. Wir müssen ihn finden, bevor Maik das tut. Wenn das nicht schon längst passiert ist. Ich meine, wenn Caspari das mit Pape war, dann hat er Maik oder Chang am Hals …“ Er führte den Satz nicht zu Ende.

„Übrigens: Es stimmt, sie hat tatsächlich fast pausenlos versucht, ihn anzurufen und er hat sich nicht bei ihr gemeldet“, sagte Magga.

Als Zaplinski fragend die Augenbrauen hob, grinste sie vorsichtig. „Die Anrufliste in ihrem Handy …“

Zaplinski stutzte. Er hatte die ganze Zeit irgendwie das Gefühl gehabt, dass er etwas vergessen hatte. Jetzt fiel es ihm ein. Die Telefonnummer von Jannes Caspari zu erfragen. Magga war aufmerksamer gewesen. Er ärgerte sich über seine Schusseligkeit.

Die Sache mit dem Schutzgeld hatte ihn doch ziemlich mitgenommen. „Sie haben die Nummer notiert, Magga?“

Als sie nickte, freute sich Zaplinski nicht zum ersten Mal, dass er sie in sein Team geholt hatte.

Fundsache

Zaplinski saß im Dienstwagen auf dem Beifahrersitz und fuhr sich nachdenklich durchs Haar. Die Durchsuchung von Wohnung und Café der Casparis hatte keine Beweismittel zu Tage gefördert und der Mann selbst war partout nicht aufzufinden. Magga hatte Casparis Handy orten lassen und demnach war es zuletzt auf dem Gelände eingebucht gewesen, dessen Einfahrt Zaplinski jetzt seit einer halben Stunde beobachtete. Es war der Lagerplatz einer Baufirma in dem Industriegebiet in der Flottenstraße.

„Karl Lahmer Baugesellschaft“ stand da gelb auf blauem Grund auf dem Firmenschild am Maschendrahtzaun. Annelie Caspari hatte weder mit der Firma noch mit der Adresse etwas anzufangen gewusst, als Magga sie angerufen hatte.

Vera hatte zuvor den Hintergrund des Cafébesitzers weiter beleuchtet. „Er hat eine Akte bei uns. Und er ist Alkoholiker. Wenn er getrunken hat, wird er offenbar gewalttätig. Sogar gegen seine Frau. Da gab es mal ein Verfahren. Allerdings ist seit zwei Jahren Ruhe. Vielleicht ist er jetzt trocken. Aber Gewaltpotential ist da definitiv vorhanden.“

Magga stieg auf der Fahrerseite ein. „Sein Auto konnte ich hier nirgendwo finden.“

„Mmmmh …“, brummte Zaplinski und überlegte kurz. „Egal, wir gehen da jetzt rein“, entschied er und öffnete seine Tür.

Sie steuerten auf einen blauen Baucontainer zu, beide mit der Hand an der Dienstwaffe. Wie zuvor abgesprochen, öffnete Magga die Tür und Zaplinski ging als Erster hinein. Der Raum war Büro und Abstellraum zugleich. Alles dort schien irgendwie von einer feinen hellen Staubschicht überzogen.

Ein Mann um die fünfzig in Maurermontur saß hinter einem chaotischen Schreibtisch inmitten von Werkzeug und Bauplänen. Er sah überrascht auf.

„Ja, bitte?“

Es war eindeutig nicht Jannes Caspari. „Wo ist er?“, fragte Zaplinski barsch.

„Ich verstehe nicht … Von wem reden Sie? Wer sind Sie denn eigentlich?“ Der Mann hinter dem Schreibtisch zog die Stirn in Falten.

„Kripo“, brummte Zaplinski und Magga hielt ihren Dienstausweis hoch.

„Wo ist Jannes Caspari?“, wiederholte Zaplinski, den schon wieder massiv die Ungeduld plagte.

„Moment mal.“ Der Mann stand auf.

„Ich weiß überhaupt nicht, was sie von mir wollen. Ich kenne keinen …“, erklärte er und hob ratlos die Hände.

„Caspari, Jannes Caspari. Das Café in Alt-Wittenau, Herr …“, sagte Magga.

„Lahmer mein Name, ich bin der Geschäftsführer. Aber ich habe keine Ahnung, wovon sie reden.“

Zaplinski zog sein Handy aus der Tasche und wählte die Nummer von Caspari. Wieder nur die Mailbox. War ja klar. „Er muss hier gewesen sein. Am Wochenende. Das verrät uns sein Handy.“ Zaplinski hielt zur Verdeutlichung unnötigerweise sein Smartphone hoch. Lahmer guckte einen Moment lang ratlos. Dann machte es bei ihm offenbar „Klick“.

„Handy“, sagte er, nickte, griff in die Schreibtischschublade und holte ein Smartphone heraus. „Das hier?“

Die beiden Kriminalbeamten schauten sich überrascht an. Magga nahm ihm das Gerät ab. Das Glas des Displays war spinnennetzförmig gesprungen, das Gehäuse zerkratzt und der Bildschirm dunkel. Magga versuchte, das Smartphone einzuschalten, aber ohne Erfolg. Sie sah auf die Rückseite. „Das richtige Modell ist es jedenfalls.“

Lahmer fing an zu erzählen, bevor Zaplinski etwas fragen konnte. „Das hab ich am Montag auf dem Lkw gefunden, als ich ihn aufgeräumt habe. Keine Ahnung, wie das da hingelangt ist.“ Er zeigte durch das Fenster auf den grünen Pritschenwagen mit dem kleinen Kran, der neben einem Stapel Baugerüste parkte. Ehe Zaplinski etwas dazu sagen konnte, schob er nach: „Gut, dass sie gekommen sind, ich hätte fast vergessen, es abzugeben. Bin grad ziemlich im Stress.“ Er hob entschuldigend die schwieligen Hände.

Zaplinski verkniff es sich, Lahmer wegen Fundunterschlagung et cetera pp zu belehren. Scheiß der Hund drauf.

Er musste erstmal damit fertig werden, dass sie weiter nach Caspari würden suchen müssen. Kurwa.

Moni

Abends bei Moni. Zaplinski winkte der Inhaberin seiner Stammkneipe und hielt sein leeres Bierglas hoch. „Noch ein kleines Duckstein."

Er saß mit seinen drei Mitarbeitern am Stammtisch in dem Lokal, wo sie hin und wieder, nein, eigentlich regelmäßig, eine „Dienstbesprechung außer Haus" abhielten. „Monis Kneipe" lag ziemlich genau in der Mitte zwischen Zaplinskis Wohnung und der Dienststelle. Für Zaplinski also optimal. Oder auch nicht, weil ihn das allzu oft dazu verleitete, auf dem Heimweg noch einzukehren.

Die Wirtin, Monika Nowak, war das, was man landläufig ein Vollweib nennt. Mit vielleicht ein paar zu vielen Rundungen, würde manch einer sagen, aber die saßen an den richtigen Stellen, würde manch anderer sagen. Sie war eine typische Rothaarige, mit dem hellen, fast bleichen Teint und den zahlreichen Sommersprossen.

Zaplinski und sie waren zusammen auf das Gymnasium gegangen und von ihr hatte der picklige Dieter damals den ersten Zungenkuss bekommen. So richtig hatte er nicht gewusst, was ihm da geschah. Was dieses eher frauliche Mädchen mit den faszinierend grünen Augen da mit ihm anstellte. Er, der Spätzünder, war noch nicht so weit gewesen. Fußball bestimmte sein Leben seinerzeit, Mädchen spielten da keine Rolle.

Später, als Dieters Erwachen in diese Richtung kam, war Moni schon unerreichbar geworden. Sie stand da eher mehr auf Ältere. Zaplinski musste bei der Erinnerung an seine Pubertät immer an das Lied von Wolfgang Ambros denken, über die kokette 16-Jährige. Das mit Moni und ihm fühlte sich so ähnlich an.

Moni hatte vor ein paar Jahren das Einfamilienhaus mit der Kneipe im Erdgeschoss gekauft und seither wohnten sie quasi Tür an Tür. Und waren sich wieder näher gekommen. Hin und wieder auch sehr viel näher. Dieter wusste inzwischen auch ganz gut wie das ging.

„Kurwa“, fluchte Zaplinski und bearbeitete sein Ohrläppchen mit Daumen und Zeigefinger. „Was ist denn das für ein Fall, wo alle unter dem Radar fliegen?“

Er versuchte, seine Gedanken zu sortieren, nachdem die Kollegen eine ganze Weile verschiedene Szenarien durchdiskutiert hatten. Josefine Mühlbacher und Jannes Caspari waren immer noch wie vom Erdboden verschluckt. Die Polizei in Bogen hatte sich gemeldet. Dort war die Andraste-Mitarbeiterin bisher auch nicht aufgetaucht.

„Wo wir schon dabei sind. Nur der Vollständigkeit halber“, sagte Kolbow. „Bruder Maik scheidet als Täter auch aus. Er saß zur Tatzeit tatsächlich dreieinhalb Kilometer weg im „Dampfross“ am S-Bahnhof Waidmannslust und hat bis morgens um drei Skat gespielt. Zeugen dafür gibt es genug.“

„Bei Petra Grüner ist das mit einem Alibi nicht so eindeutig“, sagte Vera.

„Dass sie wirklich im Sportstudio war zur engeren Tatzeit, das ist alles andere als sicher. Dort ist alles noch ganz altmodisch organisiert, Mitgliedskarte vorzeigen und fertig. Kein elektronisches Zugangssystem, keine Videoüberwachung. Frau Grüner trainiert wohl wirklich sehr häufig da. Aber ob auch am Tattag, das bleibt eher vage, weil sie halt so oft da ist. Kann sein, kann nicht sein."

Zaplinski ließ die Informationen sacken. Dass Maik Pape nichts mit dem Tod seines Bruders zu tun hatte, war ihm sowieso klar gewesen. Bei der aggressiven Petra Grüner war er sich da nicht so sicher. Die würden sie im Auge behalten müssen.

„Ich hab wegen der Bulgaren mit den Kollegen vom Rotlicht gesprochen", sagte er dann. „Sie halten das auch eher für unwahrscheinlich, dass die für Pape verantwortlich sind. Allein schon von der Arbeitsweise. Die würden schön archaisch in Überzahl drauflosprügeln und es dann jeden wissen lassen. Der Abschreckung halber. Sowas subtiles wie einen Taser kennen die gar nicht, sagen die Kollegen. Außerdem würde es keinen Sinn ergeben, Chang das Geschäft kaputtzumachen. Die anspruchsvollen Kunden würden nie und nimmer in die Borsigwalder Schmuddelbude gehen." Zaplinski hielt inne und fuhr sich mit den Fingern durchs Haar. Was vergessen? Ja, richtig.

„Jantschews Vorgehen wäre eher, die Mädels von Chang nachträglich nochmal abzukassieren. Das wäre weniger aufwändig, als so einen exklusiven Club selbst zu führen, zumal Jantschew weit von Changs Seriosität entfernt ist. Und da wir auch sonst keinen Hinweis auf die Bulgaren gefunden haben, können wir die Spur vorerst vernachlässigen, denke ich. Einwände?"

Kolbow schüttelte den Kopf und auch von Vera und Magga kam kein Zeichen des Widerspruchs.

„Die Mühlbacher hat ein klares Motiv, kein Alibi und ist verschwunden. Für Caspari gilt das Gleiche." Zaplinski machte eine Pause. „Was irgendwelche Sachbeweise angeht, da ist ja bisher Fehlanzeige. Wenn wir die beiden nicht finden und zum Reden bringen, sehe ich schwarz. Zu blöd, dass die Techniker die Hautverbrennungen bei Pape nicht einem bestimmten Taser-Typ zuordnen können. Immerhin könnte theoretisch aufgrund der kreisförmigen Anordnung der Verletzungen diese Taschenlampe von der Mühlbacher passen."

Zaplinski musterte seine Mitarbeiter. „So wie ich das sehe, steht die Mühlbacher wegen des Tasers jetzt auf Platz eins unserer Liste. Wenn wir den finden und Papes DNA ist dran, dann war's das für sie."

„Im Moment können wir wohl nur abwarten, dass die Fahndungen was ergeben", sagte Kolbow und trank den letzten Schluck aus seinem Colaglas.

„Petra Grüner kommt auch noch infrage. Aber die redet ja nicht mit uns und weder in der Wohnung noch im Andraste haben wir irgendetwas gefunden", sagte Vera. „Die Observation läuft zwar, aber bisher nichts. Die Kollegen haben den Eindruck, dass sie tatsächlich selbst nach Josie Mühlbacher sucht. Die Grüner war draußen in Oranienburg und auch in der Klinik. Anscheinend weiß sie wirklich nicht, wo ihre Freundin ist“, sagte Vera. „Die Videoüberwachung an der E129 steht auch, aber die Mühlbacher hat sich da bisher auch nicht blicken lassen.“

„Und wie sieht' s bei Caspari aus?“, fragte Zaplinski. Der Cafébesitzer war ebenfalls immer noch nicht aufgetaucht. Zaplinskis hegte mehr und mehr den Verdacht, dass dem Mann etwas zugestoßen war und Chang dabei seine Hände im Spiel gehabt haben könnte.

„Frau Caspari ist vorhin aus dem Krankenhaus entlassen worden“, berichtete Vera. „Die Kollegen, die sie im Auge behalten, sagen, sie ist schnurstracks nach Hause. Kurz danach ist sie mit einem Koffer rausgekommen und mit einem Taxi zum Hauptbahnhof gefahren. Dort in den ICE nach Hamburg. Die dürfte wie angekündigt auf dem Weg nach Flensburg sein. Ich hab die Kollegen da oben gebeten, an ihr dranzubleiben. Von ihrem Mann keine Spur.“

„Na toll“, sagte Zaplinski und trank einen großen Schluck von seinem Bier. „Was hat eigentlich die Befragung der Geschäftsleute in Alt-Wittenau ergeben, Magga?“, fragte er und ärgerte sich im nächsten Moment darüber. Wenn da etwas Wichtiges herausgekommen wäre, hätte Magga das längst erzählt, so gut kannte er sie jetzt schon. Und richtig.

„Die machen alle dicht. Keiner will etwas von Schutzgeld wissen. Seit der Sache mit Annelie Caspari kann ich aber auch verstehen, dass die sich erst recht nicht trauen, etwas zu sagen“, antwortete sie frustriert.

Zaplinski wunderte das nicht. Persönlich konnte er die Leute nur zu gut verstehen, auch wenn der Polizist in ihm das gerne anders gehabt hätte. Es war oft sehr schwierig, Schutzgelderpressung nachzuweisen. Wenn nur sehr subtil großer psychischer Druck ausgeübt wurde, einen bestimmten überteuerten Lieferanten zu nutzen, konnte es mit der Beweisführung kompliziert werden. Papes gewalttätiges Vorgehen war dagegen geradezu stümperhaft gewesen. Die Tatsache, dass ein Restaurantbesitzer zum Beispiel sein Fleisch zu ungewöhnlich hohen Preisen einkaufte, war bestenfalls ein Indiz, mehr nicht.

Magga war noch etwas eingefallen. „Ach ja, Casparis Handy. Die Ortungsdaten haben ergeben, dass es sich nach seiner Autoattacke direkt zu dem Lagerplatz bewegt hat, wo wir es gefunden haben. Scheint, dass es bei der Aktion am Friedhof irgendwie auf den Lkw gelangt ist."

Kolbows Handy klingelte. Er sah auf das Display. Doreen. Sofort drückte er den Anruf weg. „Wir sind für heute durch, oder Zappa?", fragte er und gähnte.

Sein Chef nickte müde und Kolbow stand auf. „Ich hau ab, Leute, bis morgen. Zahlen, Moni." Vera und Magga schlossen sich ihm an.

„Guts Nächtle", wünschte ihnen Zaplinski und zog mit seinem halbleeren Glas zu Moni an die Theke um.

„Fährt Kolle jetzt etwa noch mit dem Auto raus nach Glienicke?", fragte Moni.

Zaplinski schaute sie verständnislos an. „Was meinst du? Der hat doch nur Cola getrunken."

„Von wegen Cola. Dem musste ich immer eine Daumenbreite Weinbrand reinschütten. Und wenn ich Daumenbreite sage, dann meine ich eher Daumenlänge. Hat der irgendein Problem?“

Zaplinski guckte, als käme er gerade aus dem Mustopf. „Nicht dass ich wüsste. Aber wenn der zum Runterkommen mal einen ordentlichen Futschi trinkt, das muss doch nichts heißen.“

Als Moni ihn weiter skeptisch ansah, überlegte er. „Na ja, vielleicht ein bisschen Stress zu Hause mit Doreen und wegen der Kinder, kann sein.“

Sie fixierte ihn weiter.

„Ok, ich achte drauf und rede mal mit ihm“, sagte Zaplinski schließlich.

Moni schüttelte den Kopf. „Ihr Männer seid echt solche Sozialautisten, nicht das leiseste Gespür für Eure Mitmenschen.“

Zaplinski entgegnete mit leicht gequältem Gesicht: „Von der Sozialkompetenz her… Da liegt ihr Frauen sooo weit vor uns, muss ich zugeben. Wie macht ihr das nur? Habt ihr da irgendwelche besonderen Antennen, oder was?“

Manchmal machte es ihn fertig, dass ihm Dinge entgingen, die für Moni so offensichtlich schienen.

Chantal

Die Kneipe hatte sich schon fast geleert, nur im Hinterraum wurde noch Billard gespielt. Mitten in der Woche war wie üblich nicht viel los. Moni polierte mit Inbrunst Gläser. Zaplinski trank noch einen Schluck von seinem rotblonden Bier.

„Moni, sag mal. Was meinst du eigentlich dazu, dass man die Prostitution in Deutschland verbietet?“

Moni hielt mit dem Abtrocknen inne. „Wie kommst du denn auf so ’ne Frage?“

„Na ja, in unserem Fall, da spielt das eine Rolle. Es geht um Frauen, die sich das auf die Fahnen geschrieben haben und massiv mit Aktionen gegen Puffs unterwegs sind.“ Er erzählte ihr von ZOFF und Josie Mühlbacher.

„Verbieten drängt das alles noch weiter in die Illegalität, ist doch absoluter Schwachsinn. Wenn du mich fragst, sollte lieber Energie darauf verwendet werden, die schwarzen Schafe festzunageln. Menschenhandel, Zwang, Gewalt. Dagegen muss man was machen. Sex ist ein Grundbedürfnis, na ja offenbar bei Männern mehr ausgeprägt, und das lässt sich nicht par ordre du Mufti verbieten. Einer Frau kannst du mit einem Blumenstrauß eine Freude machen, einem Mann mit einem Blowjob. Meine Meinung.“ Sie grinste Zaplinski anzüglich an. Er griente zurück. Da war was dran.

Zaplinski hatte Moni nicht von ungefähr gefragt, denn sie war quasi vom Fach. Während ihres Psychologiestudiums hatte sie ihren Lebensunterhalt als „Chantal“ mit Escortdiensten bestritten. Nicht zuletzt, weil die Einkünfte exorbitant ausfielen, hatte sie die Uni geschmissen und war nur wegen Krankenversicherung und Monatskarte eingeschrieben geblieben.

„Zappa, ich hatte schon immer gerne Sex, weißt du. Und ich hatte es immer selbst in der Hand. Wenn mir einer nicht gepasst hatte, dann lief da auch nichts. Ich habe immer entschieden, mit wem und was passiert“, hatte sie ihm in einer stillen Stunde freimütig erzählt. „Und ich konnte immer Sex und Liebe auseinanderhalten. Das wird mir zu oft in einen Topf geworfen.“

Von Anfang an hatte sie dabei ihr Ziel verfolgt: Nur solange arbeiten, bis genug Geld für eine neue Existenz angespart war. Und dann ein anderes Leben anfangen. Familie, Kinder, das Häuschen mit Garten. Punkt eins und zwei hatten nicht geklappt, aber das mit dem Häuschen. Immerhin.

„Das hatte ich immer vor Augen. Nicht, dass du auf einmal fünfzig bist und kaputt und musst immer noch hinhalten, wie meine Kollegin Annalena. Die war mir immer eine Warnung. Wenn du alt bist, musst du für ein paar Euro jeden Wichser drüberrutschen lassen. Ekelhaft. Das hätte ich nie und nimmer gemacht.“

„Das mit dem Verbot …“, fuhr Moni jetzt fort. „Das kann nicht klappen. Soll die Gesellschaft doch froh sein. Als Prostituierte zahlst du heute Steuern, Versicherung und

Rentenbeiträge. Vater Staat als Zuhälter. Nur, dass er die Mädels nicht beschützt." Sie musste lachen und Zaplinski stimmte mit ein. So gesehen, hatte sie vollkommen recht.

„Das ist nichts Neues übrigens", erzählte Moni weiter. „Im Spätmittelalter gab es in vielen deutschen Städten Bordelle, die im Besitz der Gemeinde waren. Offiziell verpachtet. Die Hurenwirte mussten sich dann an Auflagen halten, Hygiene, korrekte Bezahlung und so. Stell dir das heute mal vor, der Regierende Bürgermeister als Puffbesitzer." Sie musste selbst lachen.

Zaplinski stand der Mund offen. So ein Detailwissen kannte er bisher nur von Kolbow. Und Moni war mit ihrem Vortrag noch nicht durch.

„Was meinst du, was es für sexuelle Gewalt gäbe, wenn Solo-Männer, die keine Frau finden, bei uns nicht ihre Bedürfnisse befriedigen könnten? Ich hätte echt Angst, dass wir ansonsten viel mehr Übergriffe auf Frauen hätten."

Zaplinski hat diesen Aspekt noch nie in Betracht gezogen. Wäre das tatsächlich eine mögliche Folge? Das würde sich wohl erst herausstellen, wenn ein Verbot tatsächlich Realität würde.

„Ich bin ja generell dafür, nur dann was zu verbieten, wenn man es auch wirklich kontrollieren und sanktionieren kann", sagte Zaplinski. „Was nützt es, wenn für Hundekacke auf dem Gehweg 300 Euro Bußgeld fällig sind, aber niemand da ist, der kassiert? Und das ist nur ein Beispiel. Wir haben in Deutschland inzwischen so viele Gesetze und Verbote und sind nicht in der Lage, die durchzusetzen. Mir scheint, da ist in der Politik immer noch die Naivität vorhanden, dass die Leute hier alles gesetzestreue Bürger sind. War vielleicht mal so. Jetzt nicht mehr."

Zaplinski musste daran denken, dass sie als Kinder noch Respekt vor Polizisten gehabt hatten und sich nicht mal getraut, über eine rote Ampel zu gehen. Er hatte gelernt, sich an Regeln zu halten. Das schien heutzutage in vielen Familien nicht mehr Bestandteil der Erziehung zu sein. Bei dem Gedanken kam er sich vor wie ein Auslaufmodell. Was bringen Verbote, wenn sich kaum einer daran hält? Und vieles ließ sich einfach nicht verbieten. Dummheit, Rassismus. Aluhüte…

„Ich denke, Verbote bringen heutzutage nichts mehr. An die Ursachen musst du ran. Mit Verbieten sind wir ja bei den Drogen schon grandios gescheitert. Der regelmäßige Rausch scheint ja auch so ein Grundbedürfnis zu sein."

Moni lachte und zeigte auf den Zapfhahn. „Ein Glück für mich …"

Grinsend und als wolle er das damit unterstreichen, setzte Zaplinski sein Bierglas an den Mund.

Samt

Er öffnete mühsam die Augen. Verwirrt war er, desorientiert, hatte kein Zeitgefühl. Der Boden, auf dem er lag, fühlte sich hart und kalt an. Fliesen. Wo zum Teufel war er?

Er wollte sich aufsetzen, konnte es aber nicht. Seine Arme waren hinter dem Rücken fixiert, die Knöchel zusammengebunden. Er konnte nur durch die Nase atmen, weil Klebeband seinen Mund verschloss. Wut kochte in ihm hoch, er wollte an seinen Fesseln zerren, um sich zu befreien. Aber vergeblich. Er war einfach zu schwach und kraftlos. Seine Muskeln zitterten, als er sie anspannen wollte. Zwischen seinen Beinen war es nass. Hatte er sich etwa eingepisst?

Vage erinnerte er sich, dass er ein Geräusch gehört hatte. Nach vorne gegangen war, um zu kontrollieren, ob die Eingangstür geschlossen war.

Dann hatte ihn plötzlich dieser gewaltige stechende Schmerz hinten am Hals getroffen. Wie ein Blitz oder ein elektrischer Schlag. Er entsann sich an das Lähmungsgefühl, das seinen Körper geflutet und ihn gefällt hatte wie eine Orkanböe einen morschen Baum.

In seinem Kopf und seinen Gliedern pochte es, als wäre er gegen eine Mauer gelaufen. Verdammte Scheiße.

Panisch versuchte er den aufsteigenden Brechreiz zu unterdrücken. Schluckte. Nein, nein, bloß nicht kotzen jetzt.

Seine Lippen brannten heftig, als der Klebestreifen plötzlich ruckartig von seinem Mund gerissen wurde. Er konnte wieder frei atmen, pumpte schnell viel Luft in seine Lungen. Hyperventilierte, sodass ihm schwindlig wurde. Ein jähes Stechen jagte links durch seine Brust und sofort kam da wieder diese Übelkeit.

Eine Stimme kreischte, überschlug sich, fragte etwas. Seine Trommelfelle schmerzten und knatterten wie die zerrissenen Membranen eines kaputten Lautsprechers. Deswegen hörte und begriff er nichts.

Klatsch. Ein Schlag ins Gesicht. Klatsch. Noch einer auf die andere Wange. Sein Kopf flog zur Seite. Die Stimme schrie weiter auf ihn ein. Worte erreichten zäh sein Gehirn. Erinnerungsfetzen schoben sich nach und nach zu einem Bild zusammen. Bevor er aber reagieren konnte, wurde er gepackt und an den Haaren herumgerissen.

Er fühlte einen festen Griff in seinem Genick, stieß mit der Stirn gegen etwas Hartes, Kaltes. Sein Gesicht wurde nach unten gedrückt und er spürte plötzlich kaltes Wasser. Ein Klobecken.

Er wollte Luft holen. Merkte voller Panik, wie stattdessen Wasser in seine Lungen drang. Hielt verzweifelt den Atem an, bis sein Schädel schier platzte.

Im nächsten Moment wurde sein Kopf ruckartig hochgerissen. Gierig schnappte er nach Luft, hustete, spuckte Wasser. Sein Brustkorb brannte.

Das kalte Wasser hatte ihn wacher werden lassen. Er begriff jetzt, was die Stimme von ihm wissen wollte. Lächerlich, darum ging es? Nur darum? Er wollte eine Antwort formulieren, war aber zu langsam. Schon wurde er erneut in das kalte Wasser gedrückt.

Als er sich prustend wieder aufrichten konnte, war er fast vollkommen klar im Kopf. Jetzt antwortete er, nannte einen Namen. Kein Ding. Was, verdammt noch mal, war an so einer Lappalie so wichtig?

„Warum? Warum?“, schrie ihn die Stimme an.

Aber er hatte jetzt genug davon. Schluss, kein Gequatsche mehr.

Unbändige Wut übermannte ihn. Er brüllte wie ein Stier, dem der Picador gerade seine Lanze in den fleischigen Nacken gestoßen hat. Wollte um sich schlagen, zerrte an den Fesseln. Vergeblich. Keine Chance.

Ein harter Schlag traf seinen Hinterkopf. Heftig prallte er gegen das Porzellan und seine Nase brach. Wieder spürte er das kalte Wasser im Gesicht.

Er hielt die Luft an, aber nicht lange genug. Kaltes Wasser füllte seine Lungen und es schmerzte, als würde er Glassplitter einatmen. Das brennende Druckgefühl in seiner Brust breitete sich in seinen Arm aus und wich nach und nach einer Art Taubheit.

Ein greller roter Nebel füllte langsam sein Bewusstsein, wurde schnell dunkler und färbte sich dann samtschwarz.

Es fühlte sich an wie ein weicher Vorhang und völlig entkräftet ließ er sich dankbar davon einhüllen.

Sein Körper sank schlaff in sich zusammen. Dann empfand er nur noch völlige Leere. Ruhe. Frieden. Dass sein Kopf schon längst nicht mehr nach unten gedrückt wurde, spielte keine Rolle mehr.

Nummer zwei

Dieter Zaplinski begrüßte kopfschüttelnd seinen Stellvertreter. Kolbow war schon vor ihm da gewesen. „Was ist das denn für eine Scheiße?"

Beide standen vor einer offenen Toilettentür. Zaplinski blickte nach unten: „Ich fass' es nicht. Wem hast du denn mit deinen Quadratlatschen so auf die Füße getreten, dass man dich in dein eigenes Klo gestopft hat?"

Es war natürlich eine rein rhetorische Frage. Denn die Person da vor ihnen auf dem gefliesten Boden befand sich definitiv nicht in einem Zustand, der eine Antwort hätte erwarten lassen. Der Körper hing in kniender Haltung vor der Kloschüssel, den Kopf noch halb in der wassergefüllten Toilette.

„Das ist doch eigentlich Papes ureigene Methode, wenn wir Betty Hübner glauben dürfen. Aber der verfügt ja bekanntermaßen über ein todsicheres Alibi. Wer sonst macht denn sowas?", fragte sich Zaplinski laut, sein Ohrläppchen massierend.

Kolbow zuckte mit den Achseln. Das Kollexikon hatte darauf auch keine Antwort.

Beide Hände und die Füße des Toten waren mit braunem Paketklebeband gefesselt. Und auch im Gesicht, unter der Nase waren noch kleine Reste davon zu sehen.

Kolbow deutete auf ein Abrollgerät, das im Flur auf dem Boden lag. „Das stammt leider von hier. War vorne im Büro. Bringt uns also auch nicht weiter."

Kurwa, dachte Zaplinski. Wäre ja auch zu schön gewesen, wenn man die Rolle Klebeband, von der die Fesselung stammte, irgendwann später als Passstück bei einer Durchsuchung in der Wohnung des Täters gefunden hätte.

Kolbow zog sein Tablet zurate. „Also, die Putzfrau hat ihn heute früh gegen neun gefunden. Die Eingangstür war nur angelehnt. Offenbar hat der Täter ihn am Durchgang zum Büro erwischt und dann hergeschleift. Einer seiner Schuhe lag da vorne im Flur. Einbruchsspuren Fehlanzeige."

„Entweder hat er seinen Mörder hereingelassen …", folgerte Zaplinski.

Kolbow vollendete den Satz: „ … oder der hatte einen Schlüssel."

Zaplinski knetete sein Ohrläppchen. „Pape besaß doch ganz sicher Schlüssel. Da wir die bei ihm nicht gefunden haben, muss der Täter sie mitgenommen haben. Was bedeutet, wir haben eine Verbindung zwischen den beiden Morden. Ich kann mir aber auch so beim besten Willen nicht vorstellen, dass wir es mit zwei verschiedenen Tätern Schrägstrich Innen zu tun haben."

Franziska Richter erhob sich soeben und deutete auf den Leichnam neben ihr. „Im Prinzip ähnlich wie bei Pape. Ein Elektroschocker mit dem gleichen Verbrennungsbild und jede Menge Wasser. Der Täter hat den Abfluss mit einem Lappen aufgestaut."

Bevor Zaplinski fragen konnte, ergänzte sie: „Er ist seit zirka sechs, sieben Stunden tot."

„Danke." Zaplinski stemmte die Hände in die Hüften und schüttelte den Kopf.

„Jetzt also auch noch Chang. Kolle. Ich leg mich hier auch fest, das war etwas Persönliches, genau wie bei seinem Adlatus. Hier hat der Täter nicht mal versucht, einen Einbruch zu fingieren. Hinter allem, was Pape angerichtet hat, steckte immer Chang. Davon können wir sicher ausgehen. Insofern ist der Dicke hier eigentlich ein logisches weiteres Opfer."

Kolbow nickte bedächtig. „Das hier sieht doch so aus wie Papes Masche. Vielleicht hat sein Bruder das kopiert. Weil Chang Enrico auf dem Gewissen hat?"

Zaplinski nickte zögerlich. „Ja, das sollten wir in Betracht ziehen. Hätten wir das vorhersehen können? Vorhersehen müssen, Kolle?"

Der zuckte nur mit den Schultern und legte dann den Kopf nachdenklich leicht schief. „Mag sein. Aber ehrlich gesagt, geht man bei solchen Typen schon davon aus, dass sie auf sich selbst aufpassen können."

Zaplinski nickte. Da hatte Kolle wohl recht. „Ja, der sollte wohl in der Lage sein, auf sich aufzupassen, oder auf sich aufpassen zu lassen. Aber du weißt auch, wer mich trotzdem völlig sinnlos fragen wird, warum wir das nicht verhindert haben?"

Kolbow blickte seitlich an Zaplinski vorbei. Etwas hatte seine Aufmerksamkeit erregt. Er machte Zaplinski ein Zeichen und der drehte sich um.

„Wenn man vom Teufel spricht …“, entfuhr es ihm.

Kriminaldirektor Eichner war gerade mit hochrotem Gesicht durch die Tür hereingestürmt. Eindeutig auf Hundertachtzig.

„Zappa, wie konnte das passieren. Was ist denn das für eine Sauerei?“

„Guten Morgen, Eiche“, sagte Zaplinski, die Frage ignorierend. Welche Antwort hätte Eichner denn gerne gehabt? „Wir fangen auch gerade erst an und verschaffen uns einen Überblick. Aber eines können wir schon mal unterstellen: Beide Fälle hängen mit Sicherheit zusammen. Wir gehen nach Lage der Dinge weiterhin davon aus, dass das Motiv ein Persönliches ist. Caspari wäre damit noch im Rennen. Und Josie Mühlbacher dito.“

„Caspari, Mühlbacher? Ihr habt Verdächtige? Warum höre ich davon erst jetzt, Zappa?“, echauffierte Eichner sich und die Adern an seinen Schläfen pochten.

Zaplinski hob die Schultern. Wieso regte der sich jetzt so auf? „Bin einfach noch nicht dazu gekommen… Wir sind alle in den letzten Tagen um die Lampe geflogen. Hab dir ja immer gesagt, vier Mann sind zu wenig bei uns.“

Eichner machte ärgerlich eine wegwerfende Handbewegung. „Ach, komm mir doch nicht wieder mit dem Scheiß …“

Kolbow schien peinlich berührt von dem Schlagabtausch seiner beiden Vorgesetzten. Den Blick auf den massigen toten Körper vor ihnen gerichtet, bemerkte er: „Der bringt gute zweieinhalb Zentner auf die Waage. Ob eine Frau das alleine hinkriegt, ihn ins Klo zu bugsieren?“

„Josie Mühlbacher hat die Selbstbehauptungskurse geleitet bei Andraste. Vielleicht hat Petra Grüner ihr auch geholfen. Die geht ins Sportstudio. Fit sind sie also alle beide, auch wenn es der Mühlbacher in ihrer Wohnung nicht geholfen hat. Ich würde die Frauen jedenfalls nicht von vornherein ausschließen. Weder einzeln noch zusammen“, erwiderte Zaplinski.

Eichner sagte: „Alles gut und schön. Aber wie weit seid ihr, gibt' s eine heiße Spur? Habt ihr hier irgendwas gefunden?“

„Was hätten wir denn finden sollen?“, fragte Zaplinski.

„Was weiß ich denn …“, antwortete Eichner abwesend.

Zaplinski zog die Stirn in Falten und rollte mit den Augen ob dieser inhaltsleeren Äußerungen seines Chefs. Der hatte noch nie mit konstruktiven Vorschlägen geglänzt, aber das hier war ein besonders skurriler Auftritt.

„Unsere zwei Verdächtigen scheint jedenfalls das schwarze Loch verschluckt zu haben, ist echt zum Kotzen. Wir können nur nach Schema F ein bisschen Druck machen, alle Anlaufstellen der beiden abklappern, pipapo“, teilte er Eichner mit.

Der hörte überhaupt nicht richtig hin, sondern blickte auf den Toten herunter.

Er schien über irgendetwas nachzudenken, ließ die Kollegen aber nicht an seinen Gedanken teilhaben. Angespannt wirkte er, knetete fahrig seine Hände. „Wenn ihr was findet, will ich sofort als Erster informiert werden.“ Dann wandte er sich grußlos um und ließ Zaplinski und Kolbow einfach stehen.

„Was ist denn mit dem bloß los?“, fragte Zaplinski verwundert. „Der kommt doch sonst nur raus, wenn Blitzlicht zu erwarten ist. Und Presse sehe ich hier weit und breit nicht.“

Kolbow zuckte ratlos mit den Schultern.

„Lauert der auf die Beförderung zum Leitenden Direktor und will Punkte sammeln? Beziehungsweise, dass wir sie für ihn sammeln?“, fragte sich Zaplinski laut.

Kolbows Schultern hoben sich erneut als Ausdruck von Ratlosigkeit. „Der kam ja komplett aus dem Mustopf. Hast du Ihn denn nicht gebrieft die Tage?“

Zaplinski grinste breit. „Gehe nicht zu Deinem Fürst......wenn du nicht gerufen wirst.“

Dann telefonierte er. Das Gespräch war kurz aber laut. „Kolle, ich fass es nicht“, polterte Zaplinski, als er fertig war. „Die von der Observation haben sich gestern von der Grüner abhängen lassen. Sie hat für das hier kein Alibi.“

Lübars

Zaplinski sinnierte noch über das merkwürdige Verhalten seines Vorgesetzten und ärgerte sich über die verpatzte Observation der Grüner, da klingelte sein Handy. Nein, es spielte einen Song ab: „Füchse Berlin, hier ist unser Revier …., Füchse Berlin …“ Als Dauerkarteninhaber und Vollblut-Fan hatte er sich die Vereinshymne seiner Profi-Handballer als Handy-Klingelton eingerichtet.

Magga war dran. „Herr Zaplinski …“

„Haben Sie irgendetwas gefunden, Magga?“ Zaplinski hatte sie zum Haus von Chang geschickt. Das lag in Lübars, dem so dörflichen Ortsteil von Reinickendorf. Dort, wo es noch Landwirtschaft und den einen oder anderen Reiterhof gab und auch das Tegeler Fließ durchfloss.

„Bisher nichts, was uns dem Täter näher bringt. Aber im Kleiderschrank im Schlafzimmer ist ein Wandtresor. Ein reiner Glücksfall, dass wir ihn entdeckt haben. Aber er ist verschlossen, gesichert mit einer Zahlenkombination.“

„Na, dann rufen Sie schon mal einen Schlüsseldienst, ich komme gleich rüber“, sagte Zaplinski und legte auf.

Zwei Stunden später schaltete der Handwerker sein Schweißgerät aus, nahm die Schutzbrille ab und wischte sich die gerötete Stirn.

„That' s it", stellte er erschöpft, aber erkennbar zufrieden fest und öffnete die Tür des Wandschließfachs. „Voilà."

„Uiiih", Magga riss die Augen auf und der Mann vom Schlüsseldienst pfiff zeitgleich durch die Zähne. „Prima, die Rechnung wird gleich in bar bezahlt?", fragte er mit leicht gierigem Blick.

Ein Stapel Geldscheine lag in dem Wandfach. Zaplinski zog sich Wegwerfhandschuhe an und schob den Mann unwirsch zur Seite. Er nahm das Geldbündel aus dem Tresor und reichte es an Magga weiter.

„Euros. Hunderter und Fünfziger. Ne ganz schöne Menge", sagte sie.

Zaplinski kümmerte sich weiter um das Stahlfach. Nur noch eine weiße Plastiktüte befand sich darin. Er holte sie heraus und warf einen Blick hinein. Jetzt war es an ihm, einen Pfiff auszustoßen. „Schau an, schau an, bewaffnet sind wir also auch. Aber hier drin nützt sie einem absolut gar nichts, wie man sieht." Er nahm die Waffe genauer in Augenschein. „Makarow PM, 9 mm."

Der Wertschrank schien jetzt auf den ersten Blick leer zu sein. Zaplinski fühlte aber sicherheitshalber mit der Hand noch einmal nach.

Und tatsächlich hatte sich ganz hinten noch eine dünne durchsichtige Plastikhülle versteckt. Eine CD oder DVD, stellte Zaplinski bei näherer Betrachtung fest. Ohne Beschriftung.

Magga war noch mit dem Zählen und Verpacken des Geldes beschäftigt, also beschriftete Zaplinski selbst einen Asservatenbeutel, schob die Silberscheibe hinein und steckte ihn einstweilen in die Innentasche seiner Jacke.

„Das sind hunderttausend Euro“, sagte Magga beeindruckt. „Was macht man heutzutage mit soviel Bargeld? Mit dem Geldwäschegesetz ist das doch schwierig geworden, das unterzubringen, oder?“

„Immobilien kaufen natürlich“, sagte Zaplinski. Makler und Notare müssten Verdachtsfälle zwar melden, täten es aber so gut wie nie und keiner trat ihnen auf die Füße. Der Käufer müsste nur formlos mitteilen, dass bezahlt wurde und fertig. Keine Überweisungsbelege nötig, nichts. „Kannst du also alles auch locker in bar mit Schwarzgeld erledigen. Die Bananenrepublik Deutschland ist echt ein Dorado für Geldwäscher.“

Zaplinski war wütend, das war eines seiner Reizthemen. „Ich kriege so ’nen Hals, wenn ich daran denke, wie wir auf die Art quasi unser Land an Großkriminelle verlieren. Unser Chang hier ist da noch eines der kleineren Lichter. Und die Politik lässt das zu. Beim Bäcker muss man für drei Brötchen einen Kassenbon verlangen. Aber bei Immobilien da lässt sich Deutschland auf der Nase rumtanzen. Kein Wunder, dass immer mehr Häuser und Grundstücke an Clanfamilien und dubiose Russen gehen.“

Bevor er sich noch weiter in seine Tirade hineinsteigern konnte, klingelte sein Handy.

Er zerrte die Gummihandschuhe von den Fingern, sah auf das Display, konnte aber die angezeigte Nummer nicht zuordnen.

„Ja, Zaplinski“, meldete er sich. Kurz darauf raunte er Magga zu: „Oranienburg. Wegen Josie Mühlbacher“, während er weiter das Handy ans Ohr presste.

„Alles klar, Kollege. Schickst du mir den Ort? Wir kommen raus.“ Zaplinski trennte die Verbindung.

Magga fragte: „Was ist mit Frau Mühlbacher? Haben sie sie gefunden?“

Zaplinski schüttelte den Kopf. „Nein, aber immerhin ihr Auto. Im nördlichen Umland. Aber von der Mühlbacher keine Spur. Das Auto steht auf einem Parkplatz am Briesetal, in der Nähe von Birkenwerder. Da gibt es ein Restaurant, das um diese Jahreszeit geschlossen ist. Der Besitzer schaut immer wieder mal nach dem Rechten. Weil der Wagen tagelang am selben Fleck herumstand, hat er 110 angerufen. Mehr weiß ich bisher auch nicht.“

„Das ist ja dubios“, meinte Magga.

„Was will die Mühlbacher da? Gibt es einen Bezug dahin? Kontakte, alte Arbeitsstelle, sowas?“, fragte Zaplinski.

Magga überlegte. „Nein, kann ich mich nicht dran erinnern. Aber vielleicht hat sie sich da mit jemandem getroffen, ist in ein anderes Auto umgestiegen? Nächster Bordell-Rachefeldzug, diesmal außerhalb von Berlin?“

Zaplinski war mit seinen Gedanken schon längst irgendwo anders und gab keine Antwort.

Er rief Kolbow an. „Bist du da bei dir fertig? Prima, ich hol dich ab, Josies Auto ist aufgetaucht.“

Als er aufgelegt hatte, wandte er sich wieder an Magga. „Sie schaffen den Rest hier alleine, oder? Und danach machen Sie mit Vera noch mal Druck wegen Josie Mühlbacher und Caspari. Vera weiß dann schon“, instruierte er die Kommissarin.

Er meinte, damit dass die beiden, wie immer in solchen Fällen, Freunde, Verwandte und sonstige Kontaktpersonen aufsuchen sollen. Erzählen, wen sie suchten und dass sie ab und an wiederkommen würden. So dem Gesuchten klarmachen, dass die Polizei alle seine Anlaufstellen kannte.

Oft genug reichte das aus, einer Zielperson vor Augen zu führen, dass es keinen sicheren Ort mehr zum Untertauchen gab. Sofern es sich nicht um abgebrühte Kriminelle mit großen finanziellen Mitteln oder Beziehungen ins Ausland handelte, bestanden im Allgemeinen gute Chancen, dass Verdächtige sich dann über kurz oder lang selbst stellten. Zuviel Fahndungsdruck, kein Ausweg mehr. Schema F halt.

Briesetal

Als Zaplinski und Kolbow mit dem Dienstwagen auf dem Parkplatz des Ausflugslokals am Briesetal eintrafen, stand der bereits voll mit Polizeifahrzeugen. Zaplinski hatte von unterwegs herumtelefoniert. Und von Kolbow natürlich eine Vorlesung über Schema F erhalten, als er ihn danach gefragt hatte. Irgendwas sollte das mit Frontrapporten aus dem 19. Jahrhundert zu tun haben. Da Zaplinski den Monolog über Militärschreibkram nicht besonders spannend gefunden hatte, war von Kolbows restlichem Vortrag nichts bei ihm hängen geblieben.

Die beiden Beamten stiegen aus, steuerten auf das Führungsfahrzeug zu und begrüßten den Einsatzleiter.

„Meine Leute sind schon da draußen", informierte sie der uniformierte Kollege mit den fünf silbernen Sternen auf den Schulterklappen. Er zeigte auf das Waldstück vor ihnen.

Zaplinski nickte dankend und nahm einen Kaffeebecher von einem Tablett entgegen, das ein anderer Kollege gerade herumreichte. Welch seltener Luxus. War das so üblich bei der Polizei in Brandenburg?

„Dann warten wir also mal ab. Wo steht der Wagen von der Frau Mühlbacher?"

„Da hinten am Zaun." Der Kollege von der Schutzpolizei zeigte in Richtung der Ecke des Parkplatzes.

Ein Mitarbeiter des Tatorttrupps war an dem schmutzigen Kleinwagen mit der Spurensicherung beschäftigt. Daneben stand schon ein gelber Abschleppwagen bereit.

Zaplinski bedankte sich und ging mit Kolbow hinüber. Der Fahrer des Abschleppers lehnte rauchend und offenkundig ungeduldig an seinem Fahrzeug. Zaplinski ignorierte ihn.

„Zaplinski mein Name, Mordkommission Nord aus Berlin“, stellte er sich dem Kollegen von der Spurensicherung vor, der gerade dabei war, seine Sachen zusammenzupacken. „Irgendetwas gefunden?“

Der Mann im Einweganzug zuckte mit den Schultern. „Da ich nicht weiß, was ihr erwartet, kann ich dazu nichts sagen. Ich hab reichlich Fingerspuren gesichert. Ansonsten ist das ein fahrbarer Mülleimer.“ Er deutete in den Innenraum, wo im Fußraum ein ziemliches Abfall-Durcheinander herrschte. Zerknülltes Papier, eine braun-schwarz-grünliche Bananenschale, eine schimmelige Orange, eine leere Flasche Bionade. Auch eine Medikamentenpackung. Leer. Kolbow tütete sie ein.

„Wir hatten gehofft einen Elektroschocker zu finden, als Taschenlampe getarnt, Lederhandschuhe, Schlüssel ...“, sagte Zaplinski.

Der Spurensicherer schüttelte den Kopf. „Nee, sowas hab ich nicht gesehen. Und von meiner Seite aus kann das Fahrzeug jetzt auch weg“, ergänzte er. „Oder gibt’ s noch Wünsche? Der Hektiker da drüben.“ Er zeigte auf den Fahrer des Abschleppwagens. „Der wartet schon darauf, dass er loskann.“

„Keine weiteren Wünsche“, sagte Zaplinski. „Wir werfen noch einen Blick rein, dann war’ s das.“

Als sie die Durchsuchung beendet hatten, war Zaplinski unzufrieden. Kein Taser, keine Lederhandschuhe. Nichts. Keine persönlichen Sachen von Pape, kein Fitzelchen, was Josie Mühlbacher mit ihm in Verbindung gebracht hätte. Und ebenfalls nichts, was auf Chang hinwies. Den mussten sie ja von nun an auch immer im Hinterkopf behalten.

Nach einem letzten Blick in den Kofferraum warf Zaplinski die Klappe mit mehr Kraft zu, als nötig. Frust. Dann gab er dem Mann in der schmutzig-gelben Montur ein Zeichen. „Sie können ihn jetzt aufladen. Er geht nach Berlin.“

Der Typ vom Abschleppdienst nickte. „Ja, weeß ick schon“, entgegnete er mürrisch. Er schnipste die Zigarette weg, streifte sich ölverschmierte Arbeitshandschuhe über und schaltete die Hebevorrichtung seines Lkw ein.

Waldspaziergang

Im nächsten Moment hörte Zaplinski einen Pfiff vom anderen Ende des Parkplatzes. Er drehte sich herum und sah, dass der Einsatzleiter ihn heranwinkte.

„Kollege Zaplinski!"

„Wir haben da was", sagte er , als Zaplinski und Kolbow ihn erreicht hatten.

Kurwa …

Zaplinski nickte, halb grimmig, halb resigniert. Das hier nahm den Verlauf, mit dem er gerechnet hatte. Sie folgten dem Kollegen hinüber zum Wanderweg. Zaplinski war fokussiert. Für die Herbstromantik, den erdig-feuchten Waldgeruch, die gelb und rot gefärbten Blätter, das Rascheln von trockenem Laub unter ihren Füßen und das angenehm warme Licht, das die Sonne sanft tastend durch die Baumkronen schickte, hatte er jetzt keine Antennen.

Nach einer Viertelstunde mussten sie den breiten Weg verlassen und einem halb zugewucherten Trampelpfad folgen. An dessen Ende öffnete sich eine Lichtung, die den Blick auf ein paar offenbar aufgegebene und verwahrloste Trimm-Dich-Geräte freigab. Dort wurden sie bereits erwartet. Zaplinski tätschelte im Vorbeigehen den Kopf des Diensthundes, der vor seinem uniformierten Herrchen hechelnd auf dem Boden saß. „Danke, mein Freund. Gut gemacht."

Er sah zu der angerosteten Sprossenwand mit der verblichenen Farbe hinüber und atmete tief durch.

An die oberste Strebe der abgeschabten Metallkonstruktion war ein Seil geknotet worden. Daran baumelte eine leblose Gestalt, das Seil um den Hals geschlungen. Genau das hatte Zaplinski befürchtet, als er die Suchtrupps und Diensthundeführer in Marsch gesetzt hatte.

Zwei in weiße Schutzanzüge gekleidete Spurensicherer waren soeben damit fertig, den Leichnam zu begutachten und die gesamte Auffindesituation aus verschiedenen Blickwinkeln zu fotografieren. Ein letztes Foto der Verknotung, dann löste einer von ihnen sorgsam das Seil von der Sprossenwand, während zwei weitere Kollegen die Leiche von unten festhielten. Vorsichtig betteten sie dann den Körper auf eine bereits ausgebreitete große Plastikfolie, über die sich ein weißes Zelt spannte.

Erhängte abnehmen, das hatte Zaplinski schon als junger Beamter im Kriminaldauerdienst gehasst. Da hatte es noch nicht diese Spurensicherungstrupps gegeben. Man, sprich Zaplinski, hatte das eigenhändig machen müssen. Und nicht nur einmal. Er erinnerte sich an einen Fall in der Brunnenstraße im Wedding unweit des alten AEG-Fabrikgeländes.

Altbauwohnung erster Stock, hohe Decken, große Fenster, keine Vorhänge. Es war bereits dunkel gewesen und sie hatten sich im hellen Licht eines Kronleuchters vor einer Horde von Gaffern abmühen müssen, die sich auf dem Gehweg gegenüber in Stellung gebracht hatte.

Prompt war der unerfahrene Zaplinski nervös geworden, auf der wackeligen Leiter ins Kippeln geraten und die letzten Stufen mitsamt dem fest umklammerten Toten heruntergefallen. Oberpeinlich. Slapstick. Er knetete sein Ohrläppchen und drückte damit den Gedanken schaudernd beiseite. Immerhin hatte es damals noch keine Handykameras gegeben. Der unfreiwillige Auftritt bei Youtube oder Weiß-der-Geier-wo im weltweiten Netz war ihm so immerhin erspart geblieben.

Diesmal musste er nicht selber Hand anlegen. Ein Glück, dachte er und war ausgesprochen dankbar dafür. Denn die Leiche, die da jetzt vor ihm lag, sah schon einigermaßen unappetitlich aus. Grünlich verfärbt und unförmig aufgedunsen. Ein orangefarbenes Abschleppseil war um den Hals des toten Körpers geschlungen. Eine leere Wodkaflasche und drei Medikamentenblister hatten die Kollegen ebenfalls auf der Plastikunterlage deponiert.

„Der Schnaps und die leeren Tablettenpackungen lagen dort drüben“, erklärte einer der Tatortmänner und zeigte auf eine verwitterte Holzbank.

Franziska Richter war gerade eingetroffen und schaltete sich sofort ein: „Medikamente plus Alkohol, keine gesunde Mischung.“ Sie sah sich die Tablettenstreifen näher an. „Das ist ein starkes Antidepressivum. Der Wirkstoff da drin steht stark in Verdacht, die Selbsttötungsgefahr zu erhöhen. In Kombination mit dem Wodka da …“ Sie beendete den Satz nicht und schüttelte nur den Kopf.

„Die Umverpackung der Tabletten lag in ihrem Auto", ergänzte Bernhard Kolbow und hielt einen Asservatenbeutel hoch.

„In dem Zustand könnte wohl selbst ihre Mutter nicht sagen, ob das hier Josefine Mühlbacher ist", meinte Zaplinski angesichts des aufgetriebenen Gesichts und der eingefallenen Augäpfel.

„Immerhin kann ich Ihnen schon mal versichern, dass es eine Frau ist", meldete sich Franziska Richter zu Wort. Die Gerichtsmedizinerin kniete neben dem toten Körper.

„Wir müssen sicher wissen, dass es Josie Mühlbacher ist. Könnten Sie mal schauen, ob sie Papiere dabei hat?", bat Zaplinski.

Franzi Richter tastet die Kleidung der Toten ab und zog aus der Jackentasche ein Portemonnaie. Sie reichte es Zaplinski, der schon Gummihandschuhe angezogen hatte. Er durchsuchte es und hielt Kolbow dann einen Personalausweis entgegen. „Sie ist es."

Franziska Richter stand auf und warf ebenfalls einen Blick auf den Ausweis. „Aber hallo."

„Was ist?", fragte Zaplinski.

„Also, wie sie heißt, das wusste ich nicht. Allerdings schade, dass sie nicht mehr unter uns weilt."

Zaplinski und Kolbow schauten erst sich und dann sie verdutzt an.

„Na ja, ich kenne sie vom Sehen. Mir ist sie in einer Bar aufgefallen, wo ich ab und zu mal unterwegs bin. Im Chicken, da hab ich sie schon gesehen. Ich fand sie ziemlich scharf … Aber sie war leider mit ihrer älteren Freundin da. So eine mit grünen Haaren und ziemlich eifersüchtig. Wirklich schade."

Petra Grüner, klar, dachte Zaplinski. Kolbow hatte offenbar den gleichen Gedanken gehabt, weil er ihm wissend zunickte. Bei der Beschreibung aber auch kein Kunststück.

Zaplinski hatte zwar geahnt, dass die Gerichtsmedizinerin auf Frauen stand, aber die Blondine hatte noch nie so freimütig darüber geredet. Er schaute deswegen einigermaßen verlegen drein. Franzi Richter setzte ein amüsiertes Gesicht auf, als sie es registrierte.

„Gibt es Anhaltspunkte für Fremdverschulden?", fragte Zaplinski die Gerichtsmedizinerin, mehr der Vollständigkeit halber und um seine Verlegenheit zu überspielen. Sie hatten zwar weder hier noch im Auto einen Abschiedsbrief gefunden, aber die Umstände ließen eigentlich keinen anderen Schluss zu, als dass Josefine Mühlbacher ihrem Leben selbst ein Ende gesetzt hatte.

„Ich sehe nichts, was gegen einen Freitod spricht. Die Strangfurche passt zur Auffindesituation. Sie kann es auf jeden Fall selbst gemacht haben. Das Gerüst ist super geeignet für so etwas. Also im Allgemeinen. Im Speziellen kann sie froh sein, dass die alten Streben gehalten haben. Wenn man von froh sein sprechen kann in dem Fall. Für Genaueres müssen Sie warten, bis ich unser vergammeltes

Ü-Ei hier aufgemacht habe. Aber ich erwarte da keine großen Überraschungen."

„Wie lange hat sie hier schon gehangen?", fragte Zaplinski und hatte dabei eine ungute Vorahnung.

Die Richter bückte sich und bewegte den linken Arm der Toten. „Die Leichenstarre ist schon raus." Sie schob die Oberbekleidung des Leichnams nach oben und zeigte auf den Bauch. „Zwischen acht und zwölf Tagen, schätze ich."

Zaplinski blies mit einem deutlichen Geräusch die Luft durch die halb geöffneten Lippen aus. Die Enttäuschung über die Tatsache, dass die Spur Josefine Mühlbacher soeben im wahrsten Sinne des Wortes kalt geworden war, musste raus. „Na prima. Heute ist Donnerstag, Pape starb genau vor einer Woche und Chang hat sich gestern ins Nirwana verabschiedet ..." Zaplinski beendete den Satz nicht.

Kolbow war es, der die Schlussfolgerung aussprach. „Die Mühlbacher kann also weder Pape noch Chang etwas angetan haben. So viel steht fest."

„Mit tödlicher Sicherheit sozusagen. Dann steht momentan also unser kaffeekochender Caspari ganz oben auf der Liste", sinnierte Zaplinski. „Aber ich hätte den Umständen nach schon eher auf Frau Mühlbacher gewettet, muss ich ehrlich zugeben."

Besuch

Ein leichter Luftzug signalisierte Zaplinski, dass hinter ihm die Tür geöffnet worden war. Er drehte sich um. Es war ein braungebrannter Mann mit kahl rasiertem Schädel, der da gerade Monis Kneipe betreten hatte.

Zaplinski stutzte. Kannte er ihn? Ja, doch, auf jeden Fall. Irgendwo hatte er ihn schon mal gesehen, konnte ihn aber nicht sofort zuordnen. Gelegentlicher Kneipengast? Handball? Kollege? Oder Nachbar? Er kam nicht drauf. Litt er doch schon unter Hildesheimer, der Vorstufe von Alzheimer, wie Moni manchmal scherzhaft behauptete?

„Hast dich kaum verändert, Zappa", sagte der Neuankömmling und ging auf Zaplinski zu.

Der Gang, die Stimme. Na klar. Benno Lehmann. Zaplinski war verblüfft. Der alte Kollege war tatsächlich gekommen. Ernsthaft gerechnet hatte er damit nicht.

Zaplinski hatte Lehmann auf Tante Elsbeths Anrufbeantworter hinterlassen, dass man ihn ziemlich regelmäßig bei Moni antreffen würde. Jetzt freute er sich, dass Lehmann tatsächlich da war und stand auf, um ihn zu begrüßen. Der Impuls war da, den alten Kollegen zu umarmen, aber Zaplinski spürte irgendwie, dass es nicht passte. „Schön, dass du da bist, Lemmy." Er hob die Hand zum High Five und Lehmann schlug ein.

Mit einer ausladenden Handbewegung zeigte Zaplinski auf die Wirtin. „Das hier ist Moni, die Schankwirtin meines Vertrauens … Und das hier, Moni, das ist mein lieber alter Kollege Benno Lehmann. Lange verschollen …“

Moni trocknete sich an einem Geschirrtuch ab und reichte ihm die Hand. „Hallo Benno, freut mich dich kennen zu lernen.“ Dann warf sie Zaplinski einen tadelnden Seitenblick zu, der wohl bedeutete: „Dein lieber alter Kollege? Wieso hast du nie was von ihm erzählt?“

Zaplinski fühlte den Tadel in ihrem Blick fast körperlich und hob entschuldigend die Schultern.

„Hallo Moni, freut mich auch“, grüßte Lehmann zurück. „Hast du ein alkoholfreies Bier für mich? Am liebsten zimmerwarm.“ Er öffnete seinen Anorak und setzte sich neben Zaplinski an den Tresen.

Zaplinski fragte erstaunt: „Bist du etwa weg vom Alkohol?“

Lehmann nickte und Zaplinski staunte. Das imponierte ihm wirklich. „Respekt, Benno, da ziehe ich den Hut vor dir.“

Lehmann winkte ab. „Bin ein bisschen empfindlich geworden.“ Er deutete auf seinen Bauch. Moni schenkte ihm einen mitfühlenden Blick und ging in den Nebenraum, wo die Getränkekisten standen.

„Sag mal, kommst du frisch aus dem Urlaub?“, spielte Moni auf Bennos Bräune an, als sie mit dem Bier zurück war.

„Nee, nee ich lebe jetzt in Thailand, da haben wir eigentlich immer richtiges Wetter, nicht so wie hier.“ Er deutete Richtung Fenster.

Moni lachte zustimmend und zeigte auf ihr blasses Gesicht. „Du Glückspilz, leider kriegen wir hier maximal Kneipenbräune."

„Thailand?" Zaplinski musterte den alten Kollegen. „Was hat dich denn dahin verschlagen?"

„Längere Geschichte. Bin nur kurz hergeflogen, weil Tante Elsbeth gestorben ist. Ich bin ihr letzter Angehöriger gewesen."

„Tante Elsbeth?" Zaplinski überlegte. „War das nicht die, die mit ihrem Mann den Security-Laden hatte, wo wir unsere Pistolenholster gekauft haben? Die Schnellziehholster?"

Lehmann nickte anerkennend. „Dass du dich daran erinnerst."

„Ich hab meins heute noch", sagte Zaplinski und nach einer kurzen Pause: „Ganz schön schmal bist du geworden, Lemmy".

„Du eher nicht." Lehmann grinste.

„In meinem Alter hast du eben nur die Wahl zwischen fett und faltig. Und ich hasse Falten", gab Zaplinski zurück und freute sich über den Joke.

Moni stellte Lehmann eine Biertulpe hin und schenkte ihm ein. „Und da bist du jetzt also Bulle in Thailand, Benno."

Lehmann schüttelte etwas gequält den Kopf. „Nee, nee, seit sie mich damals rausgeschmissen haben, is nix mehr mit Bulle."

„Die haben dich rausgeschmissen? Was hast du denn Krasses angestellt?“, fragte Monika Nowak überrascht.

Benno Lehmann war anzumerken, dass es in ihm arbeitete. Er sah erst Zaplinski an, dann Moni und atmete tief ein. Dann erzählte er ihr die Geschichte mit dem Unfall. Von Olli Klein und von seiner Haftstrafe.

Lehmann starrte ins Leere. „Ich hatte was getrunken, weil ich völlig durch den Wind war. Aber ich bin trotzdem gefahren. Also bin ich schuld an Ollis Tod. Punkt, Ende, Aus. Aber wenn er mir nicht ins Lenkrad gegriffen hätte, wär' das nie und nimmer passiert“, sagte er mit Bitterkeit in der Stimme.

„Was dir niemand geglaubt hat …“, ergänzte Zaplinski.

Lehmann sah aus, als wolle er protestieren, ließ es dann aber resignierend sein. „Ja, ja, Lehmann der Säufer. Ist Täter und macht einen auf Opfer ...“, sagte er stattdessen sarkastisch.

Zaplinski erinnerte sich. So war das auch damals gewesen. Lehmann hatte stur immer wieder seine Unschuld beteuert. Hatte steif und fest behauptet, dass die Chang-Sache nicht durch seine Schuld schiefgegangen war.

Zaplinski hatte später öfter darüber nachgedacht, ob er nicht Lehmann mehr hätte vertrauen sollen, zu ihm stehen. Aber sein Chef hatte irgendwann ja stur alle Kontaktversuche abgeblockt, beharrlich behauptet, dass einer seiner Kollegen die Hand im Spiel gehabt haben musste. Ein U-Boot. Deshalb hatte er allem und jedem misstraut.

Zaplinski sah Lehmann mit schuldbewusster Miene an. „Du Benno, damals, also das ist doch alles Scheiße gelaufen. Aber du wolltest doch auch mit niemandem mehr reden, keinen mehr von uns sehen. Und dann warst du einfach weg. Keiner wusste, wo du abgeblieben bist."

„Lass gut sein, Zappa, das ist Schnee von gestern, ich bin drüber weg."

Zaplinski war erleichtert, dass Lehmann ihm scheinbar nichts mehr nachtrug. „Was hast du eigentlich getrieben in den letzten Jahren?"

„Na ja, als ich aus dem Knast kam, stand ich vor dem Nichts. Job weg, Wohnung weg. Genau wie du hab ich ja keinen ordentlichen Beruf gelernt, ich konnte ja nur Bulle. Ich wollte nur noch weg von der ganzen Scheiße hier. Bin rüber nach Thailand. Tante Elsbeth hat mir den Flug bezahlt. Gott hab sie selig. Ich war ja total blank." Er schaute etwas wehmütig nach oben. „Da drüben lebt man billig und es ist immer warm, hab ich gedacht. Und es ist schön weit weg von der ganzen Scheiße hier."

Zaplinski hatte auf einmal Bilder von Palmen, blauem Meer und einer warmen Brise im Kopf. Er sah sich zu seiner Überraschung in einem Liegestuhl sitzen und einen riesigen Cocktail mit einem großen Papiersonnenschirmchen schlürfen. Solche Gedanken hatte er sonst nie. Hing das mit den Veränderungen zusammen? Mit den Tschetschenen, dem Schutzgeld? Mit diesem diffusen Gefühl von Vertreibung aus dem Paradies?

Er bekam plötzlich Sehnsucht und beneidete Lehmann. „Und wo genau bist du da?"

„Auf Koh Phangan. Ich vermiete Motorroller und Autos und organisiere Ausflüge für die Touris. Kann man ganz ordentlich von leben ..."

„Koh Phangan?" Zaplinski überlegte. „Ist mir irgendwie ein Begriff.

Benno Lehmann grinste und trank einen Schluck. Gleich darauf verzog er das Gesicht, rieb sich den Bauch und holte eine Packung Tabletten aus der Tasche. Zwei davon schluckte er und spülte sie mit etwas Bier herunter.

Ganz schön große Dinger, dachte Zaplinski erstaunt. Lehmann sah ihm wohl an, dass er gleich fragen würde. „Nur ein bisschen zu viel Magensäure", sagte er schnell und winkte beschwichtigend ab. „Keine große Sache. Du meinst bestimmt die legendären Fullmoon-Parties. Alle geben sich da die Kante. Jede Menge Drogen und Alkohol. Nicht mein Ding, dafür bin ich zu alt. Inzwischen feiern sie des Geschäfts wegen auch schon Halfmoon."

„Hört sich nach viel Spaß an", sagte Zaplinski.

Lehmann sah nachdenklich aus. „Ja, war es schon ..."

Moni bemerkte den Unterton sofort. „War?"

„Na ja, seitdem meine Frau tot ist ..."

„Du warst verheiratet, echt?" Zaplinski schüttelte ungläubig den Kopf.

„Du alter Schürzenjäger? Ich weiß noch, wie der Inspektionsleiter von der Sache mit seiner Vorzimmerdame Wind bekommen hat. Lehmann, irgendwann stolpern Sie nochmal über ihren eigenen Schwanz, hat er gesagt." Zaplinski lachte selbst am lautesten über seinen Witz.

Lehmann lächelte nur gequält.

„Das tut mir leid, das mit deiner Frau", sagte Moni betroffen und sah dann Zaplinski tadelnd an. Ihr Kopfschütteln drückte Missbilligung aus. Lehmann erzählte vom Tod seiner Frau und Zaplinski machte seine Späßchen. „Und das mit dem Schwanz war übrigens im Tatort. Tanner zu Schimanski", korrigierte sie dann.

„Echt?", fragte Zaplinski zweifelnd. Monis Tadelblick hatte er überhaupt nicht gerafft. „Ist meine Erinnerung schon so schlecht? Egal, hat aber auch gut auf Lemmy gepasst …"

Lehmann rieb sich die Augen. „Ich hab euch ja damals nicht gesagt, von wem ich all die Infos über Chang hatte …"

Zaplinski nickte. Ja, das war immer Lehmanns großes Geheimnis geblieben. Aber wieso kam er jetzt damit?

„Malee, meine Frau, also sie war meine Informantin damals, weißt du. Hat für Chang gearbeitet. Ihr hatten wir zu verdanken, dass es überhaupt eine Ermittlungsgruppe gegeben hat."

Zaplinski war perplex. „Deine spätere Frau war deine, unsere Quelle?"

„Ja …", bestätigte Lehmann.

„Das ist ja ein Ding. Ich meine, wir haben alle immer gerätselt, wer das war. Aber du hast ja eisern dichtgehalten."

Benno Lehmann nickte langsam. „Wenn ich erzählt hätte, dass ich was mit meiner Vertrauensperson habe und dass die für Chang anschafft, dann wäre es das gewesen. Unprofessionell. Und tschüs, Lehmann du bist raus. Das wollte ich auf keinen Fall."

Zaplinski konnte ihn irgendwie verstehen, dämlich war es trotzdem. Nie und nimmer hätte man so etwas durchgehen lassen können. Was hatte Lehmann sich dabei bloß gedacht? „Wie kam das denn?", wollte er Zaplinski wissen. „Du warst doch nun wirklich kein Puffgänger."

Lehmann hob verlegen die Arme. „Ja, stimmt. Aber hab doch im Wedding um die Ecke neben diesem Thai-Massagesalon gewohnt."

Malee

2009, irgendwann im Juni: Benno Lehmann will sich nur einen Kaffeebecher aus dem Oberschrank in der Küche nehmen. Im gleichen Moment muss er heftig niesen und der Becher fällt ihm aus der Hand. Ein unglaublicher Schmerz rast vom Rücken ins Bein. Er stützt sich stöhnend auf die Arbeitsplatte, während er versucht, seinen Atem zu beruhigen und den Schmerz unter Kontrolle zu bringen. Die Scherben des Porzellanbechers drehen sich noch neben seiner Hand.

Lehmann wohnt alleine in der Anderthalb-Zimmer-Wohnung im Seitenflügel, also muss er auch alleine mit diesem verdammten Hexenschuss klarkommen. Rückenschmerzen haben ihn zwar ab und an schon mal geplagt, aber das hier fühlt sich zum ersten Mal richtig krass an, beinahe die Hölle.

Jede noch so kleine Bewegung schmerzt. Eine Zeitlang steht er reglos da, mit beiden Händen auf die Arbeitsplatte gestützt. Mühsam, unter Schmerzen und mit krummem Kreuz zieht er schließlich irgendwie seine Jacke an und verlässt humpelnd wie ein Greis die Wohnung.

Endlich erreicht er die letzte Treppenstufe. Er stützt sich an der Wand im Hausflur ab. Der Weg aus dem dritten Stock ist eine einzige Quälerei gewesen. Bei jedem Schritt hat ihn der Rücken dermaßen geschmerzt, kaum auszuhalten. Jetzt lehnt er an der Wand, versucht, sich zu entspannen. Atmet tief ein und aus. Wenn er so bewegungslos dasteht, dann lässt der Schmerz in seiner Wirbelsäule und im rechten Bein etwas nach. Aber das kann natürlich kein Dauerzustand sein.

Er muss zum Dienst. Aber erst zur Apotheke. Irgendein Schmerzmittel besorgen.

Lehmann schnauft, sammelt seine Kräfte und verlässt langsam das Haus. Gebeugt wie ein Hundertjähriger schleicht der Mittvierziger geradezu über den Gehweg der Maxstraße in Berlin-Wedding, um zu seinem Auto zu kommen. Neben der Bäckerei muss er eine Pause einlegen, sucht Halt an der rau geputzten Hauswand, die mit Graffiti verunziert ist. Der Duft nach frisch gebackenen Croissants hätte ihn an jedem anderen Morgen in den Laden gelockt. Heute bemerkt er ihn nicht einmal.

„Ich kann Ihnen helfen", sagt auf einmal jemand neben ihm.

Er hebt den Kopf. Es ist die hübsche kleine Asiatin, die er schon öfter in der offenen Tür des „Massagesalons" hat rauchen sehen. „Kommen Sie, ich helfe Ihnen", wiederholt sie und nimmt seinen Arm. „Ich habe eine medizinische Ausbildung", erklärt sie, als Lehmann sie misstrauisch mustert. Er wundert sich über ihr fast perfektes Deutsch.

Normalerweise hätte er nie im Traum daran gedacht, in diesen Thaimassage-Salon zu gehen, der eigentlich ein verkapptes Bordell ist. So etwas hat er nicht nötig. I never pay money for a girl. Ein Benno Lehmann ganz bestimmt nicht.

Er verharrt in seiner Schonhaltung an der Hauswand und sieht sie an. Zögert, aber irgendetwas in ihren schönen Augen sagt ihm, dass sie ehrlich besorgt ist. Er hat irgendwie das Gefühl, dass ihr Angebot kein leeres Versprechen ist. Gequält nickt er. Was hat er schon zu verlieren? „Okay."

Sie stützt ihn und er lässt sich von ihr in die schummrige Ladenwohnung führen.

Statt „Susis Blütenparadies" steht an der nun von innen blickdicht verklebten Schaufensterscheibe seit einiger Zeit „Lampang Thaimassage". Der Wedding verändert sich.

Früher haben hier bunte Blumensträuße, Vasen und Topfblumen gestanden und diese schöne alte Registrierkasse. Jetzt riecht der halbdunkle Raum nach einer Mischung aus Räucherstäbchen, schwerem Parfüm und einem fernöstlichen Nudelgericht.

Eine halbe Stunde später sitzt Lehmann beinahe euphorisch in seinem Auto und macht sich auf den Weg ins Büro. Der mordsmäßige Schmerz in seinem Rücken ist einer Art von leichtem Muskelkater gewichen. Er atmet tief ein und genießt die Abwesenheit der Schmerzen.

Malee, die hübsche Thailänderin, hatte nicht zu viel versprochen und mit ihren kräftig zupackenden Händen tatsächlich ein kleines Wunder bewirkt. Die klassische Thaimassage hatte sie in ihrer Heimat an einer schon seit Jahrhunderten bestehenden Tempelschule gelernt. Er hatte gefragt, wieso sie dann jetzt hier arbeiten würde. Sie hatte nur den Blick gesenkt und nicht geantwortet.

Wenn er an ihre angenehmen Berührungen zurückdenkt, fühlt er sich seltsam beschwingt. Verwundert hatte er registriert, wie wohl er sich in ihrer Nähe fühlte. Als wären sie schon lange vertraut miteinander. Er versucht sofort, den Gedanken zu verdrängen. Undenkbar, Benno Lehmann und eine Thai-Nutte. Kaum, dass er das N-Wort in Gedanken formuliert hat, ist es ihm schon peinlich. Als hätte er sie persönlich beleidigt. Lehmann schüttelt den Kopf, um die Erlebnisse der letzten halben Stunde aus seinen Gedanken zu vertreiben. Nee, das geht gar nicht.

Zwei Wochen später klingelt Lehmann wieder an der Tür des ehemaligen Blumenladens. Malee kommt ihm bereits von hinten entgegen. Er freut sich über ihr Lächeln. Was für eine schöne Frau. Nachdem sie ihn mit ihren sanften Händen von seinem Hexenschuss befreit hat, ist er regelmäßig wieder gekommen. Wie von einem Magneten angezogen.

Sie nimmt seine Hand und zieht ihn mit sich. Das Zimmer ist schummrig, kitschige Papierlampen im Asia-Stil erzeugen ein exotisch buntes Licht. Aus einem kleinen Lautsprecher läuft leise Entspannungsmusik. Lehmann zieht zwei Hundert-Euro-Scheine aus der Hosentasche und hält sie ihr hin. Sie schaut ihm in die Augen und schüttelt abwehrend den Kopf.

„Das ist zu viel …“

„Malee, doch, doch, bitte nimm es.“

Alles Geld, das sie von ihren „Gästen“ erhält, muss sie eigentlich gleich wieder abgeben. Nur gelegentlich bekommt sie einen geringen Teil davon zurück. Das hat sie ihm erzählt, aber es ist ihm von Berufs wegen keineswegs neu. Malee zögert, sieht ihm aber wohl an, dass er wie immer nicht nachgeben wird. Mit einem Blick, der Dankbarkeit enthält, aber auch die Verlegenheit und Scham, die sie empfindet, nimmt sie das Geld.

Einen Schein schiebt sie in den unteren Saum des Vorhangs vor dem abgedunkelten Fenster. Mit dem anderen verlässt sie das Zimmer, um es abzuliefern.

Als sie zurückkommt, steht er von dem Futonbett auf. Sie sehen sich in die Augen. Lange. Ihr Blick geht ihm durch und durch. Wie jedes Mal. Dann beugt er sich zu ihr herunter, zieht sie fest an sich und sie küssen sich zärtlich.

Lehmann versteht es immer noch nicht so richtig. Total verrückt, dass er sich in eine Frau verliebt hat, die ihren Körper verkauft. Die fünfzehn Jahre jünger ist als er. Das fühlt sich nach wie vor surreal an. Und ist unvernünftig, geradezu dumm, zumal für jemanden mit seinem Beruf. Bei jedem anderen, der ihm so eine Geschichte erzählt hätte, würde er in lautes Gelächter ausbrechen und dem anderen einen Vogel zeigen. Wie blöd musste man sein als erwachsener Mann. Die Alte will dich doch nur ausnehmen oder, dass du sie heiratest, damit sie hierbleiben kann.

Aber es lässt sich nicht leugnen oder verdrängen, so sehr er sich auch dagegen gewehrt hat. Es ist eben einfach passiert. Er liebt ihren Duft und das kleine herzförmige Muttermal auf ihrem rechten Schulterblatt. Genießt es, wie gut sie schmeckt, wenn sie sich küssen. Und wenn sie ihn so ansieht, dann ist er sich ganz sicher, dass ihre Gefühle für ihn nicht weniger stark sind. Ihr zuliebe hat er sogar versucht, das Trinken einzuschränken. Zumindest, wenn er zu ihr will, bemüht er sich, nüchtern zu bleiben. Leicht fällt ihm das nicht, hat er erschrocken feststellen müssen.

Aber Malee hat mit betrunkenen Kunden genug schlechte Erfahrungen gemacht. Und ihn traurig angesehen, als sie bei seinem zweiten Besuch die kräftige Alkoholfahne bemerkte.

Heute hat er das unbestimmte Gefühl, dass etwas anders ist, dass ihr etwas auf dem Herzen liegt. Und richtig.

„Benno“, sagt sie und sieht ihn ernst an. „Bitte hol mich hier raus… Ich kann nicht mehr. Hilfst du mir? Das kannst du doch, oder?“

Er sieht sie verwundert an. Sie zeigt auf den Stuhl. Dort hängt seine Hose und die Kripomarke baumelt an der Kette heraus. Jetzt versteht Lehmann, was sie meint.

Und schon erzählt Malee unter Tränen ihre ganze Geschichte. Wie sie und ihre kleine Schwester Sunee nach Deutschland gelockt worden sind. In einem Krankenhaus hätten sie arbeiten sollen, für einen fantastisch anmutenden Lohn. Aber gleich nach der Ankunft hat man ihnen die Pässe weggenommen. Das Geld für die Flüge zurückgefordert. Das besaßen sie natürlich nicht. Woher denn? Und so waren die Schwestern gezwungen gewesen, gezwungen worden, es sich auf diese widerliche Art und Weise zu verdienen.

Chang, so heißt der verhasste Landsmann, für den sie arbeitet, hatte zu allem Überfluss auch noch selbst ein Auge auf die beiden geworfen. Sie mussten ihm immer zur Verfügung stehen, wenn ihm danach war. Malee war die Stärkere, hat das besser verkraftet. Aber Sunee war zerbrochen an dem brutalen Chang.

„Sie hat sich die Pulsadern aufgeschnitten“, schluchzt Malee. Die kleine Thailänderin drückt sich fest an Lehmann und lässt ihren Tränen freien Lauf. „Und ich bin schuld, weil ich sie überredet habe, mit nach Deutschland zu kommen.“

Chang lässt sie immer noch holen, egal, wann oder wo ihn danach verlangt. Hass sprüht aus ihren Augen. Ihm selbst und sogar seinen „Geschäftsfreunden“ muss sie zu Diensten sein. Und Malee hört dabei Dinge über Changs Geschäfte. Von Drogen, Kindern, widerliche Sachen. Offenbar ist Chang nicht klar, dass Malee inzwischen richtig Deutsch gelernt hat, mehr als „Stunde hundert Euro“ und „Ausziehen bitte“.

Dass sie, wenn er seine „Geschäftspartner“ empfängt, nebenbei Dinge mitbekommt, die eigentlich nicht für ihre Ohren bestimmt sind. Seine Schwäche für Malee hat Chang offenbar leichtsinnig werden lassen.

„Hol mich hier raus, Benno, bitte.“ Sie weint wieder.

Natürlich wird Benno ihr helfen. Alles auf der Welt würde er für sie tun. Und Benno Lehmann, der Kriminalhauptkommissar, hat auch schon einen Plan. Zwei Fliegen mit einer Klappe, so muss es gehen. Die EG Dragon beginnt in seinem Kopf Form anzunehmen. Damit fängt alles an.

Hexe

Lehmanns Augen schimmerten feucht. „Sie war echt eine Schönheit. Das mit uns war was ganz Besonderes. Sie sagte immer, Liebe kann man nicht erklären. Aber ich hätte sie nie da mit reinziehen dürfen. Ich war so ein verdammter Idiot."

„Kurwa." Mehr fiel Zaplinski dazu nicht ein. Lehmann sah ihn fragend an. „Scheiße. Ist polnisch, hört sich aber nicht so fäkal an, finde ich. Wenn man kein Polnisch spricht, zumindest."

Lehmann nickte nur kurz, brachte aber kein Lächeln zustande. „Nach dem Ende der EG Dragon hat Malee glücklicherweise gleich den versprochenen Zeugenschutz bekommen. Die Kollegen haben sie sofort herausgeholt und zurück nach Hause geschafft. Wenigstens dieser Teil meines Plans hat geklappt." Lehmanns Blick ging ins Leere. „Ich wusste ja, wohin sie wollte, da war es nicht so schwierig, sie ausfindig zu machen. Und drüben ging es mit uns genauso weiter wie in Berlin, nur ohne Chang. Vor einem halben Jahr hat so ein vollgedröhnter Idiot von Touri sie mit dem Auto totgefahren. So viel zum Thema Fullmoon-Party." Er rieb sich die Augen.

„Verdammt, das tut mir leid …", sagte Zaplinski betroffen und auch Moni schaute Lehmann voller Mitgefühl an.

„Habt ihr Kinder?"

Lehmann sah sie an. „Nee, hat sich nicht ergeben“, sagte er und in seinem Blick lag Verbitterung.

„Gehst du jetzt trotzdem wieder rüber?“, fragte Moni.

„Weiß nicht...“ Lehmann nahm noch einen Schluck von dem warmen Bier und wechselte plötzlich das Thema. „Zappa, wie läuft eigentlich der Fall, wegen dem ihr mich vernommen habt?“

„Nicht so glänzend, keine Spuren. Zwei Tote, zwei Verdächtige, aber beide von der Bildfläche verschwunden.“

„Zwei Tote? Wieso zwei? Wer denn noch?“, fragte Lehmann verwundert.

„Ich denke, das dürfte dich freuen: Chang.“

Lehmann stutzte. „Er ist tot? Echt?“ Überraschung lag in seiner Stimme.

„Mausetot, heute am frühen Morgen ersäuft in seinem eigenen Klo“, bestätigte Zaplinski. Er hätte sich nicht gewundert, wenn Lehmann jetzt in ähnliche Euphorie ausgebrochen wäre, wie Petra Grüner, als sie von Papes Ableben erfahren hatte. Aber so eine Reaktion blieb aus.

„Da hat jemand der EG Dragon doch noch zum Erfolg verholfen, könnte man sagen“, versuchte Zaplinski einen Scherz.

Lehmann reagierte nicht darauf.

„Unser erstes Opfer hat für Chang, gearbeitet, in der Villa Molino in Tegel. Der Dicke hat in den letzten zehn Jahren einen auf ehrbaren Geschäftsmann gemacht. Aber wer’ s glaubt, wird selig. Der war wie ein Aal, einfach nicht zu packen", erklärte Zaplinski weiter.

„Das sieht doch dann in beiden Fällen ziemlich nach Milieustreitigkeiten aus, oder?", sagte Lehmann.

„Eigentlich eher nicht …" Zaplinski zögerte, überlegte, ob er aus dem Nähkästchen plaudern sollte, durfte. Was soll's. Irgendwie gehörte Lehmann für ihn immer noch zur Familie. Zaplinski begann zu erzählen. Von den militanten Emanzen, der Hausdame und dem Cafébesitzer. Von den Bulgaren aus Borsigwalde.

Benno Lehmann hatte interessiert zugehört. Am Ende wiegte er bedächtig den Kopf. „Keine Spuren, das ist schon bitter. Ohne ein Geständnis klärt ihr das wahrscheinlich nie auf."

Zaplinski nickte müde, nippte an seinem Bier. „In die Richtung geht es wohl, stimmt."

„Und wenn es die Konkurrenz war, dann kannst du das ja gleich vergessen. Die reden ja alle nicht. Oder hat sich da was geändert?"

„Ist eher schlimmer geworden. Ich glaub, im Milieu ist das erste Wort, das du lernst nicht Mama oder Papa, sondern Anwalt." Zaplinski grinste gequält.

„Chang ist also tot … , sagte Benno Lehmann in einem Ton, als könne er es immer noch nicht glauben. „Wer war da gleich noch in der Ermittlungsgruppe damals? Renate, du, ich, Olli, Eiche …"

„Eiche? Jochen Eichner? Nee, da irrst du dich. Der war beim Dauerdienst damals. Aber du wirst lachen, der ist mein Chef jetzt."

„Eichner? Das war doch so eine Flachzange. Ein Schaumschläger vor dem Herrn. Und der sitzt bei dir in der Dienststelle?", wunderte sich Lehmann.

„Flachzange stimmt, mehr denn je. Aber er hat es zum Kriminaldirektor gebracht, A 15, sechseinhalb Mille brutto im Monat. Steile Karriere. Zum Glück hängt er mir nicht ständig auf der Pelle. Hat sein Büro schön weit weg bei der Direktionsleitung im Wedding."

„Der ist Kriminaldirektor? Unfassbar. Diese Pfeife, den konntest du doch nirgendwo alleine hinschicken. Wenn ich nicht dazwischengefunkt hätte, wäre der statt dir damals zum Oberkommissar befördert worden."

„Sein Schwiegervater hat Parteikarriere gemacht, der ist jetzt im Abgeordnetenhaus. Bauausschuss. Beziehungen schaden immer nur dem, der keine hat", erklärte ihm Zaplinski. Er hatte plötzlich keine Lust mehr, über seine Arbeit zu sprechen. Angesichts des braungebrannten Benno bekam er erstaunlicherweise wieder diese Sehnsucht nach Sommer, Sonne, Strand und Meer. Raus aus dem trüben Berlin, das immer mehr verdreckte und irgendwie auf dem absteigenden Ast war. So stark wie im Moment hatte er das noch nie empfunden. „Sag mal Benno, wenn ich bei euch da drüben mal Urlaub machen will. Kannst du mir was empfehlen?"

„Klar, kommt drauf an, was du willst. Ich kann dir alles vermitteln. Von Strandhütte bis Fünf-Sterne-Resort. Wenn du willst auch ultra all inclusive.“ Er setzte ein leicht schmutziges Grinsen auf und deutete mit den Händen den Umriss eines kurvigen Frauenkörpers an.

Zaplinski musste lachen. „Nee, lass mal, kein Bedarf.“ Er schaute kurz zu Moni hinüber, die skeptisch die Augenbrauen hob. „Irgendwas nettes, sauberes, aber direkt am Strand. Sonnenuntergang vom Liegestuhl aus ansehen, ein eiskaltes Bier in der Hand, so in der Richtung.“

„Kein Thema, da kann ich dir einiges empfehlen. Und vor allem ziemlich günstig. Sag mir, wann du kommen willst und ich mach was für dich klar.“

Moni musste lachen. „Du und Urlaub, Didi? Hab ich ja noch nie gehört. Hast du dir den nicht immer auszahlen lassen?“

Zaplinski grinste sie an. „Ertappt, aber wenn ich es mir so überlege, dann hätte ich schon mal Lust. Wer weiß, vielleicht gehe ich ja auch rüber, wenn ich auf Pension bin. Da hat man mehr von seinem Geld, stimmt doch Benno?“

Der nickte. „Definitiv, du lebst bei uns ziemlich billig. Aber wenn du mal zum Arzt musst, kommst du lieber wieder her.“

„Ich kenne euch Kerle, ihr wollt da nur hin, weil die Frauen da billig und willig sind, gebt’ s zu. Ich sag nur Pattaya.“ Moni schüttelte amüsiert den Kopf.

„So gut müsstest du mich jetzt kennen, Moni, mal ehrlich …“, tat Zaplinski entrüstet.

„Ach hört mir doch auf, ihr Männer seid alle gleich. Alle schwanzgesteuert“, gab Moni augenzwinkernd zurück. „Na ja, zum Glück, sonst hätte ich dieses wunderbare Etablissement hier nie kaufen können.“ Sie lachte.

Zaplinski schüttelte grinsend den Kopf und machte eine drohende Bewegung mit dem Zeigefinger in ihre Richtung. „Du kleine rothaarige Hexe …“

Benno Lehmann sah auf seine Armbanduhr und schlug dann leicht mit der Hand auf die Theke. „Ich werd mal wieder … Moni, was kriegst du?“

Sie winkte ab. „Geht aufs Haus. Hier schlägt ja nicht täglich ein alter Kumpel von Zappa auf.“

Benno verneigte sich vor Moni, legte die Hände aneinander und sagte: „Kopkun kap.“

Als Moni und Zaplinski ihn verständnislos ansahen, grinste er. „Danke schön auf Thai.“ Er stand auf, klopfte zum Abschied mit den Fingerknöcheln auf den Tresen.

„War wirklich schön, dich zu sehen, Benno“, sagte Zaplinski. „Komm nochmal vorbei, bevor du dich wieder jahrelang verdrückst.“

Moni schloss die Tür hinter ihm ab. „Feierabend“, sagte sie, atmete tief durch und schaltete die Außenbeleuchtung ab.

„Interessanter Mann, dein Benno. Kein Schönling, aber irgendetwas hat er, so als Typ."

Zaplinski schüttelte amüsiert den Kopf. „Benno, der alte Womanizer, da sieht man's wieder." Er knetete sein Ohrläppchen und hatte wieder Bilder aus der Vergangenheit im Kopf. „Er war mein Bärenführer."

Moni schaute ihn verwirrt an.

„Na ja, das hieß früher so, wenn ein erfahrener Kollege einen Frischling unter seine Fittiche nahm", erklärte er ihr. „Wir sind damals Freunde geworden. Ich hab ja als Schutzpolizist angefangen und bin erst später zur Kripo gewechselt. Da war Lemmy schon Hauptkommissar. Wir haben in der Zeit oft zusammen rumgehangen. Leider hat er es dann mit dem Saufen übertrieben und ich hab nicht mitbekommen, dass er ein Problem damit hatte", sagte er sentimental und kippte den letzten Rest von seinem Bier.

Moni war mit dem Aufräumen fertig und stellte das leere Glas in die Spüle.

„Kommst du noch mit hoch, Dieter?", fragte sie, legte den Kopf schief und klimperte offensiv mit den Wimpern.

Der grinste. „Same procedure?"

„Sehe ich etwa schon aus wie neunzig?" Sie fragte das mit gespielter Empörung und boxte ihm in die Rippen. Dann hakte Moni sich bei ihm unter und beide stiegen die schmale Treppe hinter dem Tresen zu ihrer Wohnung hoch. Wie ein altes Ehepaar.

Sieg

Dieter Zaplinski war komplett aus dem Häuschen. Er streckte die Arme in die Höhe, wedelte mit seinem grün-weißen Schal und grölte: „So sehn Sieger aus, Schalalalala … so sehn Sieger aus, Schalalalalala …“

Sehr zufrieden sah er aus, allerdings auch reichlich abgekämpft. „Ich bin echt mit den Nerven runter. Aber das ist soo geil. Yesss …“ Er umarmte Moni. Dann klatschte er sich per High-Five mit den Leuten in seiner Umgebung ab, die alle wie er Mitglied im Fanclub „Füchse-Power“ waren.

Monika Nowak schüttelte amüsiert den Kopf angesichts solcher Hingabe. So hatte sie Zaplinski noch nie erlebt. Offenkundig war sie gerade Zeuge eines ganz besonderen Ereignisses gewesen. Sie hatte noch nie ein Handballspiel live gesehen und nicht gewusst, was sie da erwarten würde. Mehr und mehr aber war sie von der Begeisterung mitgerissen worden.

Zaplinski war voll mitgegangen. Hatte die Schiedsrichter als „Schieber“ beschimpft (was beim Handball eigentlich verpönt ist), war permanent aufgesprungen und hatte rumgebrüllt. „Abgestanden, Zeitspiel, Stürmerfoul, Zwei Minuten.“ Alles Vokabeln mit denen Moni nichts anfangen konnte.

Er hatte sie morgens angerufen und gefragt, ob sie ihn am Abend in die Max-Schmeling-Halle begleiten wollte. Sein Sitznachbar vom Fanclub war verhindert und hatte seine Dauerkarte angeboten. Dieter hatte Moni regelmäßig genervt, dass sie doch mal mitkommen solle, aber die Spiele lagen immer so ungünstig, da hatte es wegen der Kneipe bisher nie geklappt.

Diesmal war der Anpfiff ausnahmsweise ziemlich früh gewesen, das passte mit ihrer Öffnungszeit und da hatte sie zugesagt. Auch damit Zaplinski, diese Nervensäge, endlich Ruhe gab.

„Ist gegen unseren Intimfeind Autobahn A 2, Ausfahrt 70 …“, hatte er ihr pathetisch aber kryptisch erklärt.

Moni hatte ihn mit großen Fragezeichen in den Augen angesehen. „Wie, Ausfahrt 70 …?“

„Na ja, ich meine Magdeburg“, hatte Zaplinski sie aufgeklärt. Er hatte den Namen der Stadt mit offenkundigem Widerwillen ausgesprochen. Das sei wie bei Schalke und Dortmund. Die Schalker würden den Namen der verhassten schwarz-gelben Stadt auch niemals in den Mund nehmen, sondern immer nur „Lüdenscheid Nord“ sagen. „Die vom SC Magdeburg scheinen uns zu hassen. Ist beim Handball eigentlich unüblich, aber die können scheinbar nicht anders. Wahrscheinlich, weil wir ihnen damals den Nationaltorwart abgeworben haben. Siege gegen die sind Feiertage.“

Und den hatten die Füchse Berlin vor einigen Minuten eingefahren und ließen sich dafür von den 9000 Menschen in der Halle feiern.

Moni war mit Zaplinski auf dem Weg zum Ausgang. Vor ihnen lief ein Mann in einem roten Torwart-Trikot. „Roland" stand hinten drauf, dazu die Rückennummer acht. Die Bedeutung der Acht hatte Zaplinski ihr vorhin erklärt. „Die Fans drücken damit aus, dass sie virtuell als achter Mann mit unten auf der Platte stehen."

Moni bekam einen Schreck, als Zaplinski, immer noch voller Adrenalin, dem „Roland" vor ihm kräftig auf die Schulter schlug. Der Mann drehte sich um und setzte zu einer empörten Replik an. „Zappa, du alte Hundelunge!", rief er dann aber und grinste breit vor lauter Freude.

Roland, der „Torhüter" war Mitte vierzig, hatte den aktuell angesagten kahlen Schädel und sah drahtig und durchtrainiert aus.

„Na Kelly, auch mal wieder da? Wir haben uns ja ewig nicht gesehen", sagte Zaplinski.

„Wenn nicht heute, wann dann?", gab der zurück. Die beiden Männer umarmten sich.

„So was brauche ich echt nicht jede Woche, Sieg durch Siebenmeter in letzter Sekunde. Mein Herz macht das nicht mehr lange mit ...", sagte Zaplinski und griff sich mit gespielter Gebrechlichkeit an die linke Brustseite.

„Wohl wahr", stimmte sein Kumpel zu und wischte sich imaginären Schweiß von der Stirn.

„Moni, das ist Roland Keller, ein Kollege. Wir haben uns mal auf einem Seminar kennengelernt. Aber wir sehen uns viel zu selten“, stellte Zaplinski seinen Freund vor.

„Und das hier ist Moni, die hochgeschätzte Wirtin meiner Lieblingskneipe. Ich geb’ zur Feier des Tages einen aus. Kommst du noch mit Kelly?“

Wunderlich

Sie saßen bei Moni in der noch nicht geöffneten Kneipe, immer noch in ihrem grün-weißen Fanoutfit und heiser vom Spiel. Zaplinski und Keller waren auch eine Stunde nach Abpfiff noch hin und weg wegen des Sieges über den Erzrivalen.

„Prost." Zaplinski hob das Glas mit dem rötlichen Duckstein-Bier und stieß mit Keller an. „Was für ein Festtag", sagte er zufrieden und wischte sich den Schaum vom Mund.

Keller nickte. „Das kannst du laut sagen. Und, wie fandest du es, Moni?"

Die Kneipenwirtin trocknete sich die Hände an einem Geschirrtuch ab und schob sich eine Haarsträhne hinters Ohr. „Das war schon beeindruckend. Dass diese Muskelpakete sich wie die Kesselflicker beharken, aber geradezu rührend besorgt sind, wenn sich einer weh getan hat …"

Genau das war auch einer der Gründe gewesen, warum Zaplinski zum Handball gefunden hatte. Der faire Umgang, ein familiäres Publikum, immer in einer warmen Halle und vor allem: keine Nullnull-Spiele wie bei den Fußballern.

„Diese Stimmung, super. Und das ging ja nur hin und her, ohne Punkt und Komma“, wunderte sich Moni noch immer. „Du freust dich in einem Moment noch über ein Tor, schon wirft der Gegner dir einen rein.“

Zaplinski nickte. „Beim Fußball muss man mit dem Anstoß ja brav warten, bis der Gegner wieder komplett in der eigenen Hälfte zurück ist. Falls überhaupt mal ein Tor fällt. Beim Handball nicht. Da haben die Spieler echt keine Zeit, dich über einen geilen Treffer zu freuen, weil du sofort zurückrennen musst.“

„Aber diese Torhüter, die sind doch verrückt. Wie denen die Bälle um die Ohren fliegen. Dass die überhaupt mal einen halten, ist ja ein Wunder bei den harten Würfen und teilweise sooo nah“, sagte Moni und verzog dabei kurz das Gesicht, als würde gerade so eine Rakete auf sie zugerast kommen.

„Ein Wurf des legendären Erhard Wunderlich soll 1978 mal mit 131 Stundenkilometern gemessen worden sein“, sagte Keller. „Hat bis heute wohl noch keiner übertroffen. Die Granate möchtest du als Keeper dann aber wirklich nicht ins Gesicht bekommen.“

Zaplinski wunderte sich über Kellers Detailwissen. Kolbow der Zweite oder was?

„Das hat mir wirklich Spaß gemacht, Dieter. Hätte ich nicht gedacht. Vielleicht komme ich wieder mal mit, wenn’ s zeitlich günstig liegt. Das heißt, wenn du mich nochmal mitnimmst“, sagte sie und legte den Kopf kokett schief.

„Na ja, als Maskottchen hast du schon mal nicht versagt. Wir haben gewonnen. Von daher bist du immer wieder herzlich willkommen“, antwortete Zaplinski schmunzelnd.

„Gut zu wissen, dass du einspringen kannst, wenn mal jemand verhindert ist. Ist immer schade, wenn die Karte verfällt“, sagte Keller. „Aber ohne vernünftiges grünes Outfit geht das beim nächsten Mal gar nicht.“ Keller zupfte an seinem Trikot und zeigte auf Monis gelbe Bluse.

„Ihr könnt mir ja was Schönes schenken“, gab Moni zurück, trocknete sich die Hände ab und schob sich die Frisur zurecht. „Aber jetzt ruft die Arbeit …“ Im Vorbeigehen knuffte sie Zaplinski in die Seite und schloss dann die Eingangstür auf.

Untermieter

Zaplinski holte die Tasche mit seinem Billardqueue hinter dem Tresen hervor. Keller war im Nebenraum bereits dabei, die Kugeln akribisch und geradezu liebevoll auf dem mit blauem Tuch bezogenen Poolbillardtisch anzuordnen.

„Nun mach mal keine Wissenschaft draus“, sagte Zaplinski lachend. „Reicht, wenn die Eins vorne liegt, die schwarze Acht in der Mitte und an den unteren Ecken je eine Halbe und eine Volle.“

Roland Keller sortierte seelenruhig weiter. „Erzähl mir was Neues, Zappa. Aber ich mach' s eben ordentlich. Nicht, dass du es auf mich schiebst, wenn du gleich verlieren wirst.“ Er grinste und nahm vorsichtig das Kunststofftriangel vom Tisch, in dem er die Kugeln zuvor platziert hatte.

Zaplinski zog die beiden Teile seines Queues aus der samtgepolsterten Box und schraubte es zusammen. Dann kreidete er sorgfältig die Spitze und zog sich einen dreifingrigen schwarzen Billardhandschuh über.

Keller beobachtete ihn schmunzelnd und griff sich einen der einfachen und abgegriffenen Billardstöcke vom Wandhalter. „Wer macht hier eigentlich eine Wissenschaft draus? Ist deine Ausrüstung nicht ein bisschen übermotorisiert für so einen abgespielten Tisch?“, stichelte er grinsend.

Zaplinski legte den Kopf schief und zeigte auf Kellers speckigen Billardstock. „Du nimmst doch nur diese alte Krücke, damit du eine Ausrede hast, wenn du neben die Bälle piekst."

„Du hast es erfasst, Zappa", gab Keller zurück, machte den Anstoß und die Kugeln verteilten sich klackend auf dem blauen Tuch.

Zaplinski spielte auf die „Halben" und scheiterte nun schon zum dritten Mal daran, trotz seiner perfekten Ausrüstung einen einfachen Ball zu lochen. Er fluchte. „Kurwa, manchmal könnte ich diesen elenden Holzstock einfach in der Mitte durchbrechen." Als er Keller vorgeschlagen hatte, eine Runde zu spielen, war er eigentlich auf einen leichten Sieg aus gewesen. Nicht wie jeden letzten Freitag im Monat, wo er bei seinen alten Freunden meist den Kürzeren zog. Aber sein Kollege war absolut nicht der erwartete Aufbaugegner.

„Foul, mein Lieber", freute Roland Keller sich diebisch und platzierte voller Genugtuung die weiße Kugel so auf dem Tisch, dass er seelenruhig und mit Gefühl zwei Bälle nacheinander versenken konnte.

Als er Zaplinskis übellauniges Gesicht bemerkte, lenkte er dessen Gedanken vom Spiel weg. „Und wie läuft' s bei dir dienstlich so? Immer noch am Nordgraben?"

„Ja, klar. Daran wird sich wohl auch vor meiner Pensionierung nichts mehr ändern. Im Moment haben wir zwei Morde am Hacken. Wir treten auf der Stelle. Alle, die ein Motiv haben könnten, sind nicht auffindbar oder tot“, berichtete Zaplinski.

„Die Sache in Tegel. Hab ich von gehört. Aber mit dem fetten Chang hat es doch nicht den Falschen getroffen“, bemerkte Keller achselzuckend. „Es steht zwei zu null für Deutschland, würde ich sagen. Das erste Opfer war doch auch keine Stütze der Gesellschaft. Wenn ihr da niemanden ermittelt, wen juckt' s?“

„Du bist ja ein ganz schöner Zyniker, Kelly“, antwortete Zaplinski, dem diese Facette an Keller neu war.

„Sieh's doch mal pragmatisch“, erwiderte Keller. „Die beiden haben soviel Schaden angerichtet, Menschen gequält. Ermittlungsverfahren, Gerichtsverfahren, das hätte alles richtig Geld und Ressourcen gekostet. Mal abgesehen davon, dass sie – falls sie überhaupt je verurteilt worden wären – jahrelang auf Staatskosten durchgefüttert werden. Inklusive Zahlung der Rundfunkgebühren und kostenloser ärztlicher Behandlung. Da lässt du dir mal ohne Zuzahlung deine Zähne machen zum Beispiel. Da träumt der kleine Rentner davon hierzulande. Betriebswirtschaftlich gesehen, ist das die kostengünstigste Lösung.“

Zaplinski war es inzwischen gelungen, endlich diese verhexte grüne Nummer vierzehn in die Tasche zu befördern. Er musste zugeben, dass ihm derartige Gedanken auch schon gekommen waren. Wahrscheinlich war das unausweichlich in seinem Beruf. Zumindest was den Nutzen hiesiger Gefängnisstrafen betraf, nicht was Kellers Radikallösung anging.

In Peru und Brasilien hatten Polizisten es auf die Spitze getrieben und als Todesschwadronen Selbstjustiz geübt. So etwas durfte es hier auf keinen Fall geben, das stand mal fest.

Aber wer konnte schon vorhersagen, wie man selbst reagieren würde, wenn regelmäßig Kollegen von Kriminellen umgebracht werden würden, wie es in Südamerika passiert war. Da konnte es schwierig werden, hohe moralische Standards durchzuhalten. Soviel musste Zaplinski sich dann auch eingestehen.

Natürlich war es häufig ein Thema unter Kollegen, dass Resozialisierung als oberstes Ziel einer Haftstrafe bei der Mehrzahl der Täter ein völlig aussichtsloses Unterfangen war. Vor allem bei Menschen aus anderen Kulturkreisen, wo Gewalt zur Konfliktlösung scheinbar noch nicht so geächtet war, wie hier. Im Gegenteil, häufig schien der Knast eher eine Ausbildungsstätte für Kriminelle zu sein. Und dass jemand, der in Russland, dem Balkan oder der Türkei schon ein Gefängnis von innen gesehen hat, sich hier vergleichsweise wie im Sanatorium fühlen musste, sollte jedem klar sein. Wie konnte da noch von Abschreckung die Rede sein? Er meinte, unlängst gelesen zu haben, junge Flüchtlinge wären geradezu begierig auf einen Platz in einer Jugendvollzugsanstalt. Einzelzelle statt Sammelunterkunft, bessere Verpflegung und ein Ausbildungsplatz. Das gab es „draußen“ für sie so nicht. Konnte das wirklich wahr sein? Es klang einfach zu pervers.

Zaplinski verdrängte diese Bilder, indem er sein Ohrläppchen quetschte. Das durfte er nicht zu nah an sich heranlassen. Er wollte sich den Glauben an den funktionierenden Rechtsstaat nicht kaputtmachen lassen. Was bliebe sonst noch übrig? Unkonzentriert verfehlte er beim nächsten Stoß seine Kugel, schaffte es aber diesmal den obligatorischen Fluch zu unterdrücken. „Und bei euch so, Kelly?“

„Das ist echt unfassbar, was da jahrelang passiert ist“, sagte Keller und berichtete von der Mordserie, mit der er es zu tun hatte. Ein dringend tatverdächtiger Altenpfleger saß in U-Haft. „Wenn der Kerl nicht dummerweise auch den Vater eines Kollegen umgebracht hätte, liefe der immer noch frei rum. Der Kollege konnte einfach nicht glauben, dass sein dementer, aber sonst noch ziemlich gesunder Papa so mir nichts dir nichts gestorben sein sollte und da hat er nachgebohrt“, fuhr Keller fort.

„Ich meine, den alten Leuten das Genick brechen, wenn sie zu viel Arbeit machen und/oder nervig werden, das ist doch unfassbar. Die Methode hinterlässt auf den ersten Blick keinerlei Spuren. Und wer sucht bei den alten Herrschaften schon nach so etwas, wenn die scheinbar friedlich tot im Bett liegen. Alte Leute sterben eben, fertig.“ Keller rieb sich nachdenklich das Kinn. „Ich möchte nicht wissen, was an dubiosen Todesfällen in den ganzen Krankenhäusern und Heimen unentdeckt bleibt, weil die Ärzte huschhusch schnell mal natürlichen Tod bescheinigen. Da wird mit Sicherheit auch ratzfatz mal der eigene Kunstfehler vertuscht.“

Zaplinski nickte. Davon war er auch überzeugt. Wenn es nach ihm ginge, dann würde es längst einen unabhängigen amtlichen Leichenbeschauer geben.

Keller seufzte. „Wir müssen jetzt alle Todesfälle der letzten Jahre durchgehen aus den fünf Krankenhäusern und Pflegeeinrichtungen, wo der Täter gearbeitet hat. Da haben wir es mit um die zwei Dutzend Exhumierungen zu tun."

Zaplinski beneidete den Kollegen nicht. Das war eine Heidenarbeit, die Keller da vor der Brust hatte.

„Aber jetzt kommt der Hammer …" Keller legte eine dramaturgische Pause ein und hob theatralisch die Hände.

„Mach' s nicht so spannend, Kelly", drängte Zaplinski.

„Also, der Hammer ist, ich glaubs einfach nicht, echt. In dem einen Grab … Ich bin jetzt über zwanzig Jahre dabei, aber so etwas habe ich noch nicht erlebt."

Zaplinski versetzte ihm einen spielerischen Faustschlag auf den Oberarm. „Komm endlich zur Sache, du Märchenzähler. Ich hab nicht tausendundeine Nacht Zeit."

„Na ja, jedenfalls … In dem einen Fall, also unser Senior lag da ordnungsgemäß drin, war ja sein Grab, klar. Hatten die Angehörigen bezahlt. Und mit gebrochenem Genick, wie auch zu vermuten war. Die Exhumierung war übrigens eine Schweinearbeit, da musste extra ein kleiner Kran ran, um diese schwere Granitplatte anzuheben."

Zaplinski stützte sich mit gespielter Langeweile auf sein Queue, sah Keller spöttisch an und gähnte demonstrativ.

„Ich glaub, ich geh dann mal pinkeln. Das dauert scheinbar noch ne Weile, ehe wir hier zum Kern kommen.“

Keller lenkte grinsend ein. „Schon gut. Bleib hier. Ich erzähl's dir. Unter dem Sarg lag noch ein weiterer Toter. Ein Mann. Und der hatte da definitiv nichts zu suchen.“

Zaplinski war baff. Von so etwas hatte auch er in all den Jahren noch nie gehört.

„Krass. Wisst ihr, wer das ist?“, fragte er entgeistert.

Keller schüttelte den Kopf. „Wir konnten ihn noch nicht identifizieren. Fest steht aber, dass er an einem Kopfschuss gestorben ist. Das Projektil steckte noch drin.“

„Das ist ja echt irre. Gibt’ s da einen Zusammenhang mit eurem selbsternannten Sterbehelfer?“

„Sieht nicht so aus, kein alter Mann, kein Genickbruch. Absolut rätselhaft. Der Tote ist deutlich jünger gewesen. Leider haben wir keine DNA von ihm in der Kartei.“

„Wann ist er gestorben?“

„Muss zirka zehn Jahre her sein.“

Zaplinski runzelte die Stirn und lehnte seinen Billardstock an die Wand. Das Spiel war jetzt nebensächlich geworden. In seinem Kopf ratterte es. „Und wo genau habt ihr ihn gefunden, auf welchem Friedhof, meine ich?“

„Bei euch da oben im Norden, in Tegel.“

„Wo genau?“ Zaplinski fühlte, wie sein Puls sich beschleunigte.

In ihm nahm langsam eine Idee Gestalt an. Vielleicht eher noch eine Vermutung, eine Spekulation.

„Am Tegeler Fließ. Warum interessiert dich das alles? Willst du etwa meinen Fall aufklären, weil du bei deinem nicht weiter kommst?“ Keller lachte.

Zaplinski lachte nicht mit; er war zu sehr mit Nachdenken beschäftigt. Die Vermutung begann gerade, sich zu einem Verdacht zu verdichten. „Nicht ganz, aber vielleicht kann ich dir helfen. Wann genau ist euer alter Herr beerdigt worden?“

„Moment.“ Keller zückte sein Handy und scrollte durch die Notizen-App. „Das war … hier, jetzt hab ich’ s. Am 2. September 2009.“

Zaplinski nickte und setzte ein triumphierendes Gesicht auf. „Bingo. Hab ich mir fast gedacht. Dann kann ich dir ziemlich sicher sagen, wer der Untermieter von deinem Senior ist.“

„Ich verstehe nur Bahnhof Zappa. Kannst du mir endlich mal verraten, wovon du sprichst?“, fragte Roland Keller verwirrt.

„Pass auf, Folgendes: Ich war damals bei der EG Dragon. Am 1. September 2009 ging alles schief. Unser Scheinankauf ist geplatzt, weil Volkan Gümüş, der V-Mann samt Geld spurlos verschwunden ist. Der war sonst immer zuverlässig. Aber es war natürlich auch nicht auszuschließen, dass er uns einfach verarscht hat. Hat er nicht, davon bin ich jetzt überzeugt.“

„Also worauf willst du hinaus? Dass der Tote dein V-Mann von damals ist?"

„Da bin ich mir ziemlich sicher. Unser erstes Opfer, Enrico Pape, hat zuletzt für Chang gearbeitet. Würde mich nicht wundern, wenn die sich damals auch schon gekannt haben. Und er hat einen engen Bezug zu diesem Friedhof, weil sein Bruder da das Bestattungsunternehmen betreibt. Ideales Setting, um jemanden mal außerhalb des offiziellen Programms auf nimmer Wiedersehen verschwinden zu lassen." Zaplinski nahm einen großen Schluck Bier. „Das passt alles dermaßen zusammen. Besorg' dir mal DNA-Vergleichsmaterial von den Verwandten von Volkan Gümüş. Ich wette, ihr findet eine Übereinstimmung. Und mit tödlicher Sicherheit war der Bestatter eures alten Herrn damals unser Freund Maik Pape mit seiner Firma."

Keller war verblüfft und inzwischen genauso aufgeregt wie Zaplinski. Er stürzte den Rest seines Biers herunter, klopfte zum Abschied auf den Tisch und stand auf. „Da kümmer ich mich gleich drum, Zappa. Das wäre ja ein Ding. Tschüs. Ich meld' mich." Und schon war er weg.

Moni kam besorgt zu Zaplinski herüber. „Was ist denn mit deinem Freund Kelly los? Warum haut der so Hals über Kopf ab?"

„Der geht jetzt arbeiten. Ich glaub, ich konnte gerade dazu beitragen, eine alte Vermisstensache aufzuklären. Ich weiß ziemlich sicher, wer Kellys unbekannter Toter ist. Du erinnerst dich, dass ich von dem verschwundenen V-Mann damals bei der EG Dragon erzählt habe? Scheint als wäre er wieder aufgetaucht. Als Leiche. Erschossen. Er ist also nicht mit dem Geld abgehauen, wie alle vermutet haben."

Zaplinski räumte den Billardtisch auf und packte seine Ausrüstung ein. Dann folgte er Moni rüber zum Tresen. Er zeigte auf sein leeres Bierglas. „Machst du mir noch eins, bitte?"

Gedanken schossen ihm durch den Kopf. Zaplinski musste an Benno Lehmann denken. Da hatte sich tatsächlich nach zehn Jahren wahrscheinlich das Rätsel um Volkan gelöst, wenn nicht alles täuschte. Irre. Das hieße dann wohl auch, Lehmann hatte es mit ziemlicher Sicherheit nicht verbockt damals. Zaplinski zog nachdenklich an seinem Ohrläppchen. So etwas Verrücktes war ihm noch nicht untergekommen.

Karajan

Zaplinski und Kolbow stürmten in die Eingangshalle. Ungeduldig herrschte Zaplinski den Mann an der Auskunft an. „Wo ist er?"

„Wen ... wen suchen Sie denn?", fragte der ältere Herr vor ihm in der Pförtnerloge verdattert zurück. Das Schild, das er am schwarzen Sakko trug, wies ihn aus als „Günther Henschel, Auskunftsassistent, Universitätsklinikum Charité." Er legte das angebissene Käsebrötchen beiseite.

„Na, Caspari, Jannes Caspari", sagte Zaplinski ungehalten, als sei sein Gegenüber begriffsstutzig. Der legte das angebissene Käsebrötchen beiseite.

Der Grauhaarige hinter der Glasscheibe sah Zaplinski einen kurzen Moment lang verschüchtert an. Dann nickte er. Er drehte sich den Computer auf dem Tisch vor ihm zurecht. Mit zwei spitzen Fingern begann er in die Tastatur zu tippen. Nach jedem Buchstaben blickte er über den Rand seiner Brille und kontrollierte am Monitor seine Eingabe.

Zaplinski kochte. Die Lahmarschigkeit dieser Witzfigur war nicht zu ertragen. Nach schier endlosen Minuten schließlich drückte der alte Herr, offenkundig zufrieden mit der geleisteten Arbeit, sorgfältig und mit Nachdruck die Enter-Taste. Anschließend sah er wieder auf den Bildschirm und sein Blick war ratlos.

Henschel schüttelte bedauernd den Kopf und sah Zaplinski unsicher an. „Tut mir leid, den haben wir hier nicht.“ Sein Tonfall verriet, dass er jetzt mit einer Schimpfkanonade rechnete. Der Kopf mit dem faltigen Hals war schon leicht eingezogen wie bei einer Schildkröte.

Und richtig. Zaplinski beugte sich wütend vor. Es sah aus, als wolle er mit der Stirn durch die Scheibe. Dann setzte er an: „Jetzt passen Sie mal auf …“

Kolbow legte ihm die Hand auf die Schulter, zog ihn mit einiger Mühe zurück, zeigte seinen Dienstausweis und beugte sich selbst an die Sprechöffnung. „Kriminalpolizei, Herr Henschel, Entschuldigung, das war unser Fehler. Versuchen Sie es mal mit C wie Cäsar am Anfang.“

Der Mann sah ihn mit gerunzelter Stirn an.

Kolbow wurde zwar langsam auch ungeduldig, aber er konnte den aufsteigenden Ärger besser unterdrücken als sein Chef. Zaplinski stutzte. Hatte er etwa in seiner Hektik vergessen, sich vorzustellen? Kurwa.

„Caspari mit C wie Cäsar am Anfang, nicht mit K wie Kaufmann“, erklärte Kolbow geduldig.

Jetzt war der Groschen gefallen und der Mann am Computer nickte. „Mit C vorne, ach so.“ Einen Sekundenbruchteil lang wirkte es, als wollte er hinzufügen: „Warum haben Sie das nicht gleich gesagt?“ Aber ein kurzer Blick in die Gesichter der beiden Männer genügte, um das lieber bleibenzulassen.

Die beiden Zeigefinger gingen wieder an ihre umständliche Arbeit. Das „Enter“ auf der Tastatur zelebrierte Henschel erneut wie einst Karajan einen Schlussakkord.

Dann nickte er zufrieden und tippte auf den Monitor. „Na also, da haben wir ihn doch.“

Als er Zaplinskis ungeduldig-bösen Blick auf sich spürte, ergänzte er hastig: „Station 12, Zimmer 5. Links mit dem Aufzug in den sechsten Stock.“

Kolbow und Zaplinski eilten im nächsten Augenblick davon, einen kopfschüttelnden Pförtner zurücklassend.

„Den hätte ich besser gleich auf die acht schicken sollen, zur Psychiatrie. Das Arschloch …“, murmelte Günther Henschel vor sich hin. Er wischte sich den Schweiß von der Stirn und biss noch einmal in sein Käsebrötchen.

Ingrid

Die beiden Frauen aus Zaplinskis Mannschaft hatten dienstfrei. Langes Wochenende. Magga machte mit ihrem Freund Kurzurlaub an der polnischen Ostsee. Vera war mit ihrem Mann bei irgendsoeinem verrückten Cross-Country-Lauf in der Nähe von Leipzig durch Matsch und Wasser und über Hindernisse. Als Zaplinski gehört hatte, wie hoch das Startgeld da war, hatte er sich vor Schreck an seinem Kaffee verschluckt. Die waren doch verrückt.

So war die Fahrt zur Charité in Mitte an diesem Sonntagmorgen an den beiden älteren Herren hängengeblieben. Vom Lagedienst war Zaplinski frühmorgens benachrichtigt worden, dass Jannes Caspari gefunden worden war; der Cafébesitzer, der Enrico Pape mit dem Auto hatte umfahren wollen.

Bernhard Kolbows Ehefrau hatte ausgesprochen säuerlich darauf reagiert, dass er schon wieder zum Dienst ging. Wie immer, wenn er sie mit den drei Jungs alleine ließ. Nachdem sie ihm am Abend schon die Hölle heiß gemacht hatte wegen des Fläschchens Rotwein, war die Stimmung ohnehin noch von Pulverdampf geschwängert gewesen. Aber was sollte er machen? Er hatte es ihr zu erklären versucht, aber nur böse Blicke und Vorwürfe geerntet. Den Spagat, zu Hause ein guter Vater und hilfsbereiter Ehemann zu sein und auf der Arbeit ein eifriger Ermittler, den bekam er einfach nicht richtig hin. Der trockene Rioja milderte es für ihn eben ein bisschen ab.

Er musste sich eingestehen, dass er so wie heute im Zweifel lieber zum Dienst ging, als sich zu Hause mit einer nörgelnden Gattin und drei halbwüchsigen Terroristen auseinanderzusetzen. Da waren seine Kollegen im Vergleich doch deutlich pflegeleichter. Mal abgesehen von Tagen wie heute, wo Zaplinski verkatert und übellaunig war.

„Wir wollen zu Herrn Caspari", rief Zaplinski über den Flur, kaum dass sie den Aufzug verlassen hatten. Die blonde Schwester, die vier Türen weiter einen Rollwagen mit Krankenakten schob, warf ihm einen bösen Blick zu.

„Schreien Sie hier nicht so rum. Hier sind überall kranke und ruhebedürftige Menschen, falls Ihnen das entgangen ist", wies sie Zaplinski streng zurecht, als der bei ihr angekommen war.

Zaplinski kramte seinen Dienstausweis aus der Innentasche und hielt ihn hoch. „Zaplinski, Kripo, das ist der Kollege Kolbow. Wir müssen dringend mit Herrn Caspari sprechen. Er ist doch hier…" Zaplinski schaute auf ihr Namensschild. „ … Schwester Ingrid?"

„Ja …" Die Schwester zögerte. „Aber …"

„Aber?" Zaplinskis Geduldsfaden war kurz vor dem Reißen nach der Aktion mit dem Käsebrötchenesser.

„Also, hier ist er. Das stimmt soweit …", antwortete Schwester Ingrid.

Opfer

Vergangene Woche, in der Nacht auf Samstag, kurz nach Mitternacht: Jannes Caspari sitzt seit dem Nachmittag auf einem Barhocker am Tresen der „Bierquelle“ in Alt-Tegel, nicht weit von der Uferpromenade des Tegeler Hafens. Sein rechtes Auge ist dick geschwollen. Das Lokal ist verräuchert, die Vorhänge gelb von Nikotin, die verstaubten fleischigen Grünpflanzen auf den Fensterbänken sehen erbärmlich aus.

„Meine Frau, mein Kind …, das Schwein, den bringe ich um“, sagt er nicht zum ersten Mal mit verwaschener Stimme. Der Wirt sieht ihn leicht genervt an. Seit dem Nachmittag die gleiche Leier. Das Kinn unsicher auf einen Arm gestützt, bestellt Caspari den x-ten doppelten Wodka.

Der Zapfer schaut skeptisch. „Okay, einen Scheidebecher noch, dann ist aber Schluss.“ Er gießt Casparis Glas mit langjährig geübter Bewegung exakt bis zum 4cl-Eichstrich voll.

Caspari sieht ihn mit trübem Blick an, versteht dann, nickt. Er visiert das Schnapsglas mit den Augen an, greift dann mit Schwung zu und kippt das glasklare Getränke in einem Zug. Dann rutscht er schwerfällig vom Barhocker und kommt leicht schwankend zum Stehen. Umständlich zieht er sein Portemonnaie aus der Gesäßtasche. Er fummelt mit Mühe einige Scheine heraus, nimmt einen Hunderter und legt ihn auf den Tresen.

„Stimmt so“, nuschelt er und schafft es mit einiger Anstrengung, die restlichen Banknoten wieder in die Geldbörse zurückzustopfen.

„Oh, danke", sagt der Zapfer, angenehm überrascht von dem satten Trinkgeld.

„Caspari gelingt es erst beim dritten Versuch, das Portemonnaie in der Jacke zu verstauen, nachdem er an der Gesäßtasche gescheitert ist. Er hebt den Kopf und versucht, sich im Raum zu orientieren. Fixiert schließlich den Ausgang. Er versucht mehrfach, den Reißverschluss seiner Jacke zu schließen, gibt es dann aber auf. Wie in Zeitlupe deutet er einen salutierenden Abschiedsgruß an und geht unsicher Richtung Tür. Unterwegs muss er stehen bleiben und sich an einer Stuhllehne festhalten.

An der Tür hat er Schwierigkeiten, in dem grünen schweren Thermovorgang den Durchlass zu finden. Schließlich knarrt die Kneipentür und er ist draußen.

Düstere Aussichten

Der Stationsarzt war es, der Zaplinski und Kolbow mit den noch fehlenden Informationen versorgte. „Letzten Samstag frühmorgens um eins ist er in die Notaufnahme eingeliefert worden. Man hat ihn bewusstlos in Tegel auf der Straße gefunden“, erklärte der Arzt den beiden Beamten. Volltrunken und mit schwersten Kopfverletzungen, die wahrscheinlich von einem Überfall oder einer Schlägerei herrührten.

Jannes Caspari hatte bei seiner Einlieferung ins Krankenhaus keinerlei persönliche Dinge bei sich gehabt. Zudem war er bewusstlos und nicht ansprechbar gewesen. Erst jetzt, aufgrund der veröffentlichten Vermisstenmeldung, hatte er identifiziert werden können.

„Er liegt im Koma, und …“ Der Arzt hob bedauernd die Hände. „Ehrlich gesagt, aufgrund der extrem massiven Hirnverletzungen besteht wenig Hoffnung, dass er daraus jemals wieder erwacht. Und falls doch …“ Es war klar, was er damit ausdrücken wollte. Caspari würde schwere bleibende Schäden zurückbehalten.

„Zappa, wer hat ihn auf dem Gewissen? Maik Pape?“, fragte Kolbow, als sie wieder draußen waren.

„Eher nicht, der saß ja Freitag/Samstag bis drei Uhr morgens im Dampfross und hat seinen Arsch da nicht wegbewegt. Soweit ich mich erinnere.“

Kolbow suchte hektisch auf seinem Tablet. „Stimmt", sagte er und errötete, als er in seinen Aufzeichnungen fündig geworden ist.

Zaplinski nickte befriedigt. Sooo schlecht war sein Gedächtnis denn wohl doch nicht. Von wegen Hildesheimer.

Truman-Show

Zaplinski und Kolbow saßen im „Saal“ und schwiegen sich an. Die beiden Kriminalbeamten hingen müde in der verschlissenen Sitzgruppe.

Zaplinski nippte träge an seinem Kaffee und wartete darauf, dass das Koffein langsam wieder seine Lebensgeister auf Trab brachte. Er war nicht ausgeschlafen. Bei Moni hatte er am Vorabend nicht rechtzeitig den Absprung geschafft. Er streckte müde die Arme nach oben, räkelte sich und gähnte ausgiebig. Wenn Vera da gewesen wäre, hätte er sich die Hand vor den Mund halten müssen, dachte er dabei und bekam gleich ein schlechtes Gewissen. Nicht zu fassen, welchen Einfluss Vera auch aus der Entfernung auf ihn hatte.

Auch Kolbow sah nicht besonders frisch aus. Er knautschte müde auf seinem Kaugummi herum.

Zaplinskis noch etwas träge Gedanken rangen darum, einen roten Faden zu erkennen. Das mit Caspari hatte die Ermittlung schon wieder zurückgeworfen. Oder vorangebracht, je nachdem wie man es sah. Glas halbvoll oder halbleer. Fakt war jedenfalls, dass Caspari nicht ihr Mörder sein konnte. Der hatte sich zum Zeitpunkt des Überfalls auf Pape ein paar hundert Meter entfernt volllaufen lassen, wie der Wirt der „Bierquelle“ bestätigt hatte. Auch der hatte die Vermisstenmeldung gelesen und sich gemeldet. Und zur Zeit des Überfalls auf Chang hatte Caspari bereits hilflos im Krankenbett gelegen.

Betty Hübner war in dem Fall auch raus. Sie hatte am Tattag zusammen mit drei „Ladies“ das Molino gegen drei Uhr morgens verlassen. Chang war da noch quicklebendig gewesen. Danach hatten die vier Damen noch bis sechs Uhr morgens gemeinsam in einer Cocktailbar gefeiert.

Zaplinski schüttelte den Kopf und massierte seine Schläfen. „In der ganzen Sache ist doch der Wurm drin. Ich denke manchmal, wir sind die unfreiwilligen Stars einer neuen Truman-Show.“ Er zeigte auf die Deckenlampe und in den ganzen Raum. „Hier sind irgendwo versteckte Mikrofone und Kameras. Millionen Zuschauer weiden sich live und in Farbe an unserem Elend. Und wir sind nicht einmal an den Werbeeinnahmen beteiligt. Kolle, gib dir Mühe, sonst voten die Leute dich hier raus.“

Kolbow brachte nur ein müdes Grinsen zustande. Er angelte eine Packung Kautabletten gegen Kopfschmerzen aus der Jackentasche und steckte sich ein Dragee in den Mund. „Erst nimmt sich Frau Mühlbacher das Leben und jetzt das mit Caspari“, nuschelte er kauend.

„Und Maik Pape war wieder Karten zocken im Dampfross. Den können wir in Sachen Chang auch als Täter ausschließen. Schade eigentlich, wegen der Nummer mit dem Klo. Den älteren Bruder kopieren, das hätte schon passen können“, ergänzte Zaplinski.

„Ich geh mal Pinkeln“, sagte Kolbow und stand auf.

Doreen

„Frau Caspari bleibt aber auch nichts erspart“, sagte Zaplinski, als Kolbow zurückkam und sich in den Sessel fallen ließ. Er sah jetzt frischer aus.

„Erst das mit dem Kind und jetzt ihr Mann. Pape hat diese Familie komplett zerstört. Im Prinzip hat Keller recht, um den ist es wirklich nicht schade“, sinnierte Zaplinski. „Ich verstehe das nicht. Letztlich läuft das doch darauf hinaus, dass wir es mit zwei Tätern zu tun hätten. Kolle, glaubst du das? Ich nicht. Was ist denn mit Petra Grüner? Wegen der Sache mit ihrer Freundin Josie?“

Kolbow antwortete nicht. Ihn plagten Kopfschmerzen. Seine Gedanken waren bei Josefine Mühlbacher hängen geblieben. Selbstmord. Irgendwie hatte ihn das berührt und er hatte sich auf dem Klo einen ordentlichen Schluck aus seinem Flachmann genehmigen müssen.

Er musste an den Kollegen vom Sofortdienst denken, der sich ein Vierteljahr vorher im Keller seiner Dienststelle erschossen hatte. Seine Frau hatte ihn verlassen, wie man hinterher erfahren hatte, aber er hatte sich niemandem offenbart.

Kolbow hatte öfter mal darüber nachgedacht, wie er wohl reagieren würde, wenn Doreen ihm die Koffer vor die Tür stellte. Angst hatte er schon davor, aber mit einem Gläschen hatten sich diese Gedanken bisher immer verdrängen lassen.

Denn die eine Last namens Familie, die er los wäre, würde bei einer Trennung von der anderen, nämlich der finanziellen abgelöst werden. Bloß nicht drüber nachdenken. Wird schon werden. Irgendwie. Wenn dieser Fall gelöst ist, wird es wieder ruhiger, redete er sich ein. Dann spreche ich mit Doreen, nehme ein paar Tage frei und wir fahren zu zweit irgendwo hin.

Zaplinski Stimme war zu hören und Kolbows Gedanken bemühten sich, wieder ins Hier und Jetzt zurückzukommen.

„Kolle, du Schnarchnase. Was ist los mit dir?"

„Bisschen Kopfschmerzen … Geht schon."

Zaplinski schüttelte mitleidig den Kopf. „Wenn wir die Theorie mit zwei Tätern ausschließen, dann bleibt eigentlich nur Petra Grüner übrig. Rache für ihre geliebte Josie. Oder übersehen wir da was?"

Kolbow legte den Kopf schief. „Ich weiß nicht so recht. Eine Frau als Racheengel? Irgendwie fehlt mir da der Glaube. Dass wir aber auch nicht den kleinsten Hinweis in das schwerkriminelle Milieu haben, erscheint mir irgendwie unwirklich. Das wäre doch das Naheliegendste."

Auch Zaplinski wusste an der Stelle nicht weiter und so schwiegen sich die beiden eine Weile lang an.

Kolbows Computer plingte. Er stand auf und ging zum Schreibtisch. „Hattest recht mit Maik, er war das nicht mit Caspari", sagte er, nachdem er die gerade eingegangene Mail durchgelesen hat. „Sie haben einen Kleinkriminellen als Täter ermittelt, der mit Casparis EC-Karte Geld abholen wollte. Straßenraub. Keine erkennbare Verbindung zu Chang oder Maik Pape."

Zaplinski schüttelte den Kopf. Immerhin mussten sie sich um den Teil ihres vertrackten Falls nicht mehr kümmern.

„Wie ist es überhaupt ausgegangen gestern?", unterbrach Kolbow die Stille, nachdem er sich wieder gesetzt hatte.

Zaplinski war irritiert. „Was meinst du?"

„Na, Füchse, Handball, Ost-Derby", half Kolbow ihm auf die Sprünge.

„Ach so", sagte Zaplinski, von der Erinnerung gleich wieder leicht euphorisiert. „Wir haben die abgeledert. Na ja, mit einem Tor Vorsprung gewonnen", relativierte er mit schiefem Grinsen, als er Kolbows skeptische Miene sah. Und begann im nächsten Moment zu fluchen.

„Kurwa! Kolle ich bin so ein Idiot." Er schlug sich mit der flachen Hand gegen die Stirn.

„Das Wichtigste hab ich dir ja überhaupt noch nicht gesagt. Ich hab Kelly getroffen gestern. Du weißt, der Kollege, den ich vom Lehrgang kenne."

Kolbow nickte.

Dann erzählte Zaplinski seinem Stellvertreter die schräge Geschichte mit der zweiten Leiche und von seinem vagen Verdacht, dass es sich dabei um Volkan Gümüş handeln könnte.

„Und inwieweit bringt uns das weiter?", fragte Kolbow mit gerunzelter Stirn. „Wenn der Tote tatsächlich Volkan ist, dann haben mit Sicherheit Chang und höchstwahrscheinlich mindestens ein Pape ihre Finger mit drin gehabt. Und dann könnte es doch sein, dass Volkans Familie etwas davon erfahren hat. Dann müssten wir unsere Täter in dieser Ecke suchen." Aber im nächsten Moment korrigierte Zaplinski sich gleich wieder. „Halt, stopp. Ein Motiv wäre das allemal. Aber nee, wie sollten die davon Wind bekommen haben? Selbst wir wissen noch nicht einmal sicher, dass der Tote Volkan ist. Nee, Kolle, das haut doch nicht hin."

Er entsperrte sein Handy und baute eine Verbindung auf. Keller nahm den Anruf schon nach dem zweiten Klingeln entgegen.

„Gibt es schon Ergebnisse zu dem zweiten Toten? Ich stell mal auf laut, dann kann Kolle mithören." Zaplinski legte sein Smartphone vor sich hin.

„Das ist ja Gedankenübertragung. Ich wollte dich auch gerade anrufen. Du hast voll ins Schwarze getroffen, Zappa. Es handelt sich um die Leiche von Volkan Gümüş", war Kellers Stimme aus dem Lautsprecher zu hören.

Zaplinski und Kolbow sahen sich an. Zaplinski triumphierend, Kolbow bewundernd.

„Aber das ist noch nicht alles. Die Kollegen konnten anhand des Projektils auch eine Tatwaffe zuordnen." Er machte eine Pause.

„Nun mach' s nicht so spannend Kelly", drängte Zaplinski. Fing der wieder an wie Scheherazade? Das hatte ihn gestern schon genervt.

„Ihr glaubt es nicht, aber er wurde mit der Makarow PM aus Changs Tresor erschossen“, fuhr Keller fort.

„Also, dann hat Chang damals Volkan erschossen. Er hat herausgefunden, dass der auf ihn angesetzt war und hat sich das Problem vom Hals geschafft. Klingt logisch“, sagte Kolbow.

Zaplinski aber fand gleich das Haar in der Suppe, die sich sein Stellvertreter da zusammengerührt hatte. Es war ziemlich dick. „Warum sollte Chang so dämlich sein? Die Mordwaffe nicht entsorgen und dann noch bei sich lagern? Den Beweis für seine eigene Tat aufzuheben, das wäre doch irre.“

Keller ging dazwischen: „Also erstmal: Von Chang sind keine Fingerabdrücke auf der Waffe. Die Prints stammen von jemand anderem. Den wir aber nicht in der Datei haben.“

„Okay …“ Zaplinski zog das Wort in die Länge. „Die Papes scheiden also zumindest als direkte Täter aus. Deren Fingerabdrücke hätten wir ja gehabt. Aber, beim Augenlicht meiner Urgroßmutter, ich wette, die hatten eine Aktie daran. Maik hat doch damals mit russischen Waffen gehandelt, wenn ich nicht irre. Tatwaffe ist eine russische Makarow. Und dann liegt Volkan genau auf dem Friedhof, wo Maik Pape täglich zugange ist.“ Er machte eine Pause.

„Aber wenn weder die beiden noch Chang geschossen haben, wer kommt sonst infrage und warum zum Geier liegt dann die Waffe in Changs Tresor? Chang hätte sich doch bestimmt jederzeit irgendwo ein Schießeisen besorgen können, wenn er gewollt hätte. Warum eine alte Pistole aufbewahren?“

Zaplinski kratzte sich mit allen zehn Fingern nervös am Kopf. Er wusste keine Antwort und auch seine beiden Kollegen blieben ihm eine schuldig.

„Immerhin wissen wir jetzt, wieso das damals mit der EG Dragon in die Hose gegangen ist“, fasste Zaplinski zusammen. „Jemand muss Chang das mit Volkan gesteckt haben und der hat ihn erledigen lassen. Volkan ist jedenfalls nicht mit den fünfzigtausend durchgebrannt. Benno Lehmann trifft also keine Schuld.“

Kolbow rieb sich das Kinn. Sein Gesicht drückte Zweifel aus.

Zaplinski bemerkte das nicht. Er beendete auf einmal abrupt das Gespräch mit Keller und hastete wortlos aus dem Zimmer. Zurück blieb ein verblüffter Bernhard Kolbow mit lauter Fragezeichen auf der Stirn.

Altersversorgung

Zaplinski gähnte. Einsam saß er in seinem Büro vor dem Computer. Er rieb sich müde die Augen, stützte den Kopf in die Hände und wippte nervös mit einem Fuß. Der PC war immer noch beim Hochfahren und Zaplinski wartete ungeduldig darauf, dass er loslegen konnte.

Dass die lahme Kiste von Dienstcomputer auch immer so ewig brauchte, um aus dem Dornröschenschlaf zu erwachen. Kaufte die Behörde nur Restposten, zweite Wahl oder was? Kurwa. Er fluchte, nicht zum ersten Mal heute. Über den lahmarschigen Computer, aber viel mehr über sich selbst. Über seine Vergesslichkeit, seine Blödheit. Verdammt.

Die ganze Zeit über schon hatte er das unangenehme Bauchgefühl gehabt, dass er etwas vergessen, übersehen hatte. Hatte es aber nicht zu fassen gekriegt. Erst vorhin. Beim Telefonat mit Keller. Chang. Der Tresor. Das Geld. Die Waffe. Und noch etwas. Kurwa. Deswegen war er wie von der Tarantel gestochen aus dem Zimmer gerannt.

In Changs Haus hatte am Ende das Auffinden von Josie Mühlbachers Auto seine gesamte Aufmerksamkeit beansprucht. In der ganzen Hektik war die DVD in seiner Jackentasche schlicht und einfach untergegangen. Eiligst und eigenhändig hatte er die Scheibe den Technikern vorbeigebracht.

Wurde er tüddelig, langsam zu alt für den Job? Doch Hildesheimer? Zaplinski quetschte sein Ohrläppchen und schüttelte den Gedanken mühsam ab. Er stöhnte und fuhr sich mit der Hand durch die Haare. Die Techniker hatten den Datenträger bereits untersucht und die Fingerabdrücke von Chang darauf gefunden. Die Dateien standen jetzt für ihn im polizeiinternen Netz bereit.

Die Auswertung war Aufgabe der Sachbearbeiter, diese Fronarbeit hielten die Techniker sich vom Hals, logisch. Zaplinski hasste das. Am liebsten hätte er das gleich Vera und Kolbow überlassen. Die konnten so etwas besser und schienen sogar Spaß daran zu haben, sich durch Ordnerstrukturen und Dateien zu wühlen. Aber dann hätte er ihnen gestehen müssen, dass er geschlampt hatte und Zaplinski war nicht scharf darauf, von den Kollegen deswegen angezählt zu werden.

Vielleicht waren die Daten auf der Scheibe ja belanglos und niemand musste erfahren, dass der alte Zaplinski geschlust hatte. Er seufzte und klammerte sich an diese Hoffnung. Aber eigentlich war ihm klar, dass die Chance auf Schadensbegrenzung gering war. Chang hatte mit Sicherheit nicht seine schönsten Urlaubserinnerungen in dem Safe aufbewahrt, soviel war mal sicher.

Endlich poppte der Startbildschirm auf und Zaplinski tippte seine Zugangskennung und das kryptische Passwort von dem Notizzettel ab, den er entgegen aller Vorschriften unter seiner Schreibtischunterlage deponiert hatte. Er fragte sich nicht zum ersten Mal, wie zum Geier man sich so eine wirre zehnstellige Kombination aus Kleinbuchstaben, Großbuchstaben, Zahlen und Sonderzeichen merken sollte.

Als das System ihn freundlich begrüßt hatte, öffnete er die Mail mit dem Link zu seinem Dateiordner und klickte das Verzeichnis mit Changs Sammlung an.

Die Dateinamen schienen Datumsangaben zu sein, die Dateiendungen in der Liste lauteten überwiegend auf mpeg4. Es waren also Videos, so weit reichten Zaplinskis Computerkenntnisse inzwischen.

Er klickte wahllos auf einen der Einträge. Bild- und Tonqualität waren eher mies. Offenkundig handelte es sich also nicht um choreografierte Filme, die als Handelsware produziert worden waren. Da hatte niemand Regie geführt und keiner geschauspielert.

Dieter Zaplinski hatte sich dienstlich früher schon mehrfach explizite Aufzeichnungen ansehen müssen. Bei Nullachtfünfzehn-Sex war er inzwischen abgestumpft. Kennt man einen Porno, kennt man eigentlich alle. Rein, raus, rein, raus, künstliches Gestöhne, irgendeine Flüssigkeit, die Sperma oder auch weißes Geschirrspülmittel sein konnte, fertig, ermüdend. Soweit nichts von Interesse. Aber diese Filme waren jeweils von einem starren Standpunkt aus mit nur einer Kamera gemacht worden.

Und als Zaplinski bewusst wurde, wo sie aufgenommen worden waren, gab es keinen Zweifel mehr daran, zu welchem Zweck diese Videos gemacht worden sind.

Die nackten Körper, die er zu sehen bekam, räkelten sich definitiv auf den Matratzen der Villa Molino. Feinstes Erpressungsmaterial. Goldstaub sozusagen.

Das war Changs eigentliches Kapital, kein Wunder, dass er sich nicht mehr anderweitig die Finger schmutzig gemacht hatte. Bei der Altersversorgung.

Zaplinski stöhnte und malträtierte sein Ohrläppchen. Ihm war sofort klar, dass sich die Zahl der potentiell Tatverdächtigen zumindest im Mordfall Chang soeben um die Anzahl der unfreiwilligen männlichen Filmstars erhöht hatte. In seiner willkürlichen Auswahl war ihm niemand bekannt vorgekommen. Aber sie würden sie jetzt alle identifizieren müssen. Ausgeschlossen, das alleine zu schaffen. Er würde seine Schlamperei beichten müssen.

Kurwa!

Sie hatten jetzt vermutlich zahlreiche neue Ermittlungsansätze, okay. Aber warum die Morde gerade jetzt? Die Clips schienen durchweg schon einige Jahre alt, wenn man den Metadaten der Dateien trauen durfte. Wenn einer der Männer aus den Videos der Täter war, was könnte der aktuelle Auslöser für die Taten gewesen sein?

Kotau

Im „Saal“ stand ein zerknirschter Zaplinski vor seinen Mitarbeitern. Er hielt den Beweismittelbeutel mit der DVD hoch. „Die muss noch ausgewertet werden.“

Magga sah erstaunt hoch. Auch die Blicke von Kolbow und Vera zeugten von Überraschung, ja geradezu von Entsetzen. Von einer DVD hörten die beiden zum ersten Mal.

„Was ist damit und überhaupt, woher stammt die?“, fragte Vera irritiert und vorwurfsvoll.

„Die war in Changs Tresor.“

„Und warum kommst du erst jetzt damit?“

„In der Hektik habe ich nicht mehr dran gedacht. Dann kam ja der Anruf wegen dem Auto der Mühlbacher im Briesetal. Da muss mir das mit der DVD durchgerutscht sein“, versuchte Zaplinski zu erklären. Aber eigentlich wusste er, dass es nicht wirklich eine Entschuldigung für seine Schlamperei gab.

Vera sah ihn ungehalten an. Bernhard Kolbows Gesicht drückte ebenfalls Missbilligung aus.

Zaplinski brubbelte etwas und gab Magga dann das Asservat. „Könnten Sie das bitte übernehmen?“, sagte er. „Die Dateien liegen schon auf dem Server. Ich schicke Ihnen den Link.“

Magga nahm die DVD, nickte und stand auf. Ihr war anzusehen, dass sie lieber die verlorene Zeit aufholen wollte, anstatt mit den anderen „Schwarzer Peter“ zu spielen.

Vera sah Zaplinski grimmig an. Der spürte sofort, dass ein Gewitter im Anmarsch war. Die Zornesadern an Veras Hals begannen bereits zu pumpen.

Doch bevor sie sich ihn vorknöpfen konnte, suchte Zaplinski mit eingezogenem Kopf eilig das Weite und verdrückte sich in sein Büro.

Hauptrolle

Magga klopfte an Zaplinskis Tür und schlüpfte zögerlich herein. Sie wirkte betroffen.

Zaplinski sah sie abweisend an. Er hätte jetzt lieber seine Ruhe gehabt. Das mit Kolbow beschäftigte ihn noch zu sehr. Dieser Idiot. Moni hatte wieder mal den richtigen Riecher gehabt. Und er hatte nichts unternommen. Hatte schlicht vergessen, mit Kolle zu sprechen, ihm ins Gewissen zu reden. Kurwa.

Musste dieser Vollidiot denn saufen und auch noch einen Unfall bauen, mit 1,2 Promille? Es war Zaplinski heiß den Rücken heruntergelaufen, als Doreen ihn angerufen hatte. Er fühlte eine Mitschuld daran. Fürsorgepflicht als Vorgesetzter verletzt. Dementsprechend zerknirscht war er heute Morgen gewesen, als er es Vera und Magga mitgeteilt hatte.

Er kniff sich schmerzhaft ins Ohrläppchen um wieder auf „Hier und Jetzt“ umzuschalten.

„Was ist denn los, Magga?“, fragte er. Ging es noch um Kolbow?

Die junge Kommissarin hatte ihren Laptop dabei und stellte ihn behutsam wie ein rohes Ei vor Zaplinski hin. „Das müssen Sie sich ansehen“, sagte sie betreten.

Auf dem Bildschirm sah Zaplinski den Videoplayer im Standbild. Magga startete die Wiedergabe und Zaplinski erkannte, dass das eines von Changs Videos aus dem Molino war. Ein schmächtiger Junge saß da nackt auf einem Polsterbett und schaute in die Kamera.

Magga zeigte mit dem Finger auf den Mann, der sich gerade die Unterhose auszog. Zaplinski brauchte eine Millisekunde, dann erstarrte er. Er sah Magga entsetzt an. Er konnte den Kerl, den er da auf dem Bildschirm erkannte, nicht ausstehen, aber das hier übertraf all seine Vorstellungskraft.

Magga sah, dass Zaplinski ihn genauso erkannt hat, wie sie einige Minuten zuvor. Dessen erste Verblüffung kippte in blanke Wut. Er drehte den Laptop zur Seite.

„Dieses Arschloch!", schrie er so laut, dass Magga vor Schreck zusammenzuckte. Er sah wieder auf den Monitor und schüttelte schockiert den Kopf. Musste erst einmal verarbeiten, dass da im Video Kriminaldirektor Jochen Eichner die Hauptrolle spielte.

Arschloch

Zaplinski saß noch wie versteinert da, als Vera die Tür aufriss. Sie klatschte eine Aktenmappe auf seinen Schreibtisch und schnappte nach Luft. So aufgelöst hatte Zaplinski seine Oberkommissarin noch nie gesehen.

„Eichner“, sagte sie. Mehr nicht. Und als Zaplinski und Magga sie entgeistert anschauten, schob sie nach: „Eichner höchstpersönlich hat wegen des Überfalls auf Josefine Mühlbacher für die Oranienburger ermittelt. Ich hab heute Morgen den Vorgang bekommen und was finde ich da drin? Einen Bericht von KD Eichner.“

Zaplinski verstand nur Bahnhof. Dass ein Kriminaldirektor selber ermittelte und Berichte schrieb, so etwas gab es nicht. Schon gar nicht bei Eichner. Der delegierte alles.

„Er hat eigenhändig den Bericht verfasst, der Papes Alibi enthält.“ Vera zeigte wütend auf den Hefter.

„Eichner? Wie…?“ Zaplinski begriff das nicht. Magga hatte ebenfalls zahllose Fragezeichen auf der Stirn.

Vera ließ sich auf den Besucherstuhl fallen. Sie war in Fahrt, blätterte hektisch in dem Ordner und hielt Zaplinski dann eine aufgeklappte Seite entgegen. „Eichner schreibt hier, dass Pape zur Tatzeit bei ihm war. Zu einer Zeugenvernehmung.“ Vera schnaubte vor Wut. „Das ist doch erstunken und erlogen!“

Zaplinski massierte entgeistert sein Ohrläppchen. Was passierte hier gerade? Er hatte das Video noch nicht einmal verdaut und jetzt kam Vera mit dem nächsten Hammer. „Kurwa … was ist das denn für eine Scheiße?“ Zaplinski verstand gerade gar nichts. Aber nur für einen Moment, dann machte es Klick. „Er hat für diese Dreckskerle gearbeitet. Dieses Arschloch.“

Eichners schützende Hand war also ein Grund dafür gewesen, dass Chang polizeilich nicht mehr aufgefallen war. Und er hatte Pape im Fall Josie Mühlbacher gedeckt. Deswegen also hatte Eichner sich so erstaunlich oft nach dem Fortgang der Ermittlungen erkundigt. Hatte Angst, dass man ihm schon auf der Spur war. Das Video. Darum hatte er ihn bei Chang so blöd gefragt, ob sie „was“ gefunden hätten.

„Kurwa …“, brüllte Zaplinski so laut, dass Vera und Magga erschrocken zusammenzuckten. Die Adern in seinen Schläfen waren angeschwollen. „Ich bin so ein Idiot. Ich hab ihm gemailt, was wir alles bei Chang im Tresor gefunden haben.“ Im nächsten Moment schlug er wütend mit der Faust auf die Schreibtischplatte. Der leere Kaffeepott kippte um und die Schale mit Kugelschreibern und Büroklammern fiel von der Tischkante herunter. Den Laptop konnte Magga gerade so auffangen.

Zaplinski sprang vom Stuhl auf und riss seine Jacke vom Garderobenständer. „Den kauf ich mir“, rief er den fassungslosen Frauen noch mit vor Wut bebender Stimme zu. Dann stürmte er los und machte sich nicht einmal die Mühe, die Tür hinter sich zuzuknallen.

Verpasst

Zaplinski stellte den Dienstwagen schlampig auf dem Hof der Polizeidirektion im Wedding ab. Er knallte die Autotür hinter sich zu und rannte mit hochrotem Gesicht auf den Eingang zu.

Eichner. Diese Ratte. Hatte seine Kollegen verraten. Und jeden Grund dieser Welt Chang und Pape zu hassen. Alles deutete darauf hin, dass Eichner der Mörder war. Aber warum gerade jetzt?

Voller Wut nahm er immer zwei Stufen auf einmal, ignorierte dabei den Schmerz in seinem kaputten Knie. Er polterte schnaufend die Treppe bis in den zweiten Stock hoch. Die empörten Kommentare der Entgegenkommenden, die ihm ausweichen mussten, drangen nicht zu ihm durch.

Er riss die Tür zu Eichners Vorzimmer auf und stürmte, schwer atmend von der Anstrengung, gleich weiter in dessen Büro. Das Zimmer war leer.

„Wo ist das Arschloch?“, blaffte er aufgebracht Jasmin Schuhmann, die Vorzimmerdame an. Die saß wie erstarrt an ihrem Schreibtisch, zu keiner Antwort fähig. Mit einem Taschentuch tupfte sie sich das Gesicht ab.

Erst jetzt registrierte Zaplinski, dass sie weinte. Steinburck, Eichners Stellvertreter, stand mit starrem Gesichtsausdruck hinter ihr.

Irritiert sah Zaplinski die beiden an: „Was ist denn hier los?“

Der Kriminaloberrat antwortete mit leiser Stimme. „Der Kollege Eichner … also, er ist … tot."

Zaplinskis Kiefer klappt nach unten. „Waaas? Wie? Ich verstehe nicht?"

„Er wurde ermordet", fügte Steinburck an.

Zaplinskis Verstand ratterte im Leerlauf. Dass Eichner sich umgebracht haben könnte, das hätte er noch in Betracht gezogen. Nach allem, was jetzt über ihn auf dem Tisch lag. Aber Mord? Das überstieg gerade Zaplinskis Vorstellungsvermögen.

Absteige

Hausnummer vier. Hier war Zaplinski richtig. Die Fassade des Altbaus war mit Graffiti besprüht und an den Balkonen bröckelte der Putz teilweise so weit, dass die rostigen Eisenträger frei lagen.

Zaplinski stieß die schwere Holztür auf und ging zum Hinterhof durch. Schade, eigentlich ein schönes altes Haus. Gründerzeit, Stuck an den Decken schon im Flur, geschnitzte Treppengeländer. Aber leider übelst vernachlässigt.

Er war in die Ystader Straße im Prenzlauer Berg gefahren. Eine Gegend mit Alt-Berliner Mietshäusern im ehemaligen Ostteil der Stadt. Zaplinski kannte die Ecke. Auf dem Weg vom S-Bahnhof zum Handball in der Max-Schmeling-Halle kam man hier vorbei.

Im vierten Stock rechts des Seitenflügels klopfte er an die Tür. Kein Namensschild. Keine Klingel. Am Rahmen klebten noch die Reste eines polizeilichen Siegels. Roland Keller öffnete und begrüßte den Kollegen. „Komm rein, Zappa."

Keller leitete die Ermittlungen im Fall Eichner. Kurz nachdem Magga und Vera Eichner bloßgestellt hatten, kam der ums Leben? Zaplinski konnte immer noch nicht glauben, dass das ein dummer Zufall war.

„Was wollte Eichner hier in dieser Wohnung überhaupt?“, fragte er. Diese Ungereimtheit hatte ihn schon den ganzen Weg über beschäftigt.

„Das war seine Wohnung. Er hat sie offenbar selbst genutzt. Vor zehn Jahren gekauft.“ Keller zeigte auf einen Aktenordner, der auf dem Couchtisch lag und mit „ETW Ystader“ beschriftet war.

Zaplinski war verdutzt. „Warum hat der hier eine Eigentumswohnung? Der wohnt doch mit Frau und Kindern in Hermsdorf, Doppelhaushälfte am Waldsee, oder irre ich mich?“

„Nee, stimmt schon“, antwortete Keller.

Zaplinski verstand das nach wie vor nicht. „Leben die getrennt oder was?“

Keller schüttelte den Kopf. „Eichner hatte hier regelmäßig Besuch von jungen Männern, wenn man den Nachbarn Glauben schenken darf. Unser feiner Herr Kriminaldirektor hatte offenbar eine sorgfältig geheimgehaltene dunkle Seite.“

Zaplinski schaute Keller an. „Junge Männer.“ Es war eine Feststellung, keine Frage. Das hier war Eichners geheime Absteige gewesen, so viel war Zaplinski gerade klar geworden. Der Junge auf dem Video von damals. Eichner hatte nicht damit aufgehört.

Keller war verblüfft, weil Zaplinski so gar nicht überrascht schien. „Du wunderst dich überhaupt nicht über das hier?“

Daraufhin erzählte ihm Zaplinski, was Vera und Magga herausgefunden hatten. Über Eichners schützende Hand für Pape und wahrscheinlich auch Chang. Über das alte Video mit dem Jungen. Dass Eichner es nebenbei weiterhin mit jungen Männern trieb, hatte Zaplinski da nicht mehr überraschen können. Berichtete von seinem Verdacht, dass ihr Vorgesetzter die beiden Morde begangen hatte.

Keller war konsterniert. „Das fass ich nicht. Dieses Dreckschwein."

Zaplinski hätte es nicht besser ausdrücken können. „Seid ihr sicher, dass es kein Suizid war? Dass er ermordet wurde?", fragte er, immer noch skeptisch.

Roland Keller nickte. „Sag niemals nie. Aber die Tatsachen sehen eindeutig aus, Zappa. Tatwerkzeug war seine eigene Dienstwaffe, das ja, aber ansonsten deutet alles auf Raubmord. Strichermilieu. Seine Brieftasche ist weg, das Handy auch. Und die Angeberuhr übrigens auch."

Zaplinski versuchte seine Gedanken zu sortieren. Keller berichtete währenddessen weiter.

„Es gibt eine Zeugin. Die Nachbarin hat durch den Spion geschmult, als hier Lärm gewesen ist. Ist nur eine Frage der Zeit, bis wir den Kerl haben. Fingerabdrücke gab' s hier reichlich, aber interessant sind die von einem gewissen Srdjan Milinkovic. Künstlername Sergio, aktenkundig als Stricher. Seine Prints sind an Eichners Glock. Und die Nachbarin hat ihn identifiziert."

„Das hört sich allerdings nach einer klaren Kiste an", sagte Zaplinski und fuhr sich nachdenklich durch die Haare.

Selbstmord oder ein Täter aus dem ganzen Sumpf um Pape, Chang und Eichner, okay, das hätte er nachvollziehen können. Aber Raubmord? Ein Stricher? In so engem zeitlichen Zusammenhang mit Eichners Enttarnung?

Oder hatte Eichner seinen Tod provoziert? Den Dieb angegriffen und der hatte sich gewehrt? Weil Eichner die Pistole „zufällig" offen hat liegen lassen? Weil er zu feige gewesen war, es selbst zu tun? Suicide by robber? Kurwa. Was für ein Durcheinander.

„Lass uns mal die Wohnung durchsuchen, Kelly", sagte Zaplinski.

Rotes Herz

Eine Stunde später stand Zaplinski ratlos da. Nichts hatten sie gefunden. Nichts, was den Mordverdacht untermauert hätte. Kein Taser, keine Lederhandschuhe, nichts von Pape. Kurwa.

Zaplinski hob resignierend die Schultern. „Na gut, Kelly. Wir haben da dann wohl doch keine Aktie dran, wie mir scheint. Hätte ich zwar drauf gewettet, aber Tel Aviv Mondamin, wie der Franzose so treffend sagt. So ist das Leben, mein Freund. Ich hau dann mal wieder ab. Danke, für deine Zeit."

„Ist doch klar, Zappa", sagte Keller und ging voraus in den Flur.

Zaplinski war ein paar Schritte hinter ihm. Er ließ den Blick noch einmal durchs Wohnzimmer schweifen. Ein kitschiges Foto erregte dabei seine Aufmerksamkeit. Es stand im Regal und stach dadurch hervor, dass es einen breiten roten Rahmen in Herzform besaß. Eine Art Trauerflor war an einer Ecke befestigt. Er sah genauer hin und stutzte dann. Er erkannte Eichner, der in sehr verliebter Pose zusammen mit einem jüngeren Mann abgebildet war. Eichner und ein Mann, das war erstmal keine große Überraschung mehr.

Aber dieser andere, das ist … na sag schon … das ist … Zaplinski kannte ihn, da war er sich sicher. Aber er brauchte einen Moment um das Gesicht zuzuordnen. Dann fiel endlich der Groschen. Das war Oliver Klein. Der schwule junge Kollege von der EG Dragon. Der, den Benno Lehmann mit seiner Fahrt im Suff auf dem Gewissen hatte.

Eichner und Olli Klein waren ein Liebespaar gewesen? Das Bild ließ daran kaum einen Zweifel zu. Eichner hatte auf jüngere Männer gestanden, das war ja inzwischen klar. Aber eine Beziehung? Olli Klein und Eichner?

Jetzt verstand Zaplinski gar nichts mehr. Was zum Teufel bedeutete das schon wieder?

Sergio

Roland Keller saß im Vernehmungsraum. Zaplinski lehnte in einer Ecke an der Wand, die Arme vor der Brust verschränkt. Er war hier nur Zuhörer.

Srdjan Milinkovic kauerte auf einem Stuhl, Arme und Oberkörper auf dem Tisch und den Kopf darauf gelegt. Der Mann war zwar schon Zweiundzwanzig, sah aber aus wie vierzehn. Ein Milchgesicht.

Er schaute erschöpft hoch, sah Keller an und behauptete aufs Neue: „Ja, ja, ja, die Sachen hab ich mitgehen lassen. Hab ich doch schon zugegeben. Das war eben eine gute Gelegenheit. Das war dumm von mir, ja. Aber ich hab den nicht umgebracht. Ehrlich, ich schwöre.“ Er erhob die Hand zum Eid.

„Sergio“ hatte versucht, Eichners teure Breguet-Uhr zu verkaufen. Der Juwelier hatte Interesse vorgetäuscht und ihn gebeten, zwei Stunden später wiederzukommen, weil er nicht so viel Geld im Hause hätte. Statt einer ordentlichen Summe Bargeld hatten da Kellers Kollegen mit Handfesseln auf Milinkovic gewartet.

In der Vernehmung hatte Milinkovic inzwischen zugegeben, in Eichners Wohnung gewesen zu sein. Ja, er war mit ihm verabredet gewesen, nicht zum ersten Mal. Aber als er kam, hätte die Wohnungstür offengestanden. Er wäre reingegangen, aber Eichner hätte da schon tot auf dem Boden gelegen.

„Ich hab' ihn nicht erschossen, ehrlich nicht", beteuerte er zum x-ten Mal und ließ den Kopf wieder auf die Arme sinken. „Ich hab' die Pistole mal gesehen. Das ist schon eine Weile her, ich war doch öfter da. Die lag unter seiner Jacke. Und als er unter der Dusche war, hab ich sie mal in die Hand genommen. Sie war ganz schön schwer", erklärte Sergio weinerlich. „Aber ich hab ihn nicht erschossen, ehrlich."

Er sah Keller flehend an. Den beeindruckte das Gejammer offenkundig nicht im Geringsten. Sein Gesicht drückte deutlich aus, was er dachte: Das hier zieht sich zwar, aber dich knacke ich schon noch, verlass dich drauf. Das Märchen mit deinen Fingerabdrücken auf der Waffe ist doch ein Witz.

„Sergio, er hat dich beim Klauen erwischt. Du bekommst Panik. Dann liegt da die Waffe und … Peng. Gib's einfach zu." Keller hatte mit der Hand eine Pistole geformt, einen Schuss angedeutet, pustete jetzt pantomimisch den Pulverdampf von der Mündung und steckte die „Waffe" weg.

„Deine Lügen werden nicht wahrer davon, dass du sie wie eine tibetanische Gebetsmühle ständig wiederholst. Gib dir einen Ruck. Wirst sehen, wenn du alles gebeichtet hast, fühlst du dich gleich besser. Und dann darfst du auch in deine Zelle zum Schlafen."

Milinkovic sah in der Tat fertig aus, todmüde. Man musste kein Fachmann sein, um zu erkennen, dass er dringend mal wieder einen Schuss gebraucht hätte. Seine Augen waren gerötet. Er schwitzte und zitterte zugleich.

Keller stand auf und reckte die Arme. „Ich hab alle Zeit der Welt, Sergio. Ich geh mir jetzt mal einen Kaffee holen. Du kannst ja so lange nochmal überlegen …"

Als Keller draußen war, setzte Zaplinski sich an den Tisch. „Srdjan, der Mann, der Ihnen auf der Treppe entgegengerannt ist. Versuchen Sie, sich zu erinnern. Wie sah er aus?" Im Gegensatz zu Keller war Zaplinski nicht der Meinung, dass Milinkovic log. Glaubte ihm, dass die Fingerabdrücke auf der Glock schon älter waren. Und auch, dass er diesen Mann im Treppenhaus nicht nur zu seinem Schutz erfunden hatte. Aber es war Kellers Fall, also hatte Zaplinski sich vorhin nicht eingemischt. Er hatte zwar sofort eine Vorahnung gehabt, das aber lieber für sich behalten. Milinkovic sah ihn aus trüben Augen an. Er hatte einige Mühe sich zu konzentrieren.

„Bitte", sagte Zaplinski. „Versuchen Sie, sich zu erinnern. Konzentrieren Sie sich."

Milinkovic kniff die Augen zusammen, dachte nach, sah Zaplinski aber dann ratlos an. Zaplinski half ihm mit einem Detail auf die Sprünge. Der junge Stricher sah ihn überrascht an. Antwortete dann wie in Zeitlupe.

„Ja, stimmt. Wieso, woher wissen Sie das?"

Max

Vera saß in Zaplinskis Büro. Sie schüttelte den Kopf und wirkte völlig ratlos. „Das ist mir noch nie untergekommen. Der Kerl ist einfach weg."

Eigentlich hatte Zaplinski sie abwimmeln wollen. In seinem Hirn rumorte es. Er hatte seit dem Gespräch mit Sergio keinen Kopf mehr für weitere Störfeuer. Eigentlich war er auf dem Sprung gewesen. Aber er hatte ihr angesehen, dass es wichtig war.

Zaplinski war ja von Beginn an der felsenfesten Überzeugung gewesen, dass die beiden Morde einen ganz persönlichen Hintergrund gehabt hatten. Solche Fälle wie die von Jannes Caspari und Josefine Mühlbacher hatte es in Enricos Papes gewalttätigem Lebenslauf mit Sicherheit noch zahlreiche weitere gegeben. Und demzufolge auch Menschen, die ihn liebend gerne tot gesehen hätten.

Magga kämpfte sich noch immer mit der undankbaren Aufgabe ab, Changs Videos zu sichten, um die Männer zu identifizieren. Wenn der neue Durchsuchungsbeschluss für Changs Räume käme, würden sie eventuell darüber weiterkommen. Vielleicht fänden sich in seinen Unterlagen oder Konten ja Hinweise auf Geldzahlungen, die zu seinen Erpressungsopfern führten.

Parallel dazu hatte Zaplinski Vera gebeten, sich tiefer in Enrico Papes Vergangenheit einzugraben.

Nach dem einen Mosaikstein zu forschen, nach Menschen, die einen Grund gehabt haben könnten, Pape nach dem Leben zu trachten.

Und sie war da tatsächlich auf etwas gestoßen. Jetzt saß sie bei Zaplinski, um ihm von ihrer Entdeckung zu berichten.

„Also, da gab es einen Mitgefangenen von Pape. Ein gewisser Max Wieberneit, der war zur gleichen Zeit wie Enrico Pape in Neuruppin-Wulkow inhaftiert. Das war Ende 2009, Anfang 2010."

Kalte Dusche

Justizvollzugsanstalt Neuruppin-Wulkow, Anfang 2010: Max Wieberneit zieht sich aus. Er hängt seine Sachen neben das Handtuch an den Haken. Irritiert sieht er sich um und fragt sich, wo die anderen sind. Keiner da. Merkwürdig. Aber auch okay, kein dummes Gelaber, da hat er immerhin seine Ruhe vor diesen Halbidioten.

Kopfschüttelnd und in Gedanken geht er hinüber zu den Duschen. Wenigstens kann er heute mal die Gute nehmen. Die, die nicht ganz so verkalkt ist wie die anderen, aus denen das Wasser mehr tröpfelt als fließt. Er drückt sich eine Portion von dem Gel in die Hand und stellt das Duschbad vor sich auf den Boden. Dann verteilt er die flüssige Seife auf Kopf und Körper.

Er greift nach den Wasserhähnen, deren Chromschicht schon lange blind geworden ist. Gerade, als er sie aufdrehen will, um sich die passende Wassertemperatur zu mischen, hört er etwas hinter sich.

„Na, Arschloch!" Der Tonfall ist eine hässliche Mischung von herablassend, bösartig und zynisch. Bevor er sich richtig umdrehen kann, trifft ihn ein gewaltiger Tritt in den Rücken. Er stößt heftig mit dem Kopf gegen die gelblichen Fliesen, spürt die Wasserhähne schmerzhaft an der Brust und schafft es gerade noch, das Gleichgewicht zu halten.

Blut läuft ihm aus der vor Schmerz pochenden Nase. Er tastet stöhnend mit der Hand nach der Verletzung. Im nächsten Moment fühlt er einen harten Griff zwischen seinen Beinen. Jemand quetscht und verdreht seine Genitalien so brutal, dass er vor Schmerzen fast wahnsinnig wird. Wieberneit brüllt laut auf vor Qual. Eine gehässige Stimme zischt ihm höhnisch etwas ins Ohr. „Max Wieberneit heißt du also, ja? Dass ich nicht lache."

Wieberneit sinkt leise wimmernd zu Boden, als der Griff nach einer gefühlten Ewigkeit auf einmal nachlässt. Mit beiden Händen tastet er nach unten und es fühlt sich an, als wären seine Hoden glühend heiß und zu Ballons angeschwollen. Das Pochen und Ziehen in seinem Unterleib ist schier unerträglich.

Fußtritte treffen ihn, in die Rippen, gegen den Kopf. Er versucht, sich mit den Händen zu schützen, rollt sich auf dem feuchten Boden zusammen wie ein Embryo. Dann wird er an den Füßen brutal über den schmierigen Fliesenboden geschleift, stößt sich den Kopf an einen Türrahmen. Jemand reißt ihn an den Haaren nach oben. Für einen kurzen Moment sieht er einen muskulösen Mann vor sich. Schwarze Maske mit Sehschlitzen, graues T-Shirt, geballte Fäuste.

„Ich soll dich schön grüßen, das ist für …", zischt die Stimme, aber hört den Rest des Satzes nicht mehr. Ein Faustschlag hat ihn seitlich am Kiefer getroffen. Er schmeckt Blut. Dann wird er nach unten gedrückt, knickt ein, sinkt auf die Knie. Hände pressen seinen Kopf gegen etwas Kaltes, Hartes. Die Kloschüssel? Dann spürt er im Gesicht kaltes Wasser. Wieberneit bekommt keine Luft mehr, kann nicht atmen. Seine Lungen brennen wie Feuer, scheinen zu platzen. Ich ersticke. Ich sterbe, schießt es ihm voller Panik durch den Kopf. Er windet sich verzweifelt, um sich zu befreien. Erfolglos. Er kommt gegen die kräftigen Hände an seinem Hinterkopf nicht an. Keine Chance. Aus und vorbei.

Doch auf einmal reißt man ihn heftig wieder hoch. Er hustet und ringt gierig nach Sauerstoff. Im nächsten Moment wird sein Kopf so heftig gegen die Wand geschlagen, dass er das Bewusstsein verliert.

Verschollen

Vera blätterte wieder in ihren Unterlagen. „Seine Hoden waren so massiv verletzt, dass man sie abnehmen musste." Und die Tat war nie aufgeklärt worden, erzählte Vera weiter. „Im Knast halten alle dicht, logisch. Aber wenn wir davon ausgehen, dass Enrico Pape der Täter war, dann hätte Max Wieberneit ein Motiv vom Allerfeinsten. Und dass es Pape war, steht wohl außer Frage. Wieberneit hat berichtet, man habe ihn fast im Klo ertränkt. Eindeutig Papes Masche."

Zaplinski hatte konzentriert zugehört. Na klar, das ging mit großer Sicherheit auf Papes Konto. Aber verflucht nochmal, wie passte dieser Wieberneit in das Bild, das Zaplinski sich inzwischen gemacht hatte? „Das ist doch ein ziemlich starkes Motiv, denke ich auch. Wobei noch herauszufinden wäre, warum der Racheakt fast zehn Jahre später stattfindet."

„Erstmal das, aber … und das ist der andere Haken an der Sache …", fuhr Vera fort, „… einen Max Wieberneit gibt es seit der Haftentlassung im Sommer 2010 nicht mehr. Weg, verschwindibus. Nirgendwo Eintragungen oder Akten. Keine Anschrift, nichts. Wie vom Erdboden verschwunden. Als hätte es ihn vorher und nachher nie gegeben."

Sie legte die Kopien von Wieberneits Häftlingsakte auf den Tisch. „Die Unterlagen sind so was von lückenhaft. Da fehlt zum Beispiel auch alles über seine Verurteilung." Sie sah Zaplinski an. „Ich bin mit meinem Latein am Ende. Hast du noch eine Idee, was das bedeutet?"

Zaplinski blätterte in der Akte und stutzte. Er hoffte sofort, dass Vera sein Zögern nicht bemerkt hatte und überlegte fieberhaft. Dann schüttelte er den Kopf. „Nein Vera, da kann ich mir auch keinen Reim drauf machen."

Aber tatsächlich war das genaue Gegenteil der Fall. Ein Blick auf das Foto in Wieberneits Häftlingsakte und er hatte eins und eins zusammengezählt. Jetzt passte alles zusammen. Erst Sergios Beobachtung und nun das hier. Aber warum? Das „Warum" konnte er sich einfach nicht erklären.

Er bemühte sich, weiterhin ein ratloses Gesicht zu machen. Vera konnte mit der Person auf dem Foto nichts anfangen, das war sicher. Gut so. „Danke Vera, tolle Arbeit." Er wollte sie jetzt nur schnell loswerden.

Sie sah ihn verblüfft an. Eigentlich hatte sie ja nicht wirklich was erreicht.

Catweazle

Zaplinski wollte gerade einen Klingelknopf drücken, um ins Haus zu gelangen. Seinen Mitarbeitern hatte er nicht gesagt, wo er hin wollte. Das hier war sein Ding.

Hundegebell riss ihn aus den Gedanken. „Zu wem wollen Sie denn?“, fragte eine Stimme, die den typischen Klang von jahrelangem Rauchen hatte.

Zaplinski blickte überrascht hoch. Ein Mann hatte die Haustür mit dem abgeschabten Metallrahmen und der Glasfüllung von innen geöffnet. Er war undefinierbaren, aber fortgeschrittenen Alters und trug einen filzig grauen Zottelbart. Zu seinen Füßen kläffte heiser ein alter kleiner Mischlingshund mit schmutzig-braunem Fell.

„Catweazle, das ist Catweazle“, schoss es Zaplinski automatisch durch den Kopf. Er war einen Moment sprachlos, zu groß war die Ähnlichkeit zwischen dem Mann vor ihm und dem schrullig-verpeilten Magier aus der alten Fernsehserie.

„Aus, Kröte“, befahl der Kauz dem Hund. Zaplinskis Mund stand offen. Catweazles Haustier war eine Kröte namens Kühlwalda gewesen. Wie schräg war das denn hier gerade? Er fuhr sich übers Kinn, holte sich in die Gegenwart zurück. Warum war er manchmal so schnell abzulenken?

„Äh, ja, Herr …äh?“

„Schultze. André Schultze, mein Name“, erwiderte Catweazle.

Zaplinski zog den Dienstausweis heraus. „Herr Schultze, ich wollte eigentlich zu …“ Er deutete mit der Hand auf den Klingelknopf.

„Kripo? Aber der Einbruch war doch nicht bei Glatze“, wunderte Schultze sich und nahm einen Schluck aus seiner Bierflasche.

„Glatze?“, fragte Zaplinski irritiert.

„Ich weiß nicht wie er heißt, also nenne ich ihn Glatze.“

Zaplinski schob Schultze-Catweazle unwirsch zur Seite und ging in den Hausflur.

Endstation

Als sich die Aufzugstür endlich wieder geöffnet hatte, holte Zaplinski im Flur tief Luft. Er war froh, die mit Eddingstiften beschmierte und nach Urin riechende Kabine verlassen zu können.

An den Wohnungstüren suchte er nach dem richtigen Namen. Neben der Glastür zum Nottreppenhaus wurde er fündig. Er drückte den Klingelknopf und horchte an der Tür. Schritte näherten sich. Die Tür wurde geöffnet.

„Da bist du ja. Hab schon auf dich gewartet. War nur eine Zeitfrage bis du kommst." Benno Lehmann stand im Flur. Unrasiert, müde, verbraucht, hinfällig. Seine Sonnenbräune wirkte bei Tageslicht irgendwie gelblich. „Wo sind Deine Kollegen?"

Zaplinski antwortete nicht.

Lehmann machte die Tür frei. Er dünstete Alkohol aus. Zaplinski folgte ihm in die Wohnung. Es roch muffig und nach alter Frau. Sie setzten sich in der Wohnküche an den Tisch, auf dem eine Wachstuchdecke lag.

„Warum das alles, Benno?? Oder soll ich lieber Max sagen? Pape hast du auf dem Friedhof wiedererkannt, oder? Bist ihm gefolgt. Und du warst nur bei Moni, um mich wegen Eiche auszuhorchen."

Zaplinski sah den ehemaligen Kollegen traurig und enttäuscht an. Fühlte sich müde und ausgelaugt.

„Ja, das Tattoo auf seiner Hand. Und die Stimme. Da war es mir klar. Und der Arsch hat Tante Elsbeths Sarg getragen. Da kam alles wieder in mir hoch. Die Sau. Der hat mich kastriert." Lehmann ballte wütend die Fäuste. „Aber verdammt nochmal, wieso? Ich kannte den doch überhaupt nicht. Ich hab das nicht verstanden. Doch nicht nur, weil ich Bulle war. Von irgendjemandem sollte er mich grüßen, hat er in Wulkow gesagt. Ich hab den Namen aber nicht hören können." Wieder entstand eine Pause.

„Und am Fließ, da hat er mir nur gesagt, Chang hätte ihn beauftragt, für jemand anderen. Mehr konnte ich nicht herausfinden, da war er plötzlich weg. Nicht mehr ansprechbar. Ich wollte einfach nur wissen, warum das alles damals. Ich konnte das überhaupt nicht verstehen. Aber ich wollte den nicht umbringen, Zappa. Das musst du mir glauben." Lehmann sah Zaplinski beinahe flehend an.

„Ja, Benno, ob du' s glaubst oder nicht, das tue ich. Pape ist wahrscheinlich innerlich verblutet. Aneurysma im Bauch."

„Okay …so war das also. Ich konnte nicht fassen, dass der auf einmal weg war. So schlimm war das doch nicht …"

Zaplinski deutete auf die Kartons mit der Aufschrift „Naujoks Security". „Den Taser hast du aus Tante Elsbeths Krempel, oder?"

„Ja, das war pures Glück, dass ich einen in ihrem Auto gefunden habe."

„Mit Pape, das war unglücklich, okay. Aber bei Chang, da war das volle Absicht, Benno."

Lehmann atmete tief ein. „Ja, nein, also ich wollte ihm wirklich wehtun, ja. Das Schwein. Wegen Malee. Und wegen ihrer Schwester Sunee. Mit den Schlüsseln von Pape bin ich rein, nachdem alle anderen weg waren."

Man sah ihm einen Moment lang die Wut an, die er gespürt haben musste, als er Chang gegenüberstand. Dann sackte Lehmann regelrecht zusammen. „Aber umbringen wollte ich den auch nicht. Er sollte mir nur sagen, warum mir das im Knast angetan wurde. Aber dazu kam es nicht mehr."

Zaplinski sah ihn voller Zweifel an. Sagte das aber nicht. „Mit Chang, das verstehe ich ja auch noch, aber wieso Eichner, zur Hölle? Was hat der dir getan?"

Lehmann rieb sich den Schädel. „Na, weil Eiche es war, der Pape auf mich gehetzt hat in Wulkow. Soviel hat Chang mir noch gesagt und dabei gelacht. Aber wieso? Das wusste ich doch immer noch nicht, deswegen bin ich zu Eiche. Eiche hatte mich damals ausfindig gemacht. Er war ja beim Lagedienst und kam an fast alle Daten ran. Ich war nicht in Berlin eingesperrt und dann noch unter anderem Namen, weil ich doch Bulle war. Zu meinem Schutz. Hat aber nicht geklappt. Weil Eichner mich gefunden hat und Pape auch da war. Scheiße."

Zaplinski musste an das Foto von Olli und Eichner denken und konnte sich jetzt den Rest zusammenreimen. „Das in Wulkow war dann Eichners Rache für Olli, weil du ihn totgefahren hast?"

Lehmann nickte. „Ja, der war seine große Liebe, hat er gesagt. Dabei geheult wie ein Kleinkind. Das war schon krass. Und irgendwie rührend. Da wäre ich nie im Leben drauf gekommen. Dass Eichner so auf Jungs steht? Du etwa?“

„Damals nicht. Woher auch?“, gab Zaplinski zu. „Aber wie hast du ihn überhaupt gefunden? Diese Absteige?“

„Ich bin ihm von seiner Dienststelle gefolgt. Zu der Wohnung im Prenzlberg. Er hat gleich alles zugegeben. Geflennt hat er. Dass ich das verstehen müsste, erst das mit der Beförderung zum Oberkommissar, die ich ihm vermasselt habe, dann das mit Olli.“

Lehmann musste aufstoßen, verzog dabei das Gesicht und rieb sich über den Bauch. Er griff nach der Tablettenpackung auf dem Tisch, drückte sich drei, vier Stück heraus. Spülte sie mit dem Rest Weißwein aus dem altmodischen Römerglas herunter.

Zaplinski kniff die Augen zusammen und quetschte ärgerlich sein Ohrläppchen. „Und dann hast du ihn erschossen.“

„Nein! Ich hab ihm erstmal vor Wut richtig eine reingehauen, ja. Aber ich hab ihn nicht erschossen. Das war er selbst. Das musst du mir glauben.“

Aber nein, das tat Zaplinski nicht. Er hatte das ungute Gefühl, dass Lehmann sich die Wahrheit wieder zurechtbog, wie damals bei dem Unfall mit Olli.

„Der ist gleich regelrecht zusammengebrochen", redete Lehmann weiter. „Hat mir alles erzählt. Komplette Lebensbeichte. Dass Chang ihn wegen eines Sexvideos mit einem Jungen in der Hand hatte. Dass er von da an für Chang arbeiten musste. Und, dass Olli es war, der ihm das mit Volkan und dem geplanten Ankauf verraten hat."

U-Boot

Zaplinski dachte zurück an die EG Dragon. Eichner also hatte Volkan bei Chang verpetzt. Benno Lehmann hatte recht gehabt. Da war ein U-Boot gewesen in ihrer Ermittlungsgruppe. Olli Klein, das Plappermaul. Aber wie hätte der auch wissen sollen, dass sein Freund Eichner für Chang arbeitete. Arbeiten musste. Zaplinski dachte an das Video. Nicht nur für Schimanski und Lehmann war der eigene Schwanz zur Stolperfalle geworden.

Lehmann hatte nichts falsch gemacht damals. Außer zu saufen. Der sah ihn an, als wollte er sagen: „Und ihr habt mir alle nicht geglaubt…“

Oliver Klein war für das Scheitern der EG Dragon, für Volkans Tod verantwortlich. Er hatte all die Dinge ausgelöst, die in der Folge Lehmanns Leben zerstört hatten. Und er hatte quasi im Voraus mit seinem Leben dafür bezahlt. Zaplinski konnte nicht fassen, welch eine Ironie in all dem steckte.

So ein beschissener Riesen-Schlamassel, dachte Zaplinski.

„Das ist noch nicht alles“, fuhr Lehmann fort. „Eichner hat mir noch mehr erzählt.“

Wer andern eine Grube gräbt

1. September 2009, später am Abend: Volkan Gümüş parkt den Porsche Carrera in der Tiefgarage. Das Auto gehört genau wie seine Designerkleidung und das Luxus-Apartment im Dachgeschoss zu seiner Tarnung.

Er steigt aus und nimmt die Tasche mit dem Geld hinter dem Fahrersitz hervor. Dann schlägt er die Autotür zu und sieht auf die teure Armbanduhr, mit der man ihn ausgestattet hat. Noch knapp drei Stunden Zeit bis zum Treffen mit Chang.

Das ist sein letzter Gedanke, als ihn ein harter Schlag gegen den Hinterkopf trifft. Er prallt mit dem Gesicht gegen das Blech des Porsche und sackt bewusstlos zu Boden.

Volkan Gümüş öffnet mit Mühe die Augen. Langsam kommt er wieder zu sich. In seinem Kopf pocht der Schmerz, die Nase tut ihm höllisch weh und ihm ist schwindlig.

Er ist aus dem Porsche ausgestiegen. Daran kann er sich noch erinnern. Und dann? Er weiß es nicht. Wo ist er?

Er versucht sich zu orientieren, kann aber im nächtlichen Dunkel kaum etwas sehen. Er spürt, dass er auf weichem, feuchten Boden liegt. Bei dem Versuch, sich aufzusetzen, stellt er entsetzt fest, dass seine Hände auf dem Rücken zusammengebunden sind.

„Na, wieder wach, Arschloch?“, sagt eine Stimme spöttisch und herablassend.

Langsam gewöhnen sich seine Augen an die Dunkelheit und er erkennt den Mann, der da vor ihm steht. Ein eisiger Schreck durchfährt ihn. Chang steht da, sieht mit verschränkten Armen und kaltem Blick auf ihn herab.

„Hoch mit dir, du Penner", sagt jemand hinter ihm und zieht ihn im selben Moment schmerzhaft auf die Füße. Gümüş dreht sich erschrocken um. Irgendwo hat er den Mann mit dem kahl rasiertem Kopf schon einmal gesehen. Bei Chang im Geschäft? Weiter kommen seine Gedanken nicht, denn er begreift schlagartig, wo man ihn hingebracht hat.

„Walter Friedrich, geb. 21.3.1906, gest. 12.1.2000", steht da in weißer Schrift, eingemeißelt auf einem schwarzen Marmorgrabstein links von ihm. Kalter Schweiß bricht ihm aus.

Der Glatzkopf schiebt ihn vor sich her und zwingt ihn dann rüde in die Knie. Vor sich sieht Volkan Gümüş ein offenes Grab. Als er das realisiert, packt ihn eiskaltes Entsetzen. Er muss sich übergeben. Würgend stürzt er fast vornüber, aber der Kahlgeschorene packt ihn am Kragen und reißt ihn zurück.

Chang funkelt ihn vom anderen Ende der Grube böse an. „Du wolltest mich also reinlegen, du kleine Kakerlake", sagt er mit schneidender Schärfe. Er spuckt verächtlich aus. „Das versucht niemand mit mir und wer sich trotzdem mit mir anlegt, der überlebt das nicht."

Er schleudert die Worte dem V-Mann der Polizei voller Abscheu geradezu ins Gesicht. Dann macht er eine auffordernde Handbewegung.

Erst jetzt bemerkt Volkan Gümüş den schlanken Mann im Anzug, der schräg hinter ihm steht.

Er wirkt unsicher, ängstlich, ist zusammengesunken. Seine Arme hängen schlaff herab. In der rechten Hand sieht Volkan eine Pistole. Am Lauf befindet sich ein Schalldämpfer. Der Mann hält die Waffe mit der Mündung nach unten in einer fast linkischen Haltung. Es scheint, als hätte er etwas Widerwärtiges, Ekliges in der Hand, das er am liebsten fallen lassen würde.

Chang herrscht ihn ungeduldig an. „Bring's zu Ende!"

Der Mann mit der Pistole zögert, windet sich. „Ich bitte Sie. Nein, ich kann das nicht", fleht er Chang an.

Der schnippt mit den Fingern und der Kahlkopf schlägt dem anderen heftig links und rechts ins Gesicht.

„Mach schon, du Weichei. Wir haben nicht ewig Zeit."

Der andere sieht Volkan Gümüş verzweifelt an und hält die Waffe weiter gesenkt. Changs Komplize zieht eine Pistole hinten aus dem Hosenbund und stößt die Mündung heftig gegen die Schläfe des Mannes im Anzug.

„Wird's bald! Da drin ist auch Platz für zwei", zischt er wütend.

Zitternd hebt der andere die Waffe und hält sie Volkan Gümüş an die Schläfe.

Dann knallt ein Schuss.

Im nächsten Moment lässt Jochen Eichner die Waffe zu Boden fallen.

Karussell

„Ach Du Scheiße." Zaplinski war so entsetzt, dass er vergessen hatte, sein übliches Kurwa zu benutzen.

Eichner hatte Volkan erschossen? Erschießen müssen? Weil Chang ihn mit dem Video in der Hand hatte?

Zaplinski verstand jetzt wie das alles zusammenpasste. Sah es förmlich wie in einer Diashow in sich ablaufen. Eichner hatte damals schon für Chang gearbeitet, arbeiten müssen. Es müssen Eichners Fingerabdrücke sein, die sie auf der Tatwaffe in Changs Tresor gefunden hatten. Noch ein Druckmittel gegen Eichner.

Fast bekam Zaplinski Mitleid mit seinem ehemaligen Chef. Eigentlich war der ein armes Schwein gewesen. Hatte seinen Druck nur nach unten weiter gegeben.

„Chang hat mit seinen Videos auch Eichners Schwiegervater erpresst, den Oberstaatsanwalt und was weiß ich noch wen. Chang hatte sie alle in der Tasche, hat Eichner gesagt."

Zaplinski hörte zwar, dass Lehmann etwas gesagt hatte, aber es interessierte ihn irgendwie nicht mehr. In ihm drehte sich schwindelerregend das Gedankenkarussell.

Lehmann verzog wieder das Gesicht und massierte seinen Bauch. „Ich wollte dich anrufen, dass du hinkommst und ihn einsperrst. Das hab ich Eichner gesagt. Fast hatte ich Mitleid. Ich wollte, dass es endlich vorbei ist. Aber da hat er mich nur angesehen, den Kopf geschüttelt, seine Waffe genommen und … Peng.“

Zaplinski sah ihn an. Tiefer Zweifel lag immer noch in seinem Blick. Warum zum Teufel hatte Lehmann sich nicht offenbart, warum war er mit der ganzen Geschichte nicht zu ihm gekommen? Sie hätten Pape, Chang und Eichner doch gemeinsam festnageln können. Stattdessen nahm Lehmann, dieser Idiot, es selbst in die Hand. So dämlich. Und kam nur zu Zaplinski, um Eichner zu finden. Idiot.

Er konnte ja nachfühlen, was in Benno Lehmann vorgegangen sein musste, als er von Eichner die ganze Geschichte erfahren hatte. Dass Eichner Lehmanns Leben zerstört hatte. Wie hätte er da reagiert? Hätte er auch zugeschlagen, geschossen?

Benno Lehmann stand vom Küchentisch auf. „Ich brauche frische Luft.“

Er ging nach draußen, stützte sich mit den Händen am Balkongeländer ab und atmete tief ein.

Zaplinski folgte ihm. Er zeigte auf Bennos Bauch. „Was ist los mit dir? Und erzähl mir nichts von Magensäure.“

Lehmann antwortete mit leiser Stimme. „Krebs. Bauchspeicheldrüse. Inoperabel. Drei bis fünf Monate.“

Zaplinski sah ihn betroffen an.

Als er sich entschieden hatte, Lehmann zu konfrontieren, hatte er genau gewusst, was er tun würde. Benno Lehmann mitnehmen, damit die Gerechtigkeit ihren Lauf nehmen konnte. Da gab es keine zwei Meinungen. Aber jetzt? Wo er verstehen konnte, was Lehmann angetrieben hatte? Was dem alten Kollegen alles passiert war? Wo der todkrank war?

Kurwa.

Aber Lehmann hatte drei Menschen auf dem Gewissen. Umgebracht.

In Zaplinski arbeitete es. Könnte er selbst auch zu so einem Racheengel werden, wenn das Schicksal ihm derart übel mitgespielt hätte? Wenn er wüsste, dass er nur noch kurze Zeit zu leben hätte? Er versuchte, Zeit zu gewinnen, sich klar zu werden, was er wollte, was jetzt richtig war. Er deutete auf Lehmanns Bauch. „Seit wann weißt du es?"

„Einen Tag vor Tante Elsbeths Beerdigung."

Zaplinski schaute ihn an. War hin- und hergerissen zwischen Mitleid und Wut. Zwischen Pflichtbewusstsein und Verständnis. Er kämpfte mit sich, musste plötzlich an Keller denken, wie der sagen würden: „Das hat in allen Fällen nicht den Falschen getroffen. Lehmann hat alle zur Strecke gebracht, die sein Leben zerstört haben. Die hatten es nicht anders verdient. Ironischerweise hat er sogar unwissentlich und aus Versehen mit Olli Klein die Wurzel allen Übels beseitigt. Alles ist gut."

Roland Keller hätte jetzt sicher keinen inneren Konflikt auszuhalten. „Zappa, was willst du hier noch? Die Bösen sind tot. Wem hilft es, wenn du jetzt einen todkranken Mann für den kümmerlichen Rest seines Lebens einsperren lässt? Geh' nach Hause. Oder noch besser, geh' zu Moni. Für Deine Kollegen fällt dir irgendwas was ein."

Zaplinski dachte angestrengt nach. Knetete sein Ohrläppchen, bis es schmerzte. Versuchte Ordnung in seine Gefühle und in seine Gedanken zu bringen. Dann sah er Lehmann an.

Das Karussell in seinem Kopf war zum Stehen gekommen. Zaplinski fasste ihn am Arm. „Komm Benno, wir müssen gehen."

Benno Lehmann sah ihn an. Müde und mit eingefallenen Augen. Nickte dann ergeben. „Hab mir gedacht, dass du das sagen wirst, Zappa. Hast dich nicht geändert."

Er atmete tief ein, senkte den Kopf und fuhr sich mit der Hand über den kahlrasierten Schädel. Benno Lehmann sah Zaplinski mit festem Blick an. Aber darin lag auch Trauer, Bedauern.

„Nee, Zappa. Ich geh nicht mit. Nicht nochmal", sagte er.

Er befreite sich von Zaplinskis Griff und dann ging alles blitzschnell.

Benno Lehmann setzte einen Fuß auf den Balkonstuhl, stieg auf die Brüstung und ließ sich aus dem zwölften Stock in die Tiefe fallen.

Epilog

Zaplinski saß in seinem Büro. Er hatte die Ellenbogen auf den Schreibtisch gestützt und der Kopf ruhte schwer auf seinen Händen. Kolbow war suspendiert worden nach seiner Trunkenheitsfahrt und hatte nicht mit ihm sprechen wollen. Kurwa.

Vor Zaplinski lag der Bericht über den Mordfall Eichner. Der kein Mordfall mehr war. Zaplinski hatte die Augen geschlossen. Ihm kamen die Tränen. Es fühlte sich wieder an, wie damals bei der EG Dragon. Schuld. Scham. Pflichtgefühl. Ein Durcheinander von Gefühlen.

Niemand hatte Lehmann geglaubt. Auch Zaplinski nicht. Damals wie heute. Aber da stand es schwarz auf weiß. Bei Benno Lehmann hatte man keine Schmauchspuren gefunden. Weder an den Händen noch an seinen Lederhandschuhen.

Aber bei Eichner. Dem war klar gewesen, dass alles aus gewesen war. Als das alte Video aufgetaucht war. Und dann plötzlich stand auch noch Benno Lehmann in seiner Wohnung und es war nur eine Frage der Zeit, bis auch sein schmuddeliges Doppelleben ans Tageslicht kam. Grund genug, sich in den Kopf zu schießen.

Und Chang? Der war letztlich an seinem kaputten Herzen gestorben. Nicht abtrainiert nach dem Thaiboxen.

Benno Lehmann war kein eiskalter Mörder gewesen. Kurwa. Scheiße.

Zaplinski war innerlich leer. Und müde. Und alt. Er hatte sich nichts vorzuwerfen. Ja, sicher. Er hatte objektiv richtig entschieden. Trotzdem fühlte sich das alles gerade nur Scheiße an. Am liebsten hätte er sofort Dienstmarke, Waffe und Ausweis in den Mülleimer geworfen.

Dass in seinem Heimatbezirk wieder ein wenig mehr Sicherheit eingekehrt war, konnte ihn nicht trösten.

***

Danke

Herzlichen Dank an meine so gründliche und professionelle Lektorin, die Fantasy-Autorin Esther S. Schmidt aus Frankfurt (u. a. „Das Erwachen der Hüterin"). Ich hoffe, ich konnte einiges umsetzen, die größten Böcke ausmerzen ;-) und wir sehen uns bald zum Essen. Lieben Dank an meine fleißigen Töchter Jasmin Preiß und Jenny Landstorfer, an Franziska Hasse und Holger „Holli" Matznick für ihre Testleserschaft. Danke vielmals auch an meine Frau Silvia, die sich immer wieder aus dem Zusammenhang gerissene Passagen von mir anhören musste und mit Adleraugen Fehler über Fehler gefunden hat. Die, die dennoch übrig geblieben sind, bitte ich, mir zu verzeihen …

Ein Dankeschön auch an Jürgen Kehrer für seine Kritik und an die Teilnehmer am Bundesakademie-Workshop in Wolfenbüttel 2019, die mich dazu motiviert haben, mein Projekt zu Ende zu bringen.

Und ebenfalls vielen Dank an den stets hilfsbereiten Martin Danesch für seine hervorragende Autorensoftware „Patchwork", die mir bei meinem ersten Buch die Arbeit sehr erleichtert hat.

… und dann gibt es da noch mein Alter Ego:

Unter dem Namen P.D.R. Wittenauer male ich seit einigen Jahren Acrylbilder.

Mehr dazu im Internet unter http://kurzelinks.de/oda9
bzw. einfacher mit dem QR-Code

E-Mail: pdr_wittenauer@web.de

ISBN 978-3-7531-3025-5
9 783753 130255 00001
www.epubli.de